菊乃、黄泉より参る！

よみがえり少女と天下の降魔師

翁 まひろ

角川文庫
23631

目次

主な登場人物

イラスト
くろでこ

鶴松【つるまつ】

整った顔だが、どこか騙《かた》りめいたところのある破戒僧。化け物祓いを生業とし、「天下の降魔《ごうま》師」を名乗る。言行は浮薄だが、その力は本物

菊乃【きくの】

七つ頃の幼子の姿だが、中身は二十八の元武家の女。病死した十五年後の江戸に、なぜか怪力と験力を備えて黄泉《よみ》がえってしまった。まっすぐな性分で正義感が強い

おちよ

犬たちの里親探しをしている若い娘。「女犬公方」と揶揄されている

善太郎【ぜんたろう】

菊乃の元息子。元服前に死に別れた。旗本・宇佐見家の嫡子だがなぜか浪人に

兼嗣【かねつぐ】

菊乃の元夫。宇佐見家の現当主

左衛門【さえもん】

舟宿「波千《なみせん》」の女将。見た目は六十近いが艶っぽい美しさがある。鶴松とは古い付き合い

重蔵【しげぞう】

鋭い眼光の、波千のお抱え船頭。鶴松の仕事を手伝っている

おとく

日本橋の薬種問屋・長崎屋のお内儀《かみ》。主人不在の店を切り盛りしている

伊兵衛【いへえ】

長崎屋の長男。獣の化け物を恐れ、部屋にこもっている

平次【へいじ】

長崎屋の番頭。若旦那の伊兵衛のことを心配している

嘉七【かしち】

長崎屋の主人。妾と浅草の別宅にいるらしく不在が続いている

序

また、雪が降りはじめた。

長いこと床に伏していると、外のかすかな変化にも敏感になる。

とくに雪はすぐにわかる。雪片が音を食うのか、降りはじめると辺りがふっと静かになるからだ。

菊乃《きくの》は薄く目を開け、ぼんやりと顔を横に向けた。

わずかに開いた障子の隙間から、見慣れた庭が見える。

思ったとおりだ。すでに白く積もった庭に、あらたな雪が舞いはじめていた。薄雲を通した弱々しい光の中、きらめきながら六《む》つの花の降るさまはたいそう美しく、菊乃は感嘆の息を零《こぼ》した。

そしてふと、まもなくだ、と悟る。

まもなくこの身は死に至る。最後の息を吐きだして、黄泉《よみ》へと旅立つのだ。

死は恐ろしいものではなかった。ここに来るまでには苦しみも葛藤《かっとう》もあったが、いざそのときを迎えると、不思議なほどに心が軽かった。

きっとそういうものなのだろう。病に伏せてから今日まで、すこしずつ感情の火が消えていく感覚があった。恐れが、不安が、焦りが、苦しみが、あるいは喜びまでもが先んじて黄泉へと向かい、最後には重たい体だけが残されている。

――いや、ひとつだけ、まだ旅立てずにいる感情があった。

（あの子は、きっと泣くだろう）

幼い息子の泣き顔が脳裏をよぎった。

（すまない。善太郎《ぜんたろう》……）

その刹那《せつな》、薄れゆく意識がなにかをとらえた。

淡い日差し。金色に輝く雪片。誰かが池のほとりに立っている。

（ああ……）

細めた目から涙が零れおちた。ひとつきりの心残りが光となって消えていく。

菊乃はほほえみを浮かべ、静かに瞼《まぶた》を閉じた。

もはや未練はない。

第一章

一

ぱちりと、まばたきをする。

さらに一度、二度、ぱちぱちと目をしばたたかせる。

いとけない。川面《かわも》に映ったその顔を見て、菊乃は思った。

この娘がおてんばな気性であることは容易に想像がついた。なにしろ、肩口でかぶろに切りそろえた髪はぼさぼさで、頬は駆けずりまわったばかりのように赤く上気していたから。

年の頃は、七つばかりか。

（はて。この顔、どこかで見たような……）

首をかしげる。すると、水面《みなも》の幼子も小さな頭を同じほうに傾けた。

（む？）

ほっぺたをつまんでみる。やはり幼子も同じようにする。指に伝わる感触はふにっとやわらかく、心の奥がくるんくるんと躍った。

(むむ?)

じわりと動揺が広がる。今しがた頰をつまんだ己の手を顔の前に掲げた。

その手は、どことなく丸みを帯びていて、小さい。

(これは……私か!?)

菊乃は愕然《がくぜん》として、よろめき立つ。

「危ねえ! どきやがれ!」

はっと顔をあげると、目と鼻の先に屋根船の舳先《へさき》が迫っていた。慌てて跳びのき、周囲を見まわしてみてようやく、自分がどこかの船着き場にいることを自覚した。

その途端、喧噪《けんそう》がどっと耳に押しよせてきた。人の声。波音。船の軋《きし》む音。着いたばかりの屋根船から客が下り、船頭がすぐさま新たな客を呼びこみはじめる、その口上。

(ここは、いったい)

状況が吞《の》みこめないまま、ふらふらと石段をのぼって船着き場を離れる。のぼった先もすごい人だった。低い視界を人の足が無数に行き来し、今にも蹴《け》りとばされそうだ。右往左往するうち、赤毛氈《もうせん》を敷いた床几《しょうぎ》が目に入った。団子の串《くし》が残った皿が置いてあり、店の主人らしき初老の男が片づけにかかっている。団子屋のようだ。

菊乃は意を決して、口を開けた。

「ごしゅじん」

ごしゅじん! 仰天する。自分の声は驚くほど高くて、舌足らずな幼い声だったのだ。

両手で口をふさいで凍りつく菊乃に、主人が眉《まゆ》をあげた。

「団子が食いてえんなら、お父《と》っつぁんか、おっ母《か》さんを連れてきな」

「い、いや、おたずねしたいことが、あ、あるのだが……」

菊乃は耳を熱くし、物陰に身を隠したいのをこらえ、なんとか最後まで言いきる。

「ここは、いったい、どこだろうか」

主人は目を丸くし、顎《あご》で人の群れの向こうを示した。

「どこって、あのたいそうな橋が両国橋《りょうごくばし》でないってんなら、なんだってんだい？」

示されたほうに目を向けると、近くに途方もなく立派な橋が架かっていた。荷をたんと積んだ船が太い橋脚の間を通りぬけ、橋の上にも人があふれかえっていた。

両国橋。ということはつまり、ここは江戸《えど》だ。

（なぜだ。私は……死んだはず！）

宇佐見《うさみ》菊乃。享年二十八。

若くして不治の病におかされ、最後は流行《はや》り風邪をこじらせて、死んだ。

（昔聞いた怪談に、死者が黄泉がえる話があったが、これがもしやそれだろうか）

人はこの世に未練を残して死ぬと、亡霊となってさまようという。幼い頃、夏になると、仲のよかった女中がこわごわと、それでいて楽しげに話をしてくれた。

菊乃自身はそれを信じるでも信じないでもなかったが、菩提寺《ぼだいじ》に伝わる幽霊画をはじめて目にしたときには「死んでなお、みじめな姿はさらしたくないものだ」と思った。

病を恨まず、宿業を呪わず。ただ、水に沈むように、静かに逝きたかった。

そして、菊乃はそうした。

覚えているのは、障子の隙間から見えた雪の積もる庭。薄日が差す中、雪が音もなく舞いおちるさまはとても美しくて——そこで記憶がとぎれている。

（私には、なにか未練でもあったのか）

武家の女として、潔く死を受けいれた。未練など残しはしなかったはずだ。

「なんだ、迷子か？　どっから来たんだい。橋のあっちか、こっちか」

あちらもあちら、黄泉から来たのだ。

と言えるわけもなく、困りはてたときだった。近くで悲鳴が聞こえた。

「誰か！　ひったくり……！」

若い娘の声だ。両国橋のたもとで、人々が同じ方向を向くのが見えた。

その瞬間、菊乃はすべての疑問を忘れた。自分がなぜここにいるのかも、なぜ幼子の姿をしているのかも後回しにし、意識を声のほうへと集中させる。

「あ、おい、野次馬なんてよしときな！」

主人が止めるのも聞かず、小袖《こそで》の裾《すそ》を割って、低い姿勢で駆けだした。

「まかせよ！」

尻《しり》もちをついた娘の脇を走りぬけざまに叫ぶ。娘は驚いて振りかえるが、そのときにはもう菊乃の小さな体は両国橋を跳ぶように渡りはじめていた。

軽い。なんて体が軽い。病がちだった生前とはまるでちがう。

橋の先には、人を押しのけながら走る男がふたり。花柄の風呂敷《ふろしき》包みを抱えている。

「どけ、どけい！　女犬公方《くぼう》さまのお荷物だぞ！　犬病《いぬびょう》になっても知らねえぞ！」

あれかと思うが、ただのひったくりにしては様子がおかしい。なにせ笑っている。意味のわからないことを叫びながら、荷物を放りあって、まるで遊んでいるようなのだ。

「ゆるせぬ……っ」

菊乃はいっそう足をはやめるが、なかなか思うように景色が進まない。

(子供の体だからか)

焦りに顔を曇らせた瞬間、菊乃の横を誰かが走りぬけていった。

それは着流し姿の男だった。一瞬だし、顔はろくに見えなかったにもかかわらず、それが誰か、菊乃にははっきりとわかった。

息子の善太郎だ。

菊乃はおもわず走る足をゆるめた。

(あんなに大きくなって)

死に別れたとき、善太郎は元服《げんぷく》前だった。気弱で、武芸よりも勉学を好むおとなしい子だった。だが今、盗人を追いかける姿は力強く、菊乃は頼もしい気持ちになる——

「あ」

善太郎がずっこけた。「よもやそこまで」と絶句したくなる勢いで地面にへばりつき、めくれた裾からはふんどしが丸見えになり、周囲の人々から失笑が漏れた。

身を起こした善太郎はひったくりが遠ざかるのを見て、がくりと肩を落とした。どうするのかと思ったら、腕を袖《そで》から抜いて懐手《ふところで》にし、そのまま猫背になって歩きだす。

怒りの炎が身のうちにわいた。菊乃は無意識に腰に手を伸ばし、帯に差した棒状の「なにか」を摑《つか》んだ。ぱっと駆けだし、去りゆく息子の尻めがけてひと振りにする。

「しゃきっとせぬか、善太郎！」

ずばあん！　猛烈な炸裂音《さくれつ》とともに、善太郎が前方にふっとんだ。

いきなり空を飛び、顔から地面に突っこんだ善太郎は、気を動転させて菊乃を振りかえる。その顔を改めて見て、菊乃はさらなる怒りがわきあがってくるのを感じた。

元服はとうに済んだ年頃のようだ。いいや、とうもとう、とっくのとう。顔つきからして三十より下ということはないだろう。立派な体軀《たいく》に、鬼のごとき強面《こわもて》。そこにかつての愛らしさはない。だが、それより気にかかったのはだらしのなさだ。月代《さかやき》はかろうじて整えてあるものの、髭《ひげ》が伸び、頰はこけている。とくに悪いのは荒《すさ》みきった目だ。

浪人。そんな言葉が脳裏をよぎった。

「なんと情けない姿か。そこへなおれ、きたえなおしてくれる！」

幼子の堂々たる叱責《しっせき》に、周囲の人々からどっと笑いが起こるが、菊乃としては恥じらうどころではない。今の善太郎の姿こそが恥。武士の名折れだ。

「よッ、ご浪人。とんだ可愛い師範がいたもんだ！」

善太郎がぎろりと強烈な眼力で野次馬の男をにらむ。男はさあっと青ざめ、「いやあ、仕事仕事」とそそくさ逃げ去っていった。

「なんだ、娘」

立ちあがった善太郎が恫喝《どうかつ》めいた声色で菊乃に問う。柄が悪いにもほどがある！

「今、何食わぬ顔で立ち去ろうとはしなかったか。ひったくりはどうするのだ。あそこで泣いている娘は、どうす——これっ、どこへ行く！」

無言で去りかけた善太郎は足を止め、筋骨隆々たる肩越しに菊乃を振りかえった。

「いったい何者だ！」

「おぬしの母だ！」

善太郎は呆然《ぼうぜん》とし、しかしすぐにその目を憤怒《ふんぬ》に細めた。

「大人をからかうのはそこまでに——待て。さっき、俺を善太郎と呼んだか」

まじまじと菊乃を見下ろし、ぞっとした様子で身を震わせ、立ち去ろうとする。

「いかん。風邪をぶりかえしたようだ。はやく帰って布団にもぐろう……」

「な……っ、これ、止まるのだ、止まれ……止まらぬかあああ！」

棒状の「なにか」を地面に叩《たた》きつけた直後、どわあっと土埃《つちぼこり》が舞った。

菊乃はきょとんとし、人々はぽかんとして、地面に生じた亀裂を見下ろす。

「地割れが起きたぞ、てんぺんちいか！　みな無事か！」

人々のそばに駆けよると、なぜだか一斉に後ずさる。さっきは応援してくれた人々が、恐ろしげに菊乃を遠巻きにした。

「天変地異って……おめえが、その竹刀でやったんじゃねえか」

行商人らしき男の言葉に、菊乃は「竹刀？」と首をかしげる。

「さっきだって、あの浪人の尻を打ったら、大の男がふっとんだじゃねえかよ」

野次馬たちは不気味そうにして、ばらばらと散っていった。その段に至って、ようやく握っていた「なにか」が新陰流《しんかげ》の竹製模擬刀、袋竹刀《ふくろしない》であることに気づいた。

「わたしが、竹刀で……？」

わけがわからずに立ちつくす菊乃だが、はっと我にかえって身をひるがえした。考えるのはあとだ。今はそれよりも、ひったくりにあった娘のことが心配だった。

「だいじょうぶか」

娘のもとに取ってかえし、かたわらにしゃがむと、娘は驚いた様子で顔をあげた。

「ゆるしてくれ。ひったくりを捕まえることができなかった」

つぶらな瞳《ひとみ》の愛らしい娘だった。年頃にしては、髷《まげ》に挿した櫛《くし》も、柿渋色の小袖も地味ではあったが、素朴で印象がよい。

「追いかけてくれたの……？」

「追いかけたが、取り逃がした。不甲斐《ふがい》ない。おぬしには気の毒なことをした」

「……おぬし……」

はたと我にかえる。自分が幼子のなりであることを忘れていた。

「あっ、いやっ、そのっ……お、おねえさん！」

娘は呆気《あっけ》にとられていたが、眉《まゆ》をキッとつりあげると、「いけません」と声を強くした。

「危ないことをしてはだめよ。こんなに小さな子が。追いつかなくてよかったわ。もしも怒った相手と争いにでもなったらどうするの」

菊乃は目をぱちくりさせた。自分の荷が盗まれたというのにすぐに菊乃のことを思って優しく叱れる娘に、菊乃はほほえむ。

「うむ、わたしが不用心であった。すまぬ」

娘はなぜか頬を赤らめ、「なんだか男前な子ねえ」と目を白黒させた。

「あなたのお名前は？　私は、ちよ」

「菊乃ともーす」

「菊乃ちゃん」

おちよは春の花がほころぶように笑い、菊乃は眩《まぶ》しい思いで目を細めた。

いーろーはーにーほーへーとー。いーろーはーにーほーへーとー。

団子屋の床几《しょうぎ》に座り、小声でいろは唄《うた》を繰りかえす。

（よし。だいぶ幼子の短い舌に慣れてきたぞ）

ほっと一安心し、菊乃はほくほくとした気分で団子をほおばった。それを脇に腰かけたおちよがほほえましげに見つめる。

ふたりが手にしている麦湯と団子は、騒動を見ていた団子屋の主人が奢《おご》ってくれたものだ。ありがたい。ひとくち食べてみて、自分がずいぶん空腹であることに気づいた。

(死人なのに腹が減るとは意地汚い)

恥ずかしく思いながらも、どうにももぐもぐ動く口が止まらない。

あたたかな陽気だ。季節は初夏といったところか、団子屋の前を行きすぎる人々の装いも軽やかだ。だが、善太郎のことを思いだすと、菊乃の心は冬のごとく凍《い》てついた。

(善太郎め。あんな姿を見るぐらいなら、黄泉《よみ》がえりなどするのではなかった)

もちろん、したくてしたものでもないわけだが。

「あの男のこと、情けないと思ったであろう?」

重苦しい気分で問いかける。だが、おちよは首を横に振った。

「とんでもない。とても嬉《うれ》しかった」

「みっともなく転げ、ひったくりを逃がし、おちよを助けおこしもせずに去ったのに?」

「でも、助けようとしてくれた。菊乃ちゃんも、あのお侍さんも」

「とーぜんのことだ」

ふんぞりかえって答えてから、菊乃は「うう」とうめいた。油断すると、すぐ舌足らずになる。

「ううん、当然じゃない。だって、ほかには誰も助けてくれなかったもの」

そうだったろうか。短い足で走るのに夢中で、周囲にはろくに目をくれていなかった。

「だから、助けてくれようとしただけで嬉しかった。あんなに見事に転んで……懸命に走ってくださったのよ。でなきゃ、あんなに勢いよく転げたりしないでしょう」

なるほど、そういう見方もできるか。だが、おちよが優しい見方をすればするほど、菊乃は己と善太郎を情けなく思った。この優しい娘の力になれなかったとは恥ずかしい。

「盗まれたものは大切なものだったのではないか？」

「大したものではなかったからいいの。ただ……」

大きな瞳がにわかに潤む。おちよは慌てて目元を拭《ぬぐ》った。

「ごめんなさい。みっともない姿を見せちゃって」

「なにかあるなら遠慮なく言ってくれ。聞くことしかできぬが……」

「本当に男前ねえ」

感心するおちよの背後で、団子屋の主人が「あんた、女犬公方《くぼう》だろう」と言った。

「誰も助けてくれねえってのもしかたねえ。あんた、ここいらじゃ有名だからな」

おちよのうつむいた顔が真っ赤に染まる。菊乃は首をかしげた。

「おんな、いぬくぼう？」

そういえば、さっきのひったくりもそんなことを言っていたような。

団子屋の主人はちらりとおちよを見てから、菊乃に視線を戻して言った。

「娘っ子は、犬は好きか？」

娘っ子？　菊乃はきょとんとするが、「わたしか！」と気づいて慌てて答える。

「犬といきなり言われても……好きも嫌いもないが」

「へっ、そりゃ奇特なガキだね。俺ぁ、嫌いだよ。犬公方がやっとおっ死《ち》んでくれて、せいせいしてらあ」

犬公方。その蔑称《べっしょう》を聞いた途端、生前の記憶がじわじわとよみがえってきた。

「公方さまは亡くなられたのか……」

江戸幕府第五代征夷大将軍《せいいたいしょうぐん》、徳川綱吉《とくがわつなよし》のことだ。

主人は菊乃が知らないことを不思議に思ったような表情をするが、子供ならばあるいはと思いなおしたようで、「三月《みつき》ばかり前だ」と答えた。

「いやあ、長かったね。三十年近いんじゃねえか？　あの犬公方が死ぬ日はもう来ねえんじゃねえかって思ったよ」

「……人は死ぬものだ」

「あんな人の心もわからねえ野郎が人と呼べるもんか。ありゃ、犬に憑《つ》かれた鬼だ」

たいそうな悪評だ。だが、綱吉がそこまで非難されるのにもまた察しがついた。

綱吉が矢継ぎ早に出した一連の触れ――総称「生類憐《しょうるいあわれ》みの令」がゆえんだろう。

触れが一貫して民に求めたのは、生類、すなわち生きとし生けるものすべてに、思いやりの心「仁」を持つことだった。だが、綱吉の求めた「仁」は、あまりに厳しすぎた。

生類の範囲は、馬、犬、猫といった身近な動物から、蚊、ノミなど人に害をなす虫、さらには鳥、獣、魚や貝にまで至り、それらをむやみに傷つけ、殺すことが禁じられた。

猟師や漁師のほかは鳥や魚を捕ることがゆるされず、困窮する者もあったという。

中でも犬の扱いをめぐっては、人々の暮らしに暗い影を落とした。

当時、江戸では増えすぎた野犬が人を襲うようになっていた。しかし、生類憐みの令は、そうした野犬も含めて犬への「仁」を求めた。犬を傷つけるな、飼い主のいない犬には餌を与えよ、捨て犬は見つけた者が養え、犬を轢《ひ》き殺さぬよう大八車には見張りをつけよ、犬同士が喧嘩《けんか》をしていたら犬が怪我しないよう水をかけて止めよ……。一方で、犬が人を襲っても、犬は咎《とが》を受けなかった。大八車で轢けば、轢いた者は故意でなくても投獄される。犬の喧嘩を見て見ぬふりをした者は厳しく叱られ、咬《か》まれたことをゆえんに犬を傷つけた者は島流し、殺した者は市中引きまわしの上に斬首《ざんしゅ》。人々は次第に「お犬さま」を大切にするふりをし、その実、厄介ごとに巻きこまれるのを嫌って、犬を遠巻きにするようになった。

ところが、それを知った綱吉はさらに触れを重ねた。なぜ犬を避ける、なぜ犬を大事にしない、なぜ、なぜ、なぜ——触れは増えつづけ、処罰はいよいよ厳しさを増し、人々はますます犬を嫌うようになっていった。

菊乃自身は触れが出されはじめた頃、嫁ぎ先の奥に住まい、ほとんど外に出ることもなかったため、犬は身近な存在ではなかった。だから好きも嫌いもなかったが、それでも犬ばかりを大事にし、人の命を軽んじるかのような一連の触れには釈然としない気持ちを抱いたものだった。

「子を咬み殺された親が、犬をこらしめたってだけで、市中引きまわしの上に磔《はりつけ》だ。そんなんで犬を可愛がれるか。犬公方は俺たちよりも犬のが大事だったのさ」

主人はつばを飛ばす勢いで罵《ののし》って、しかし笑顔で前垂れの紐《ひも》をぐっと引きあげた。

「けど、新しい公方さまはできたお方だ。将軍になられるなり、犬公方の触れをまるっとなくしちまったんだからな。……ところが、だ」

「まだなにかあるのか」

「近頃、奇妙な病が流行《はや》ってるだろう？　こりゃ、新しい公方さまのなさりように腹をたてた、犬公方の呪いじゃねえかって話だ」

奇妙な病。首をかしげると、なんだ知らねえのかとばかりに得意げに顎《あご》をなでる。

「吠《ほ》えるのよ、人間さまが。犬みてえに。人呼んで、犬病だ」

「犬病」

「ああ、なんでも犬をいじめたことのある人間がかかるって話でな。俺はいじめたこたぁないが、お犬さまの悪口はよく言う……だもんで、これよ！」

主人がぱんっと得意げに叩《たた》いた柱には、「犬病退散」と書かれた札が貼られていた。

ほほう、と興味深く札を見上げる菊乃。主人はげんなりと首を横に振った。

「ただでさえ犬にゃこりごりだってのに、そんな病まで流行ってるとくりゃ、犬って聞くだけでうんざりだ。……ってのによ、そこの女犬公方さまときたら、往来でいきなり」

がたんっと音がして、床几が揺れた。おちよが勢いよく立ちあがったのだ。

「な、なんでい。なにか文句があるってんなら、今、腹に納めた団子、吐いちまいな」

おちよは主人を振りかえるなり、櫛《くし》が飛んでいきそうな勢いで頭を下げた。

「お団子ごちそうさまでした。とってもおいしかったです。……菊乃ちゃんも今日はありがとう。父が回向院《えこういん》の裏手で犬のための養生所を開いてるの。いつでも遊びにきてね」

涙のにじんだ目を精一杯ほほえませ、おちよは手を振った。つられて手を振りかえし、その姿が雑踏の向こうに消えてから、じろりと主人をにらんだ。

「泣いていた」

「お、俺が悪いってのかよ」

「女犬公方というのは、どう考えたって悪口だ」

「俺が言ったんじゃねえよ。あの娘、ここいらじゃ有名なんだ」

「なぜっ」

主人は駄々っ子でも相手にするように渋々と両国橋を顎で示した。

「犬公方が死んでからすこしして、そこの髪結床《かみゆいどこ》のそばで妙なことをはじめてな」

「妙なこととは」

「怖い顔でせかすんじゃねえや。『犬の里親求む』って書かれた幟《のぼり》を立てて、大声で叫んでんだよ。『犬をもらってください。里親になってください』ってな」

「なにをしていたのだ？　それは」

「女犬公方の……あの娘の父親は、お囲い付きの犬医者だったそうだ。犬公方がおっ死んで、お囲いも仕舞いになるんでな、そこにいる犬を引きとってくれって話らしいのさ」

「お囲い……というのは、なんだ」

「お犬屋敷さ」

主人によると、お囲いとは幕府が建てた犬収容所のことで、「お犬屋敷」とも呼ばれているらしい。「犬を大切にしろ」といくら言っても聞かない民にさじを投げ、幕府みずから野犬の面倒を見ることにしたようだ。しかし、それにかかる費用や、犬の餌代は、江戸の町人の負担としたため、人々の犬嫌いはますます激しくなっていったという。

「江戸中から犬が集められ、いっときには十万匹もいたらしいぜ」

途方もない数だ。耳にしたことがないということは、菊乃の死後行われたのだろう。

「一度集めた犬を、今度は解き放たねばならぬのか。それで、里親は見つかりそうなのか？　十万匹も？」

「へっ、見つかりゃしねえだろうよ。頭数の問題じゃねえぞ、里親に求めるもんがたいそう厳しいって話だ。氏素性を確認し、お犬さまをきちんと飼えるだけの蓄えがあるかまで調べられるってんだからよ」

「それはずいぶんなこだわりようだ。手間もかかろうし、さぞ大変なことだろうな」

「馬鹿にした話さ！　欲しいって奴に、ぽんとくれてやりゃ、それで済む話じゃねえか。もらってくれってぇから、もらってやろうって人間を、はなから疑うみてえに根ほり葉ほり。それで誰が里親になろうと思うって？」

鼻息荒く語り、主人ははたと我にかえった。

「俺ぁ、こんな子供になにまじめに話してんだ」

子供ではない、と言いかけて、子供だった、と思いなおすうちに、主人が鼻をなでた。

「今日は景気が悪《わり》ぃや。店じまいするから、団子ほっぺに詰めこんで帰っちまいな」

菊乃は団子をほおばって、ごくりと飲みこみ、主人を見上げた。

「もうひとつ。さっき転んだ男のこと、なにか知らぬだろうか」

「さあなあ、犬公方はちょっとでも気に入らねえことがあると、すぐお取りつぶしだ。あの手の浪人はあっちこっちで見るんだ。薄汚《うすぎたね》えなりして、みっともねえったら」

言いながら、隣で屋台をかまえるうどん屋に「知ってるか？」と声をかけてくれた。


うどん屋が教えてくれたのは、両国橋を渡った先にある本所相生町《ほんじょあいおいちょう》の裏長屋だった。なかば傾きかけた棟割《むねわり》長屋を前に、菊乃は放心して立ちつくす。

（こんな寂れた長屋に善太郎が……？）

部屋のそばにある厠《かわや》からきつい肥の臭いがただよってきて、くらりとなった。あのときは善太郎だと確信したが、こんな貧しい暮らしをしているなどにわかには信じがたい。

だが、怯《ひる》んでいる場合ではない。菊乃は意を決し、すうっと息を吸いこんだ。

「たのもーう！」

声を張りあげる。返事はなかった。しかたなく入り口の腰高障子を引くと、思いがけず勢いがついた。ガコッという音とともに障子が溝から外れ、埃《ほこり》をあげて土間に倒れる。

「いかん、力加減がよくわからんぞ……」

薄暗い室内では、善太郎があぐらをかいた姿勢のまま凍りついていた。「なっ」と我にかえり、手のひらに載せていた小さな巾着《きんちゃく》袋を慌てて袖《そで》のうちにしまう。

「なんだ、なぜ先ほどの娘がここに……それより、なぜ戸を壊した⁉」

「ゆるせ、壊すつもりはなかった」

菊乃は障子をひょいと持ちあげ、溝にはめる。

「なんの用かも、どこで俺の幼名を知ったかも知らんが、さっさと去れ！」

幼名。やはり善太郎でまちがいないのだ。元服し、どのような名をもらったのかはわからないが、まぎれもなく本人。──なんという、体たらく！

「これはいったいどういうことか。おぬしの父は、おぬしがこのようなところにいることをゆるしはしないはず」

「俺の父がなんだと言うのだ。おのれまさか、まだ俺の母などと言うのではあるまいな」

「母だっ」

善太郎は土間に下りてきて、菊乃の襟《えり》首を摑《つか》むと、腰高障子を開けはなって外に放りだした。勢いあまって尻《しり》もちをつく菊乃の前に、善太郎が恐ろしい顔で仁《に》王《おう》立ちする。

「どうしたわけで、そんな馬鹿げたことを言っているかは知らぬが。いいか、俺に母はいない。俺は木の股《また》から生まれたんだ」

「母はいない？　木の股？　なにを言っているのだ、善太郎」

「気に食わないか。なら、これならどうだ。――母は卑しい畜生だ。畜生の子たる俺もまた畜生だ！　わかったら消えろ！」

ぴしゃりと鼻先で障子が閉じられ、菊乃はただ呆気《あっけ》にとられた。


裏長屋をあとにした菊乃は、黄昏《たそがれ》が迫る通りを影を引きずって歩いた。

（卑しい畜生とはずいぶんひどい……）

じわりと涙がにじみ、驚く。頬をぺちっと叩くが、涙は引っこむどころか、よけいに盛りあがって垂れてくる。どうやら涙腺《るいせん》まで子供のものになってしまったらしい。

（母はいないなどと。私とともにすごした日々は思い出にすらなっていないのか）

まるで菊乃の生きた年月を、まるきりなかったことにされてしまったようだ。

「う……、ひぅ……ぐふっ」

嗚咽《おえつ》をこらえようと歯を食いしばったら変な声が出た。

袖口《そでぐち》で涙を拭《ぬぐ》いながら、菊乃はぐふぐふ泣き泣き、夕暮れの町を歩いた。

二

生まれは、江戸城の北、駿河台《するがだい》。生家は、禄高《ろくだか》三千石の直参《じきさん》旗本、葛川《くずかわ》家。

第四代征夷大将軍《せいいたいしょうぐん》徳川家綱《いえつな》の時代に、菊乃は葛川家の長女として生まれた。

父の働きぶりは上の覚えもめでたく、暮らしは豊かだった。葛川家にとっての唯一の悩みは、母が嫁いで八年、いまだ嫡子《ちゃくし》がないことだった。

「側室は持ちとうない」は父の口癖だった。それほど母に惚《ほ》れこんでいたのだ。そして、「嫡子のためにも側室をとるべきだ」と言う周りの者に、父はいつもこう返した。

「このまま男が生まれなければ、菊乃がわしの跡継ぎだ」

それが、そもそもの始まり。

菊乃にほどこされるようになった「嫡子教育」は、父としては口やかましい周囲に対する憂さ晴らしのようなものだったのだろう。だが、母が病をわずらい、他界すると、押しよせる現実から逃れるように、ますます菊乃の教育に力を入れていった。

幸か不幸か、菊乃にとって男としてふるまうことには違和感がなかった。むしろ、しっくりきた。琴を習うのではなく、師について武芸や四書五経《ししょごきょう》を学ぶ。とくに剣術には優れた才を発揮し、師範も「男でないことが惜しい」と悔しがった。

十四歳を迎えた年、第五代征夷大将軍に徳川綱吉がつき、徳川家の治世はいよいよ盤石となった。一方、戦乱の世には勇猛さを求められた武士は、剣を握る意義を見失っていった。町では浪人による辻《つじ》斬りや暴力沙汰《ぼうりょくざた》が横行。そうした手合いを見すごすことができず、菊乃は同じ師範に学ぶ兄弟子たちと自警団をつくった。悪を成敗する自警団の評判は、男顔負けの活躍をする男装の姫「男姫」の噂とともに市井に広まっていった。

そして、菊乃が十七歳となったとき、その騒動は起きた。

その日も、菊乃は兄弟子たちとともに、自警団として町を練り歩いていた。

年の近い兄弟子たちが近頃好む話題はといえば、嫁取りについてだ。中には婚姻の決まった者もいて、菊乃に対しても「男姫の嫁入りはいつだ」、「男勝りの菊乃が嫁入りというのは想像がつかん」と親しみのこもったからかいを向けてきた。

そのたびに、菊乃は苦笑するとともに、深い困惑を覚えた。

父が後添えを迎えたのは、四年前のことだ。妻を亡くした悲しみも癒《い》え、独り身の寂しさがこたえるようになったようだ。後妻との間にはすぐに男児、竜之介《りゅうのすけ》が生まれた。健やかに育ち、無事に三歳を迎えると、父は嬉々《きき》として幕府に惣領願《そうりょうねがい》を提出した。竜之介こそが惣領――すなわち葛川家の嫡子だと世間に知らしめたのだ。

もちろん不満はなかった。さすがに十七にもなって、自分が本当に嫡子になれるとは思っていなかった。

ただ、すこし困っていた。父に言われるまま男のように生きてきてしまったが、これから先、自分はどんな立ち居ふるまいで歩んでいけばいいのだろう。

武家に生まれた女の行く末はただひとつ。親が決めた相手――同格の家に嫁入りすること。男姫などと呼ばれる「悪評」はあっても、菊乃は直参旗本の姫だ。持ちこまれる縁談は多い。十七歳ともなれば、いつなんどき家を出されてもおかしくはなかった。

けれどそれを思うと、どうにも気持ちが沈む。

嫁いでしまえば、もう男のなりはできない。剣術もたしなむ程度ならゆるされるかもしれないが、悪漢退治などもってのほかだろう。

(私は、どこかおかしいのだろうか)

べつに男になりたいわけではない。男に生まれていたら楽だったろうにとは思うが、女のこの身に不満があるわけでもない。

ただ、なにかちがうと思うのだ。

(私はどうやって生きていきたいのだろう)

そのときだった。悲鳴が聞こえた。ずっと先の掘割端で、脇差《わきざし》をちらつかせ、娘を抱えあげようとしている男たちがいる。近頃、頭を占める悩みは一瞬で消しとんだ。

「不届き者め」

菊乃は走りだした。兄弟子たちもともに駆けだす。娘を抱えあげた男がこちらを振りかえった。その顔に見覚えがあろうはずもなく、菊乃は袋竹刀を振りあげ、叫んだ。

「菊乃、参る!」

「あなたに縁談を用意しました」

それからしばらくして、菊乃に冷たく告げたのは父の後妻、菊乃の義母だった。

あの日、町娘に不埒《ふらち》を働いた男のひとりは、さる大名家の三男だった。幸い、大名家側が「不問に処す」と寛大な心を示したために大ごとになることはなかった。もっとも、町娘を手にかけようとしたあげく、旗本の「姫」に阻害されたなど、大名家としても世間に知られたくなかったのだろうが。むしろ、この一件を問題視したのは葛川家だった。

「夫となるのは、宇佐見家の嫡男、兼嗣《かねつぐ》殿。男姫などと呼ばれるあなたを寛大にも受けいれてくれるのです。よくよく仕え、世間に恥じることない、よき妻となりなさい」

義母の厳しい態度を前に、菊乃は見開いた目を観念して閉じ、両手をついて平伏した。

「承知つかまつりました」

婚礼は半年後となった。義母の花嫁修業は実に熱心で、ありがたく思うと同時に、自分がどれほど「女」から外れた存在かを痛感させられた。久しぶりにまとった女物の小《こ》袖《そで》に覚える違和感。所作のひとつをとっても「それは男の動きです」と叱咤《しった》される。まるで体を縄で縛られたようで、菊乃はどんどん途方に暮れていった。

なぜだろう。女に生まれながら、どうして女として生きることがこれほど苦しいのか。消しても消しても浮かんでくる思いが爆発したのは、よりにもよって婚姻の夜だった。

襦袢《じゅばん》姿になり、髪をおろし、布団の上で夫となった男と相対した。

宇佐見家嫡男、兼嗣。兼嗣にとっても「男姫」との婚姻は本意ではなかったのか、その鬼神のような強面《こわもて》はずっと厳しいままだった。

覚悟を決めろ、と菊乃は己に命じた。この男の妻として立派につとめを果たすのだ。与えられた命運を生ききってこその真の強さではないか――。

だが、兼嗣が菊乃の肩に手をかけたその瞬間、猛烈な拒絶感が全身を貫いた。そして、気づいたときには兼嗣を全力で突きとばしていた。

途方もない失態だった。即刻、離縁されてもしかたのない所業だ。

当然、兼嗣は烈火のごとく怒った。その後どれほど詫《わ》びようと、兼嗣が菊乃をゆるすことは決してなかった。

だが、意外なことに離縁を告げることもまたなかった。

あとで知ったことだ。宇佐見家は祖父の代の道楽が祟《たた》って、家計が火の車だった。裕福な葛川家から嫁いできた「男姫」の持参金はまさに頼みの綱で、兼嗣の側から離縁を申し出ることなどあろうはずもなかったのだ。

以来、夫婦仲は最悪なものとなった。兼嗣はあからさまに菊乃を軽んじた。武家の妻の役目は奥向《おくむき》の差配。だが、殿にないがしろにされる女主人の言うことを、奉公人が聞くはずもない。「男姫」の初夜のふるまいは陰口の恰好《かっこう》の的だった。

子が生まれれば、すこしは立場もよくなっただろう。だが、三年たっても子はできず、さらにその頃から体調を崩しがちになり、奉公人の目はいよいよ厳しいものとなっていった。

そこに変化が現れたのは、宇佐見家に嫁いで六年目となったある日のこと。

赤子が、菊乃のもとにやってきた。

宇佐見家待望の嫡子――善太郎である。

三

細く、高い笛の音が聞こえる。夜の町を流れ歩く按摩《あんま》の竹笛の音だ。小さな耳がそれを拾い、菊乃はぼんやりと目を開けた。

(ここは……境内か。いつの間にか眠ってしまったようだ)

家の板壁と板壁の隙間にぽつんと社があるきりの稲荷《いなり》神社だ。行く当てもなくさまよい歩き、ひと休みのつもりで座りこんだところまでは覚えているのだが——まったく子供の眠気というのはとんでもなく唐突で、重たくて、危ない。

寄りかかっていた賽銭《さいせん》箱から身を起こしながら、ぶるりと身を震わせる。寒い。そう思うとともに、自分がまだ「生きている」ことを実感し、がくりとした。

石段を下り、通りを覗《のぞ》く。すっかり人の往来はなくなっていた。掘割の黒い水面《みなも》にさしかかる柳の枝先の向こうに、提灯《ちょうちん》らしき明かりがふらふらと泳いでいるぐらいだ。

(夜明けまで境内をお借りしよう。日が昇ったら、どこでもいい、助けてくれそうな寺を見つけよう。お経のひとつもあげてもらえれば、黄泉《よみ》に戻れるかもしれない)

善太郎のことが頭をよぎり、ぱしっと頬を両手で叩《たた》いた。

「善太郎など知るものか。母を、卑しい畜生などと罵《ののし》るとは」

金輪際関わるまい。黄泉がえったばかりに、善太郎のぶざまな姿を見るはめになったのは不運だったが、泉下《せんか》に戻れば忘れてしまうだろう。

「知らん、知らん。あんな馬鹿息子など知らーん！」

うぇうっ、と嗚咽《おえつ》が漏れ、慌てて両手で口をふさいだ。

（気を抜くと、この幼子の体はすぐに泣きだす。気をつけねば）

それにしても、どうしてまた幼子の姿で黄泉がえったりなどしたのか。

「こちらです、鶴松《つるまつ》さま」

ふいに声がした。すばやく板壁の陰に身を隠し、近づいてくる提灯に目をこらす。

そばまでやってきたのは七人の男女だ。商人とおぼしき男が三人、芸者姿の女が三人。

そしてもうひとり。鶴松という名で呼ばれた、ずいぶん顔立ちの整った男。

（僧か？　こんな夜更けになにを……いや、本当に僧か？）

僧だと思ったのは、僧衣のせいだ。錆色《さびいろ》の法衣《ほうえ》に、黒の袈裟《けさ》。僧か？　と疑《うたが》ったのは、剃髪《ていはつ》ではないからだ。短く刈った髪に、たちのぼる炎を表したような図柄の剃りこみ。

僧侶《そうりょ》と断言するには、ずいぶん浮ついて見える。

それに「鶴松」という名も穏やかでない。生前のことでさだかではないが、たしか綱吉の息女が鶴姫という名であったために、幕府は人々が「鶴」の字や紋を使うことを禁じていたと思うのだが……。

「鶴松さま、あちらの屋根です。軒下を通ると、石が降ってくるのは」

「観《み》てみましょう」

鶴松は深みのある声で囁《ささや》き、もったいぶった手つきで左目を覆いかくした。

(見ると言ったのに、目を隠してどうするのだ)

目を覆った左手の中指と薬指が、左右に割れる。そこから覗く左の眼球が、異様な動きをする。提灯の明かりの中、ぶるぶると蠢《うごめ》きだしたかと思うと、眼窩《がんか》の内側でぐるりと半回転し、三人の女たちが悲鳴をあげた。

白いはずの眼球に現れたのは、金色に輝く、ふたつの瞳孔《どうこう》だった。

「おおっ、これが噂の〈金色《こんじき》の重瞳《ちょうどう》〉……」

男のひとりが感嘆したとき、鶴松が鋭く声をあげた。

「男がひとり、屋根の上からこちらを見ています。なんと悲しげな目つきか……」

菊乃は鶴松の視線を追って、屋根の上に目をこらした。なにも見えない。ほとんど満月に近い月の光を受け、屋根のふちが白く光るのが見えるばかりだ。

「刑場で死んだ男の霊です。野次馬に石を投げられ、じわじわ苦しめられて死んでいった。痛みと恨みが、あれをこの世にとどめ、悪さをさせているようです」

はっとする。どうやらこの僧侶、幽霊が見えるらしい。成りゆきを見守ろうと身を乗りだしたとき、女のひとりが言った。

「でも、どうして屋根の上に？　恨みがあるなら刑場に出るんじゃないのかえ」

鶴松の顔が引きつった。そのとき唇から零《こぼ》れた毒づきが聞こえたのは、すぐそばで体を小さくしていた菊乃だけだったろう。

「……面倒くせえな。俺がこうだと言ったら素直に信じろってんだ」

目を丸くしていると、鶴松が「ああっ」と大げさに声をあげて両手で顔を覆った。

「どうしました、鶴松さま!? お加減でも……」

鶴松はかぶりを振り、女の手をそっとすくいあげると、詫びるように額に押しあてた。

「いいえ、己が情けないのです。私がもっと力ある僧侶なら、すぐにも納得のいく答えを探れたのでしょう。ですが、わかりかねる。なにかしらの思いあってのことでしょうが、すでに当人すら生前の記憶がおぼろげになっているようで……私ごときの力では」

女は指先まで真っ赤にして身を震わせた。それもそのはず、色事にうとい菊乃でさえはっきりわかるほど鶴松は色香をふりまいていた。

(まともな僧ではない。しかも女人の手に軽々しく触れるとは、破戒僧《はかい》め)

「わっちこそ、つまらないことを言っちまいましたよ。忘れとくれ、鶴松さま」

鶴松は女が腰くだけになる微笑を浮かべると、さっと手をはなした。

「私にできることはただひとつ。亡者を極楽浄土に送ることだけ。いかなる因果かこの世にとどまりし亡者よ。台密《たいみつ》の秘法を授かりし鶴松が、おまえを成仏させてやろう」

鶴松が胸の前で両手の指を複雑に組んだ。人々は気を呑《の》まれたように静まりかえる。

「ナウマク・サンマンダ・バザラダン・カン――」

真言《マントラ》。菊乃は息を呑む。しかし感動もつかのま、すぐに「空々しい」と顔をしかめた。たしかに霊験あらたかな雰囲気はかもしだされている。だが、菊乃はすでにこの僧に疑いを持っている。きっと「騙《かた》り」にちがいないと、じりじりと前に出る。

鶴松が背に手をまわした。摑《つか》みとったのは、ごてごてした装飾の、清《しん》国のもののような両刃《もろは》の長剣だ。それを屋根のほうに向けて掲げる。

「忿怒《ふんぬ》の形相せし不動明王《ふどうみょうおう》よ、倶利伽羅剣《くりからけん》のもと、この憐《あわ》れなる亡者を滅罪たらしめよ！」

気合いの声とともに、斜めに空を裂く。すると不思議なことに、その剣筋に炎の道が走った。男たちが「おおっ」と喚声をあげ、女たちが「あれえ！」と顔を伏せる。

炎が火の粉を散らして消える。静寂が訪れ、鶴松が長剣を背の鞘《さや》に戻し、ふっと肩から力を抜いた。金色に輝いていた重瞳はふたたび反転し、もとの黒目に戻る。

「これにて怨霊《おんりょう》は降伏《ごうぶく》しました。極楽浄土へと向かったことでしょう」

「おおっ、では、これで本当にもう恐ろしいことは起きないんでしょうか」

「ええ。ですが、不安でしたら、この角大師《つのだいし》の札を持ち歩くのがよろしいかと」

ありがたく札を受けとろうとした男から、鶴松がぱっと札を取りあげる。

「一枚、一両。ひと月ごとに買いかえるとして一年分。しめて十二両の浄財を」

「高――っ」

不満を口にしかけた途端、女たちが「わっち、角大師さん、欲しい」とねだった。男はころっと「困った子たちだねえ」と鼻の下を伸ばし、懐から紙入れを取りだした。

「ねえ、鶴松さま、この角大師さんのお札に、お名前を入れちゃおくれでないかえ？」

「ずるい、わっちの札には、鶴松さまとわっちの名前も書いておくんなまし」

菊乃が顔を引きつらせたそのときだ。男のひとりがこちらに気づいた。

「おや、こんな夜中にどうしてあんな幼い娘が……」

鶴松が振りかえって、菊乃をまじまじと見つめ、

「鬼だーっ」

ぎょっとなったのは、菊乃も男も同じだ。鶴松は舌打ちし、男の背中を乱暴に押した。

「見世物は終わりだ、帰れ、おっさん！」

「えっ？　おっさ……、で、ですが、お札がまだ」

「札ならぜんぶくれてやる。そら、駆け足！　姐《ねえ》さんたち守って、全力で走れ！」

え、え、と歩きだす男の背中を、鶴松は「急げってんだよ！」と蹴《け》りとばした。

ぽかんとしていると、鶴松はこちらに向きなおり、ふたたび両手に印を結んだ。

「オン・アモキヤ・ビロシヤナ・マカモダラ・マニ・ハンドマ・ジンバラ・ハラバリタヤ・ウン――」

とっさに飛びのいた。一瞬、体をなにかが貫いた気がした。

（さっきの真言とまるでちがう）

真言が繰りかえされるたび、静寂がこれ以上ないほどに深まっていく。

（怪しい男にはちがいない。だが、この力は本物）

修験者には詳しくない。それでも、その真言が発する力はたしかに伝わってきた。

（待て。このまま真言を聞いていれば、成仏できるのではないか）

はたと気づいて、いったんは引きかけた体をその場にとどめる。

鶴松がなおも真言を唱える。体の中に光が生まれ、心が清まっていく。ああ、なんと深い声色だろう。心がすっとする。菊乃は目を閉じて、黄泉《よみ》へと戻る瞬間を待つ――。

鶴松が沈黙した。菊乃は目を開け、「これ」と鶴松をねめつけた。

「なぜやめる。せっかく心地よかったのに」

「亡者解脱《げだつ》の光明真言《こうみょうしんごん》をうっとり聞くな！　按摩《あんま》じゃねえんだぞ！」

「おおっ、たしかに按摩のような心地よさだった」

鶴松が血相を変え、剣の切っ先を菊乃に向けてきた。

「もう容赦しねえ。そこになおって倶利伽羅剣の炎をその身に受けやがれ！」

ふたたび真言が唱えられた瞬間、剣全体が火炎に包まれた。菊乃は目を見開き、振りおろされた炎の剣をとっさに身を低くしてかわした。

（しまった。よけてしまった！）

倶利伽羅剣とやらがなにかはわからないが、あれに斬られれば、黄泉に戻れるのではないか。そう思ったが、炎への驚きと、武芸の心得とが邪魔をした。再度、剣を振りおろされるが、やはり体が勝手によけてしまう。

「ちょこまかするな、悪霊！」

「おぬしの腕が悪いのがいけない！　よけてしまえるではないか！」

「はあ!?」

鶴松は構えをとき、怪訝《けげん》そうに菊乃を見つめた。

「おまえ……変だな。普通の亡者となにかちがう」

そのとき、妙な臭いが鼻先をかすめた。菊乃は臭いのもとをたどり、鶴松の横手に伸びる通りに目をやり、瞠目《どうもく》した。

「ま、待て、鶴松とやら。う、うし……」

「……なんだよ、言い残したいことがあるなら、聞いてやっても――」

「うしろ！」

鶴松が振りかえった先には、巨大ななにかがあった。

なにか、としか表現できなかった。強いて言うなら、どろどろとした真っ黒な泥の塊。その高さは家の軒下に届くほどで、幅に至っては通りを覆わんばかりだった。

ねちゃり、と泥塊《でいかい》の中央が横に割れた。まるで口のようだ。そう思った直後、

『オマエ、我ガ主《あるじ》、カ？』

鶴松がはっとして倶利伽羅剣を振りあげた。だが、それよりもはやく泥の塊が鶴松に覆いかぶさった。僧衣の襟首に咬《か》みついて、軽々と上空に持ちあげる。

(なんだ、これは)

鶴松が体をよじって逃れようとするが、泥塊は獲物を捕らえた犬のように、ぶるんぶるんと身を振った。左右に揺さぶられた鶴松の手から剣が零れ、地面に落下する。

まさか喰《く》らうつもりか、人間を。

「させるか……っ」

菊乃は草履をしっかと地に食いこませ、腰帯に差していた袋竹刀を抜きはなった。

「菊乃、参る！」

地面を蹴って駆けだす。袋竹刀を振りあげ、形の判然としない泥の塊めがけて——、

「よけろ！」

鶴松の鋭い声がした。直後、泥の中から長い縄状の流体が伸びだし、意思を持った動きで袋竹刀を薙《な》ぎはらった。手からはなれた袋竹刀は夜闇の向こうに飛んでいく。

「なにしてる、馬鹿。逃げろ！」

逃げろと言う鶴松に、一瞬、菊乃は感心した。

「逃げて、立てなおして、そして俺を助けろ！」

感心して損した。

呆《あき》れながらも、菊乃はふたたび走りだした。武器はないか。どこかに武器は——ふいに、鶴松の落とした倶利伽羅剣が目にとまった。駆けより、子供の身には巨大すぎる剣の柄《つか》を摑んだ。鶴松がなにかを叫ぶ。はっと顔をあげると、さっき袋竹刀を払った泥の縄がすぐそばまで迫っていた。

菊乃は剣を持ちあげた。思いがけない軽さに勢いあまって後ろに転びそうになる。

(持てた。これならいける！)

柄をしっかと握りなおし、上段に構える。すると、先ほど目にした炎が、いや、あれ

よりもはるかに淡い火が刀身をとりまいた。驚く間もなく、気合一閃《いっせん》、縄を袈裟《けさ》斬りにする。途端、それはただの泥となってべちゃべちゃ地面に飛び散った。

『ウオォォオオオン！』

突然、泥の塊が体を揺さぶりながら吠《ほ》えた。反動で、鶴松がどこかへと飛ばされる。

泥塊の一部がぐにゃりと盛りあがった。中から、なにかが出てこようとしている。

あれは——獣の鼻先？

体が勝手に震えだした。歯の根が合わなくなる。これは、畏怖《いふ》だ。そう悟った瞬間、横からなにかが衝突した。濡《ぬ》れた感触にぎょっとしたのも一瞬、視野が反転した。

「逃げるぞ！」

鶴松だ。飛ばされた先に掘割でもあったのか、びしょ濡れの片腕で菊乃を小脇に抱え、全力で走る。

「はなせ！　まだやれる、あの化け物、一刀のもとに斬り捨ててくれる！」

「うるせえ、素人が！　棒立ちになってたくせに、生意気言うんじゃねえ！」

逃げる鶴松の背中側を向いた菊乃の視界には、まだあの泥塊の化け物がいた。

追ってくる様子はない。ただ、悲しげに咆哮《ほうこう》をあげている。

（なぜだ、どうしてだか無性に胸が痛む……）

がくんと視界が傾いだ。菊乃はつまずきかけたらしい鶴松の背中をぺちっと叩《たた》く。

「これ、僧侶《そうりょ》！　もっとなめらかに走ってくれ！」

「無理言うな。雪駄《せった》が濡れて滑るんだ！」

「ええい、どんくさい！」

「ちょ、暴れんな。放りおとすぞ、鬼娘がーっ」


人家が途絶え、両脇を竹林に挟まれた真っ暗な坂まで逃げたところで、ようやく鶴松が足を止めた。菊乃をぞんざいに地面におろし、ぜえぜえと呼吸を整える。

「最悪だ。商売を邪魔されたあげく、なんでこんな鬼のガキを抱えて全力疾走を……」

「鶴松と言ったな。さっきのあれはいったいなんだ⁉」

勢いこんで問う。鶴松は濡れた僧衣の裾《すそ》をぎゅっと絞りながら答えた。

「化け物。怨霊《おんりょう》。悪鬼。呼び方はいろいろだ。ていうか、おまえもあれの類《たぐい》だろうが」

「わたしは化け物などではないぞ」

むっとして返しつつ、菊乃は来た道を振りかえった。

「あれは放っておいてよいのか。倒せるなら、今からでも戻ったほうがいいのでは」

「いい、いい。誰かがあれに悩まされてて、俺に相談してきたならどうにかするが、そうでないならタダ働きはごめんだね。……うう、寒っ」

報酬の有無で化け物退治のするしないを決めるとは、やはりまともな僧侶ではない。

「わたしは菊乃ともーす。おぬしは何者だ」

鶴松は菊乃が抱えていた倶利伽羅剣《くりからけん》を乱暴に奪いとって、顎《あご》をそらす。

「江戸八百八町に名の知れた天下の降魔《ごうま》師、鶴松さまを知らないとは幸せな鬼だ」

「ごうまし？」

「魔を降ろすと書く。台密の秘法を用いて、さっきみたいな化け物を祓《はら》うんだ」

天台《てんだい》宗密教か。厳しい山岳修行を行うことで知られる宗派だが、あいにく詳しくない。

(それにしても「天下の降魔師」とは、徳川家の天下にあってなんと不遜《ふそん》なことか)

鶴松という名前といい、知れば知るほどに怪しむ気持ちが強まる。

「あのような化け物がこの世にいたとは驚いた。これまで見たことがなかった」

「普通はそうだ。さっきの化け物にしたって、ほかの人間には見えてなかったはずだぞ」

たしかに、あれほど巨大な異物がいたのに、辺りの人が現れる様子はなかった。

「ということは、もし誰かが見ていたとしたら、あの化け物の口に捕らえられていた鶴松は空を飛んでいるように見え、わたしは剣舞でもやっているように見えたのか？　それはたいそう滑稽《こっけい》な……あだっ」

菊乃の鼻先を、鶴松が指で突いてくる。

「それより、おまえこそ何者だ。ただの子供じゃないだろ。外見と中身があべこべだ」

「わかるのか？」

「ああ。この俺の〈金色《こんじき》の重瞳《ちょうどう》〉にかかればな」

鶴松の左の眼球がぐるんと反転し、ふたたびあのふたつの瞳孔《どうこう》が現れた。

直後、全身の毛が逆立ち、体が石になったように動かなくなった。

夜の闇が消え失《う》せ、見渡すかぎりの赤黒い世界が広がる。身動きひとつとれない菊乃のほうへと鶴松が近づいてくる。

間近まで迫って、違和感を覚えた。鶴松の顔がわずかに下に見える。幼子となった自分と大人の鶴松とでは、視線が近くなるはずがないのに。

「宇佐見菊乃。旗本の奥様か。面構えからして、いかにもお武家さまって感じだな」

顎を摑《つか》まれる。間近から覗《のぞ》きこんでくる鶴松の重瞳は、ぞっとするほど気味が悪く、それでいて凄《すご》みを帯びた美しさがあった。

「堅苦しく、気位ばかり高い武家の女。と見せかけて、本当の姿は『男姫』と呼ばれた男勝りのお姫さま。――化け物の正体、見きわめたり」

生前のあだ名にぎょっとなる菊乃に、鶴松がにやりと笑った。

「にしても、女だてらに羨《うらや》ましい背の高さだなあ。胸も平たいし、股《また》ぐらに一物がついてないのが不思議なぐらいだ」

まさか、もとの姿が見えているのか？

菊乃の動揺に気づいてか、鶴松ははっはっはっと憎らしいほど明るく笑って言った。

「知りたいなら教えてやろう。この重瞳は剝《む》きだしのおまえを見る。つまり今、おまえはすっぽんぽんだ！」

菊乃はわなわなと震え、見えない力に呪縛《じゅばく》された体に活を入れ、根性で口を開けた。

「この……っ破戒僧！」

一喝した瞬間、赤黒い世界が霧散し、夜半の坂に戻っていた。

「この重瞳の呪縛から逃れるとは、やはりただ者ではないな」

ふたたび背丈の縮まった菊乃は、道端の道祖神《どうそじん》の陰に転がりこんだ。

「破戒僧！　恥知らず！　女犯《にょぼん》！　島流し！」

「破戒結構、女犯上等。それで減じる功徳など、最初から徳でなし。——そら、これでおまえの裸はもう見えない。安心して出てこい」

ぬけぬけと言い放つ鶴松の目は、もとの切れ長の目に戻っていた。菊乃は歯嚙《はが》みし、身を縮めそうになるのを逆にふんぞりかえってこらえ、鶴松の前に進み出た。

「その目はいったいなんなのだ」

「重瞳。ひとつの眼球にふたつの瞳を持ち、片方は見たままの姿を、片方は隠された真の姿を見る。かの重瞳の高僧、円珍《えんちん》の再来とうたわれた降魔師とは俺のことよ」

「密教の修行は厳しいものと聞く。おぬしのような軽薄な男がそのような苦行を行ってきたとは、とうてい信じられぬ。しかも女人の裸を平然と見て、冷やかしを言うなど、それが修験者のふるまいか」

「なら疑うか？　俺の力を」

「それは……。だが、さっきはなにをしていたのだ？　屋根の上に霊がいると言っていたが、本当に霊がいたのか。わたしにはなにも見えなかったが」

「いなかったよ」

堂々と答え、鶴松は鼻で笑った。

「心に不安を抱えてると、いもしないものを見た気になるのが人間だ。その不安を祓ってやるのが、俺の仕事。本物の化け物がいれば降魔するし、いないなら、客が満足するように大げさに、捕まらない程度にささやかに、降魔する『ふり』をする」

「それでは騙《かた》りではないか！」

騙りという言葉に、鶴松は意味ありげにほほえんだ。

「客が恐怖を抱いているのはたしかだろ。ありがたいお経を唱えりゃ、心の重石《おもし》がとれて、晴れて気分も爽快《そうかい》。それを騙りって言うなら、どうぞなんとでもお呼びください」

「う……それは、たしかにそうかもしれぬが」

「そもそもさっきの客は、屋根の上になにもいないことなんて百も承知だ。芸者の姐《ねえ》さんたちに面白い見世物を見せて、一目置かれたかったんだろうよ。気づいていて利用されてやったんだから、札ぐらい高値で売ったって神仏も怒りはしないね」

もはや返す言葉も見つからない菊乃の額を、鶴松は指でぱちんと弾《はじ》いた。

「っ、痛いではないか」

「それよりも、一応助けてもらった礼は言っておくぞ。どーもありがとーございました」

「礼を言う態度か、それは？」

「念仏ぐらいは唱えてやるから、ひとまずその子の体から出てやれ。かわいそうだ」

「――まさか、わたしは、どこかの娘に取り憑《つ》いているのか!?」

鶴松は首をかしげ、腰を折って菊乃の幼い顔をしげしげと観察する。

「ちがうのか」

「わからぬ。もしそうなら、はやく出ていってやりたいが……」

菊乃はぺたぺたと両手で自分の顔に触れた。

「川面《かわも》に映った顔は、幼い頃のわたしによく似ていた」

いや、幼い頃の自分の顔など覚えてはいないが、他人の顔だとは露思わなかった。

「そうだ。さっきなくしたが、袋竹刀を持っていたのだ。生前、剣術の稽古《けいこ》で使っていたものだ。お気に入りの鼠の根付けがついていたから、わたしのものだと思うのだが」

「取り憑いてるわけじゃなくて、幼子の姿で黄泉《よみ》がえったってことか？」

鶴松はいぶかしげに言って、菊乃の両頬をひっぱった。

「ひゃにおふうっ（なにをする）」

「まぎれもない生身だな。死んだのはいつ頃だ？」

鶴松が手をはなす。菊乃は頰をなでながら答える。

「たしか元禄《げんろく》七年だったと思うが……そういえば、今はいつだ」

「宝永《ほうえい》六年だな」

「ほうえい……というのは」

「元禄の次だ。元禄は十七年で終わったから、あー……死んだのは、もう十五年も前ってことになるか？」

十五年前！ 驚愕《きょうがく》する。思いだすのは善太郎の老けた顔だ。三十はくだらないと思ったが、指折り数えるとまだ二十二だ。よほど苦労したのだろうか。にわかに心配になる。

「十五年前に死んで、十五年後に子供の姿で黄泉がえった、か。ずいぶんけたいな……」

鶴松が首をひねる。どうやら尋常ではないことが起きたようだ。

「さっき、『普通の亡者とちがう』と言っていたな。それはどういう意味だったのだ」

鶴松は思案げにし、すっと倶利伽羅剣《くりからけん》を差しだしてきた。

「そこの竹を斬る真似をしてみろ。本当に斬る必要はない。竹の手前の空を斬る感じで」

戸惑いながら受けとり、道脇に生えていた竹の手前で剣を振った。すると、振りきる直前、ふたたび剣が火に包まれ、ごうっと竹に燃えうつった。

まずい、火事になる。青ざめるが、鶴松は「落ちつけ」と冷静に言った。

「よく見ろ。燃えちゃいない。倶利伽羅剣の炎が斬れるのは化け物だけだ」

改めて竹林を見ると、そこには焦げ目ひとつなく竹がそびえていた。

「すごいな。どういう仕掛けだ」

「仕掛けで火が出るんじゃねえ。いいか、これは不動明王の加護を得た霊剣だ。使い手の験力に応《こた》えて、不動明王の炎が発現する」

「験力というのはなんだ。誰でも持っているものなのか」

「いや、厳しい修行を経た行者《ぎょうじゃ》だけが得られる力だ。修験の経験でもあるのか？」

「まさか！」

「じゃあ、その怪力はどうだ。生前からのものか」

鶴松は倶利伽羅剣をふたたび菊乃から奪いとり、背負っていた鞘《さや》にしまった。

「こいつは木剣だが、装飾の分だけかなり重い。子供の腕力で軽々振れる代物じゃない」

「軽かったぞ⁉」と菊乃は驚いた。

「剣術指南は受けていたが、怪力も、験力とやらも、持ってなどいなかった……」

鶴松は途方に暮れる菊乃を眺め、「ま、俺には関わりのないことだ」と呟《つぶや》いた。

「ともかく幽霊ってのは未練があるからこの世にとどまるもんだ。いや、おまえはとどまったんじゃなくて、出戻ってきたわけだが……害はなさそうだし、見逃してやるから、さっさと未練を晴らしにいって、さっさと黄泉に帰ることだ。そんじゃ」

そっけなく言い捨て、踵《きびす》を返す鶴松の袖《そで》を掴んで引きとめる。

「なんだよ！　俺ははやく帰って、この濡《ぬ》れてくそ重い僧衣を脱いで寝たいの！」

「鶴松。助けた礼をしてくれると言うのなら、ここでわたしを斬ってくれ」

鶴松が目を丸くする。

「人心を惑わす騙りながら、どうやらおぬしの力は本物のようだ。頼む。死んでなお現《うつし》世《よ》にとどまっているなど、己がゆるせぬ」

「せっかく黄泉がえったってのに、やりたいことはなにもないって言うのか」

「未練はない。わたしはたいそう清々《すがすが》しく死んだのだ」

「そりゃ、めったにないことで結構でござんすね」

鶴松は適当に受け答えをして立ち去りかけるが、ふと思いなおしたように足を止めた。

「まあいい。これ以上、面倒に巻きこまれるのも嫌だし。……試してみるのも悪くねえ」

試す？　首をかしげるうちに、鶴松が倶利伽羅剣を鞘から引きぬいた。

「感謝しろ。お望みどおりに成仏させてやる、菊乃姫」

ほっとした。菊乃は「かたじけない」と言って、目をつぶる。

（善太郎。達者でな）

頬に振りおろされた剣の風圧と、炎の熱さを感じる。痛みはなかった。菊乃は体が溶けていくのを感じ、安らぎの中、意識を手放した――。


――菊乃さま……。

泉下の水底に沈む身に、誰かの声が聞こえてくる。

――菊乃さま、どうかお助けください……。

菊乃はゆっくりと瞼《まぶた》を開き、そして――


眩《まぶ》しい光が目を焼く。雀の鳴く声が頭上から聞こえてくる。朝のようだ。

状況が呑《の》みこめず、首をひねる。景色に変化はなく、自分は道端に座りこんでいる。

鶴松がいなかった。もしや成仏させると言って嘘をつき、逃げてしまったのだろうか。

それならしかたないが、わずかでも自分を知る人間に見放されたのはすこし悲しい。

「おい、ふざけんなてめえーっ」

大声がした。きょとんとして、竹林の上のほうを見上げる。

「なにをしている？　鶴松」

「誰のせいだと思ってんだ、この……っ、いいからおろせ、怪力女ー！」

なぜか竹のてっぺんにしがみついて揺れている鶴松に、菊乃は目をぱちくりさせた。

＊＊＊

ひと月前。


ねっとりとした夜の闇の中、男の絶叫が響きわたった。

やめろ、食うな。そう叫ぶ声に宿っていたのは、恐怖でも痛みでもなく、怒りだ。捕食者を前にして、懇願ではなく命令を口にできるとは、神仏が見ていたら「なんと不遜《ふそん》な男」とでも呆《あき》れかえったろう。

だが、怒りに満ちたその声も、次第《しだい》に弱くなっていった。叫ぶ声にかわり、やがて聞こえてきたのは、骨を砕き、肉を咀嚼《そしやく》する食餌《しよくじ》の音……。

若者は木の陰にへたりこみ、がくがくと身を震わせた。頬肉を潰《つぶ》すように両手でふさいだ口の端から、絶えず荒い息が漏れつづける。

恐ろしかった。怖くてたまらなかった。あんな化け物、見たことがない。見つかったらおしまいだ。それを思うと、恐怖に目が潤んでくる。

——いいや、恐ろしいだけだろうか。

怯《おび》えた心の奥にあるこの穏やかな感情はなんだろう。

安堵《あんど》？　気づいた瞬間、若者は目に涙をにじませ、笑った。

そうだ。これでやっと……ようやく、あの男から解放されたんだ——。

頬にぽたり、と生ぬるいものがかかった。

口をふさいでいた手をほどき、いぶかしんでそれを拭《ぬぐ》う。

指についたそれは夜目にも赤く、ぬめりを帯びていた。

『我ガ主《あるじ》』

頭上から、弾んだ声が降ってきた。

若者はおそるおそる顔をあげた。

梢《こずえ》にすっくと立っていたのは、四つ肢《あし》の獣。

獣は若者の顔を凝視すると、牙《きば》に覆われた口をぱかりと開き、問うた。

『次ハ、誰、呪ウ？』

第二章

一

「おまえには神仏の加護がついてる」

だしぬけに言われ、菊乃は目を真ん丸にする。

「なんだそれは」

「知らん。ただ、おまえから感じるのは神仏の加護ってことだ。『普通の亡者とちがう』って言ったのは、つまりそういうことだ」

「そういうことと言われても、つまりどういうことだ？」

「知るか、そこから先は自分で考えろ……ぎゃーっ、そこ！　そこ痛いですーっ」

半裸の鶴松がやかましく叫ぶ。赤く腫《は》れあがった右肩を触診していた骨接ぎ医は「打撲ですな」と淡々と告げ、弟子に薬の処方を命じた。ぐったりする鶴松の横で、つられてぐでっと脱力しながら、菊乃は今朝のことを思いかえした——。

鶴松はたしかに菊乃を斬ったのだという。ところが不動明王の炎は菊乃を成仏させるどころか、逆に刃《やいば》を跳ねかえし、鶴松の体ごと空高くまで舞いあげてしまったというのだ。かろうじて竹の枝に受けとめられたが、菊乃が目覚めた直後、絡んでいた僧衣が枝から外れて地面に落ちてしまった。肩の打撲だけで済んだのは、菊乃がその怪力でもって鶴松を受けとめたからだ。

……正確に言うと、鶴松の真下に走りこんだ菊乃と、菊乃を潰すまいと身をひねった鶴松とが交錯した結果、中途半端な姿勢で抱きとめられた鶴松が、右肩だけを地面に強打した、というのが真相なのだが。

「六日は安静に」と厳命され、治療院をあとにする。

「はあ、なんだってよけようとしちゃったかねえ。どうせ死人なんだから、下敷きにでもなんでもすりゃよかったのに。優しいなあ、俺って」

「すまぬ、鶴松。まさかよけるとは思わなかったのだ。いや、受けとめる自信があったわけではないのだが、とっさに」

「六日は安静？　世の中には、俺を待つかよわき人が大勢いるってのに」

「本当にすまなかった。わたしでできることがあるならなんでもする」

「――なんでもする、じゃねえ。なんにもするな、話しかけるな、ついてくんな！」

ここでお別れだ、しっしっ、と手を振られ、菊乃は慌てた。

「成仏させると約束したではないか」

「そんなもん、反故《ほご》だ、反故。だいたい神仏の加護を受けたお方をどう成仏させろってんだ。罰当たりな。じゃあな」

「待て、鶴松。では、わたしはどうしたらいい！」

悪いとは思うが、こちらも必死だ。僧衣の袖《そで》を摑《つか》むと、鶴松は苦い顔で振りかえった。

「おまえの黄泉《よみ》がえりにはわけがあるってことだ。神仏はそのためにおまえを黄泉から戻した。それをまっとうしないかぎり成仏できねえし、少なくとも俺にはさせられない」

「黄泉がえりにわけ？　どんなわけだ」

「はっはっは」と鶴松は笑い、叫んだ。「知るかあ！」

鶴松がふたたび歩きだす。菊乃も数歩後ろをついて歩く。鶴松はどんどん足をはやめるが、菊乃も必死に追いかける。

「ついてくんなって言ってるだろうが！　俺にはもうどうすることもできないんだ！」

「わかっている！　わかってはいるが……っ」

ぐぅううう。

盛大な腹の音を聞き、鶴松は足を止め、がくりと頭《こうべ》を垂れた。菊乃は頰を火照らせた。

「すまぬ、昨日の昼からなにも食べていなくて……」

もごもご言いわけをすると、鶴松はいらだったように短髪をがしがしと搔《か》きむしった。

「ああもうっ……昨晩の礼に、朝飯ぐらいは奢《おご》ってやる。それで手打ちにしろ！」

菊乃はきょとんとし、すぐに意味を理解して、ぱあっと心を浮きたたせた。

（はっ、いかん。朝飯にはしゃぐなど、まるきり幼子だ）

厄介な話だ。眠気といい、涙腺《るいせん》といい、うっかりするとすぐに幼子が顔を出す。菊乃は「ごはんなど期待していないぞ」というキリリとした顔をつくり、さっさと歩きだす鶴松を浮かれた足どりで追いかけた。

「感謝する、鶴松！」

「嬉《うれ》しそうにしやがって。いいか、朝飯だけだからな。食ったら立ち去れよ」

邪険に念押しされ、菊乃は喜びが隠しきれていないらしいことに動揺しつつ、

「そうしたいのはやまやまだが、本当に困っているのだ。……鶴松。おぬし、金さえあれば、力を貸してくれるか？」

だめもとで問うと、鶴松がいかにも馬鹿にした顔つきで見下ろしてきた。

「人を業突く張りみたいに言うな。だいたい、金、持ってんのか？　三途《さんず》の川で船頭に渡しそこねた六文銭程度じゃあ、駆けだしの祈禱《きとう》師だって雇えねえぞ」

持っていると言いたいが、懐を探るかぎり、あいにく無一文のようだ。

そのとき突然、「鶴松さま！」とどこからともなく声がした。振りかえると、棒手振《ぼてふ》りの男が笑顔で手をあげていた。

「おはようございます！　読売見ましたよ、紀文《きぶん》のお大尽《だいじん》の家に出た怨霊《おんりょう》をやっつけたって話。よっ、さすが天下の降魔《ごうま》師！」

いつのまにかにぎやかな通りに出ていたようで、声に気づいた人々が鶴松を振りかえった。「あれが悪霊退治の」と次々と声があがるのを聞き、菊乃は目を丸くした。

「有名なのだな、おぬし」

「だから天下の降魔師だっつってんでしょーが」

「……なら、助けてくれぬのはしかたないか」

忙しいのだな、としょぼくれる。鶴松が顔をしかめた。「あー……」と気まずげにな
にかを言いかけた——その直後だった。

通りすぎかけた横丁から、生ぬるい風が吹きつけてきた。

菊乃はおもわず足を止める。寒くもないのに、腕にはなぜか鳥肌が立っていた。

妙な風だ、と鶴松を見上げた菊乃は、眉《まゆ》をひそめる。

横丁を見つめるその表情に、先ほどまでの軽薄さはなかった。懸念に満ちた視線を追
いかけた菊乃は、ぞわりと背筋を震わせた。

「鶴松さま……」

いつの間にか、横丁のきわに男がひとり、背を丸めて立っていた。

貧しげな身なりの男だ。頬はこけ、肌は荒れ、声にはまるきり力がない。だが、落ち
くぼんだ眼窩《がんか》の奥にある目だけは異様な輝きを放ち、まばたきひとつせずに鶴松を凝視
していた。

「本所の人形問屋の……にございます……じつは当家におぞましい化け物が……」

男がぼそぼそと低い声で語りはじめたのは、身の毛もよだつ怪異譚《たん》だった。

「どうかお力を貸していただきたい。どうか、どうか……」

弱々しい声はいかにも憐《あわ》れで、菊乃は期待をこめてかたわらの降魔師をあおぎ見た。

(安心しろ、御仁。天下の降魔師とやらがすぐに助けてくれるぞ)

内心で男を励ましつつ、すこしだけ助けてもらえる男を羨《うらや》ましく思ったのは秘密だ。

だが、鶴松はすぐには答えなかった。迷うように目を泳がせ、やがてどこか悔しげに眉を寄せると、小さく頭を下げた。

「申しわけない、どうやら私ではお役に立てなそうです。知己の祈禱師を紹介します」

菊乃は驚く。男もまた血走った目玉を剝《む》き、唇をわななかせた。

「そ、そんな……鶴松さまはどんな怨霊でも降魔してくださると聞いた。どうして……」

「祈禱師のいる町名をお教えします。話は通しておきますから、訪ねてください」

鶴松は腰帯に吊るしていた矢立《やたて》を取りあげた。持ち歩き用の筆と墨壺《すみつぼ》だ。懐紙に字を書きつけて男に手わたす。震える手でそれを受けとった男はぐっと歯を食いしばった。

「そうか、俺が祈禱料を払えねえと踏んだんだな。足元見やがって！」

カァッと喉《のど》の奥を鳴らし、男は鶴松の右足めがけてつばを吐きかけた。

「呪われやがれ！」

炯々《けいけい》とした目で鶴松をにらみつけ、男は踵《きびす》を返して横丁の奥へと消えていった。

あまりに激しい怒りに、菊乃はうろたえた。

「よかったのか？　明らかに様子がおかしかったぞ」

「いい、いい。ほかの祈禱師を紹介したから、そっちに行きゃいい話だ」

軽い口調に戻って、鶴松は「あーやだやだ」と唾液《だえき》のついた雪駄《せった》を地面になすりつけた。菊乃は納得のいかない気分で鶴松を見上げた。

「天下の降魔師を名乗っておきながら、ずいぶんやる気のない……。まさか本当に、あの男が貧しげな身なりをしていたからことわったのではあるまいな」

菊乃の口調はつい鶴松を責めるものになった。

「助けを求める衆生《しゅじょう》に手を差し伸べるのが、仏僧の役目ではないのか」

「あいにくこの身は破戒僧なもんで。一文無しの衆生に貸す手はないね」

どこか投げやりに答える鶴松。菊乃は「やっぱり金なのか」と反駁《はんばく》しかけるが、ふと鶴松の襟元から覗《のぞ》く包帯に気づいて、はっと息を呑《の》んだ。

「待て。もしや肩の怪我のせいか！」

「……え？」

「さっきの男、おぬしはどんな怨霊でも降魔すると言っていた。なのにことわったということは……なんてことだ。おぬしの名を汚してしまった。わけを明かしに行って参る！」

「はっ？　いや、待て待て！」

鶴松が慌てて菊乃の首根っこを捕まえた。

「怪我のせいじゃねえ。ちょっと打ったぐらいで騒いでられるか。ただ――」

鶴松が言葉を中途半端にとぎれさせ、深々とため息をついた。

「……ほっとけ。こっちの都合だ」

都合とはなんだと問いかけるより先に、「いいから行くぞ」と後ろ襟をひっぱられ、菊乃は「首が締まる！」と手足を振りまわした。

連れていかれたのは、うどん屋だった。朝飯にはすこしおそいが、それなりに客もいて、出汁《だし》のいい香りがただよっている。

板間に座る菊乃の前にかけうどんの碗《わん》が置かれた。出汁の中で麺《めん》がつるりと光沢を放っている。いかにもうまそうな汁のきらめきに、我知らず「わあ」と感嘆の声が漏れた。

「本当に食べてよいのか？」

「腹ぐーぐー鳴らしてるガキに食うなというほど鬼畜じゃねえよ」

先ほどのことはまだ気にかかっていたが、それでも朝飯を前にすると、喜びのほうが先に立った。恭しく箸《はし》を摑み、碗を手にとって「いただきます」とまずつゆをすすった。鰹節《かつおぶし》の旨《うま》みが口いっぱいに広がるのを、ぎゅっと目を閉じて堪能《たんのう》する。うまい。

「お武家さんらしからぬ、いい食いっぷりだねえ」

ひとしきりうどんを口に運んでから、菊乃はほうっと息をついた。

「長らく病をわずらっていてな。重湯《おもゆ》すら喉《のど》を通らぬ日もあったが……こうしてまた飯をうまいと感じられる日が来ようとは」

「病死だったんだよな」

鶴松が眉をひそめる。どうやら〈金色《こんじき》の重瞳《ちょうどう》〉で、死のわけも知っていたようだ。

「不治の病だった。長いこと苦しんだが、最後は流行《はや》り風邪であっけないものだった」

「そりゃ……気の毒だったな」

そっけないながらに沈んだ口調にすこしばかり驚いて、菊乃は鶴松を見つめる。左手に持った箸でうどんを不器用にすくっていた鶴松は、視線に気づいて気まずそうにした。

「なんだよ。調子に乗って、手を貸せなんて言うなよ。朝飯だけっつっただろ」

「わかっている。まこと、鶴松からは十分な恩義を受けた。これ以上の無理を言うのはあまりに不心得。店を出たら、素直に立ち去ることにする。本当に世話になった、鶴松」

菊乃は頭を下げ、改めて碗を両手にとった。先行きはあいかわらず見通せないが、次にいつ飯にありつけるかわからないのだ、汁までしっかり飲み干させてもらおう。

名残惜しく汁をすっていると、黙っていた鶴松が深々とため息をついた。

「……そう潔く引きさがられると、調子が狂うでしょーが」

「む？」

「しかたねえから、成仏につながる手がかりがないかぐらいは、一緒に考えてやる」

「本当か!?」

「ただし、俺がうどんを食いおわるまでの縁だからな！」

喜色満面の菊乃に、しっかり釘《くぎ》をさす鶴松だった。

「まず、なんで神仏の加護があるのかってのは脇に置いておく。菊乃に心当たりがないなら、重瞳の力をもってしても、俺にもわからねえからな」

「そういうものか」

「そういうものだ。だから今、考えをめぐらせられるとしたら、黄泉《よみ》がえったわけについてだ。俺が知るかぎり、幽霊だろうが、化け物だろうが、この世ならざる者がこの世にいるのは、みんな未練があるからだ。菊乃には未練はないというが、よく考えろ。病気で死んだってのに、それでも未練はなかったと？」

「うむ。ない」

「長いこと病の床にあったなら、思うままに動きたかったとか、そういう気持ちがあったんじゃねえのか？　だから健やかな子供の姿で黄泉がえった」

「……そう言われると、そういう気持ちもあったかもしれぬ。だが、それは黄泉がえりを願うほど強い思いではなかった。病になった己をわたしは受けいれていたように思う」

「じゃあ、子供の姿をしてるわけに思い当たる節はないのか」

「ない。心当たりはなにも……それに、本当に未練もないのだ」

答えながら、自分でもなぜここまで未練がないと断言できるのか、不思議に思った。

（そういえば、死ぬすこし前に、雪の庭になにかを見たような）

その「なにか」を見て、たいそう満たされた気持ちで、黄泉へと旅立っていった……。

（なにを見たのだったか）

記憶に靄《もや》がかかっている。死ぬ直前に見たものだからだろうか。考えこむが、やはり思いだせない。かわりに、ぱっと頭に浮かんだのは息子のいかつい顔だった。

「未練はなかった。なかったのだが、むしろ黄泉がえってから未練ができた気も……っ」

首をかしげる鶴松に、菊乃は黄泉がえってから起きた一連の出来事を語って聞かせた。

「息子にばったり会った、ねえ」

「あのような情けない姿を見るはめになろうとは。くっ、死んでも死にきれん！」

「いや、とっとと死にきってくれ。……となると、菊乃が黄泉がえったのは善太郎がゆえんかもな」

「善太郎が？　どうしてそうなる」

「黄泉がえった先で、たまたま息子に会うなんてそんな偶然あるもんか。必然なんだよ、必然。黄泉がえったわけがそこにあるから会ったんだ」

菊乃は首をひねる。思いだすのは、やはり投げつけられたあの言葉だった。

『母は卑しい畜生だ。畜生の子たる俺もまた畜生だ！』

自分の死後、善太郎の中で菊乃という存在はどういう風に変化していったのか。いったいなにがあって、母の存在を否定し、母を「畜生」と罵《ののし》るまでに至ったのか。

「じつは、善太郎に母だと名乗ったのだがな。そうしたらあやつめ、母はいない、母は卑しい畜生だなどと……」

じわりとまた涙がにじんできて、慌ててまばたきをする。鶴松が顔を盛大にしかめた。

「畜生だあ？　腹を痛めて生んでくれた母親をよくそんな罵れたもんだな」

意外にも怒ってくれるので、こくこくと何度もうなずく。

「そうであろう。……いや、腹を痛めて生んだわけではないのだがな」

「……なんだって？」

「わたしが生んだ子ではないのだ。兼嗣——殿が女中との間につくった子だ」

「そりゃ、殿さまが女中に手をつけたってことか？」

「いいや、ふたりはわたしが嫁ぐ前から恋仲にあったそうだ」

「はい？　じゃあなにか、嫁いだあとも、つづいてたってことか？　あ、側室か？」

「側室にはできなかった。町人の出だったからな」

「つまり不義の間柄ってことか。あげく子までつくって……待て。母だと名乗ったってまさか、それを菊乃に育てさせたんじゃねえだろうな」

「育てた。我が家の嫡子として。わたしの実の子として」

鶴松が絶句した。菊乃はさもありなんとうなずいた。

——女中のおたえ。古くから宇佐見家に仕えるその女は、嫁いだ当初から菊乃のことを嫌っていた。宇佐見家の奉公人は大なり小なり似たようなものだったが、おたえのそれははっきりとした「敵意」だった。

その敵意の正体を理解したのは、嫁いで四年目のことだった。おたえが「実家の母が重い病にかかったから孝行をしたい」と里帰りを願い出たのだ。

「疑いもなく送りだしたのだが、噂好きの女中が話しているのを聞いてしまったのだ。孝行というのは嘘で、本当は殿との間に子ができたんだろう、とな」

まさかと思った。いくらなんでもありえない、と。だが、それからさらに一年がたったときだった。

「殿が突然、産着にくるまった赤子を連れてきたのだ」

似ていると断言できるほどには、赤子の顔はまだできあがっていない。それでも眉《まゆ》や唇のあたりに、おたえの顔がちらついた。

呆然《ぼうぜん》となる菊乃に対し、兼嗣は顔色ひとつ変えずに言った。

『これはおまえとわしの子だ。宇佐見家の嫡子とすべく、おまえが育てよ』

そのときの激しい怒りは、死してなお忘れがたいものがある。

旗本の妻にとっての大切な役割は嫡子を生むことだ。子ができないなら、離縁するか、側室を持たせるか、養子を迎えるしかない。だからすでに一度、菊乃は離縁を願い出ていた。それをなぜか拒んだのは兼嗣だ。ならばと側室を持つよう頼んだが、兼嗣はそれもしなかった。きっといずれ養子をとる気なのだ、だったらもうなにも言うまい。そう思うほかなかった。

ちがったのだ。おたえに子ができたら、菊乃の子として育てさせるつもりでいたのだ。受けいれられるはずがなかった。あまりに人を馬鹿にしている。実家に熨斗《のし》つきで売られた男姫には、どんな侮辱もゆるされると言うのか。

『どこの誰の子かもわからぬものを、嫡子として育てることはできませぬ』

菊乃はきっぱりと拒んだ。すると、兼嗣は『ならば捨てるか』と言った。そして本当にそうしようとした。庭の池めがけて、赤子をぶんっと振りあげたのだ。

「驚いてなあ……。とっさに殿に摑《つか》みかかり、赤子を奪いとってしまった。殿は我が意を得たりとばかりの顔つきだったぞ」

鶴松は開いた口がふさがらない様子だ。当時の自分もそんなだったなと苦笑する。

「その後、兼嗣がどうやって善太郎を実子としたのかはわからない。おたえの子だと噂する者もいなくなり、わたしの生家がなにかを疑って、立ち入ってくることもなかった」

一方で、兼嗣は善太郎を顧みようとはしなかった。おたえを好いてはいても、その子供は兼嗣にとって厄介者でしかないようだった。

「親の身勝手で見放された善太郎が憐《あわ》れだった。せめてわたしだけでもと思い、大切に慈しんできたつもりだったが……傲慢《ごうまん》な考えだったのかもしれないな」

鶴松はふと神妙に眉を寄せた。

「ひとつ訊《き》きたいんだが、そんなひでえ状況に置かれて、本当に善太郎を我が子として迎えいれられたのか？」

「……たしかに、すぐに受けいれられたわけではない」

菊乃の気持ちをまるきり無視した兼嗣のなしよう。乳母《めのと》の腕の中で泣く善太郎の顔に見るおたえの面影。乱れた心と向きあえず、最初の頃は乳母にまかせきりにしていた。

「だが、もともとなんでも自分でやりたい性質《たち》でな、泣いている善太郎を見るうち、おしめを替えたり、抱いてみたりと世話を焼くようになった」

ぷにぷにした手。やわらかな頰。あたたかくて、まるっこい頭。湯につけたときのぬくぬくとした笑顔。腹が温まったのか湯に粗相をしてしまったときは大騒ぎしたものだ。

「そうするうちに、いつのまにか善太郎を愛《いと》しく思えるようになっていた。善太郎はわたしの子だ。なんの迷いもなく、そう口にできるほどに。……信じがたい話だろうな」

「いいや、大したもんだよ」

思いがけず賞賛されて、菊乃は驚く。目が合うと、鶴松は皮肉げに笑った。

「俺も捨て子だったからな。寺の門前に捨てられたから、養い親は寺の連中だ。それに比べりゃ、菊乃に育てられた善太郎はもっけの幸いだったろうよ」

そう吐き捨てる口調には、養い親に対する親しみは欠片《かけら》たりとも感じられなかった。寺に拾われたことは、鶴松にとっては「もっけの幸い」ではなかったようだ。

「そう言ってくれるのはありがたいが、情愛ばかり強くても、武家の子にとって大事なのは嫡子教育だ。わたしが殿とよき仲を築けなかったばかりに、善太郎は父親から武士としての心得を授かることができなかった」

せめて善太郎に嫡子教育をほどこしてやってほしいと兼嗣をいさめたこともあった。だが、「男の教育はお手の物だろう、男姫」と揶揄《やゆ》され、それで終わってしまった。

「しかたなく、わたしが父や師から教わったものを善太郎に授けていったのだが……よき親とはとても言えなかったろう」

うなだれる菊乃に、鶴松は「武家のことはわからねえが」と言って、

「菊乃が実の親じゃないってこと、善太郎は知ってるのか」

「知らぬ。いや、今はどうかはわからないが」

「なら知ったんじゃねえか。卑しい畜生ってのは、多分、生みの母親のことだ」

「……なぜだ？」

「一介の奉公人が殿さまと子をつくったあげく、女主人に育てさせ、直参旗本の嫡子にした。傍《はた》で聞いてりゃ、とんでもない悪女だぞ。畜生の所業とも言いたくなる」

菊乃は言葉をなくした。目からぽろぽろと涙が零《こぼ》れだし、鶴松がぎょっとなる。

「なんで泣く⁉　菊乃のことを言ったんじゃなかったなら、よかったじゃねえか！」

「すまぬ、泣くつもりは……この体はすぐに泣くのだ……う、ひぅ……っ」

鶴松は周囲の客の非難めいた眼差《まなざ》しに「なんでもないですよー」と愛嬌《あいきょう》を振りまく。

「ともかく息子の話を聞いてやることだ。『母』って言葉にそれだけ強い反応を見せたってことは、母親絡みで悩みでも抱えてるんだろう。うまくすりゃ、それで成仏できる」

目元を袖《そで》で拭《ぬぐ》って、菊乃は首を横に振った。

「いや、やはり会うのはよそう。死後十五年、善太郎がどう生きてきたのかも、元服後の名前すらも知らぬわたしが口を出すのはいらぬ世話というものだ。わたしは、あの子が七つのときに死んだ。あの子の中では、きっととうに母親ではなくなっていたのだ」

鶴松は黙って菊乃を見つめ、ふと「なあ、菊乃」と口を開いた。

「おまえのその考えには俺はなにも言わないよ。けど、口出ししないと突きはなすなら、最初から長屋に行くべきじゃなかったし、母親だと名乗るべきでもなかったんじゃねえか？　そうすりゃ善太郎は、言わずに済んだひとことを口にすることもなかったんだ」

「言わずに済んだひとこと……」

「親を畜生と罵り、自分のことまで畜生の子と貶《おとし》めた。悪態ってのはな、口に出した途端、吐いた本人を苦しめる呪いになるんだ。──なぜ黄泉《よみ》がえったかは、この際、捨て置け。けど、せめて善太郎の言い分は聞いてやれ。黄泉に戻ったら、善太郎は吐いた言葉を取りさげることができなくなる。死んだ人間が生きてる人間に悔いを残してやるな」

菊乃はしみじみと鶴松の言葉に聞きいった。

(私は黄泉に戻ればそれで仕舞いだが、あの子はこれからも生きていくのだな)

詰めていた息をふっと吐きだした。

「そうだな。本当に……鶴松の言うとおりだ」

菊乃は空になった碗《わん》をどんっと盆に戻した。

「よし！　そうと決まれば、こうしてはおれぬ。善太郎、待っていろ、すぐにでも母が参るぞ！」

「て、いやいや、待て待て！」

勢いよく立ちあがると、鶴松が止めに入った。

「会いに行くのは結構だが、一度会いに行って、母親だと信じてもらえずに追いかえされてるんだろうが。今度はどうやって信じてもらうつもりだ？」

「わからん。が、なんとかするしかあるまい！」

「なんとかできなかったから、よけいなひとことを言わせちゃったんでしょ！」

座りなおした菊乃の小鼻を「よく聞け、猪姫」と指で突いてくる。

「因縁って言葉を知ってるか。お馬鹿なお武家さまのためにひらたーく言うと、すべての物事には意味があるってことだ。とくに神の加護をもって黄泉がえった菊乃はおそらく人を己の因縁に巻きこむ力が生者より強い」

「よくわからん……」

「つまり！　ちゃんとやってくれなきゃ、またこの俺が巻きこまれ――」

「おや、鶴松。奇遇だねえ」

突然、艶《つや》のある声が響いた。鶴松は慌てて僧衣の襟を直し、肩の包帯を隠す。菊乃は目をぱちくりさせ、うどん屋の出入り口を振りかえった。

「ご主人、わっちに煮ぬき汁をおくれ」

店主に注文を入れてから板間に上がってきたのは、齢《よわい》六十ほどの見た目の老女だった。

「左衛門《さえもん》。なんだってこんなところに」

「なんだえ？　わっちがうどんを食べちゃいけないかえ。ああ、醜女《しこめ》がうどんをすする姿は見るにたえないか。ひどい男だねえ」

「そんなこと言ってないでしょうがっ」

左衛門と男の名前で呼ばれた女は、鶴松の隣に腰をおろし、細い指でこめかみのあたりの乱れた白髪を整えた。

美しいひとだと菊乃は感心した。土間で草履を脱ぐ仕草にも、板床に横座りする動作にも、ほほえむ口元にも艶《あで》やかさがある。まず、男勝りの菊乃にはない要素だ。

と、左衛門が菊乃に目をとめ、じいっと見つめてきた。

「隠し子かえ?」

「んなわけあるか!」

「そう? 近頃ますますご活躍だそうじゃないか。女たちからも人気だって聞いたよ。……はあ。だから、わっちの舟宿を出ていっちまったんだねえ。そりゃ、わっちみたいなしわくちゃの白髪女より、若くてきれいな女のほうがいいよねえ」

鶴松はむっとした顔で、左衛門をにらみつけた。

「左衛門は別嬪《べっぴん》だし、心根だって美しい、極上の女だ。馬鹿にすんな」

菊乃は面食らう。左衛門も目を丸くするが、頬には嬉《うれ》しそうな笑い皺《じわ》が浮かんだ。

「よう、大した口説き文句じゃないか。僧侶《そうりょ》のくせしてさあ」

肩の先で鶴松の腕に軽く寄りかかって、左衛門はくっくっと笑う。色めいた会話ながら、年の差があるせいか、ふたりを包む空気はどこかあたたかい。

(どうやら去りどきのようだ)

菊乃は目を細め、背筋を伸ばした。

「お話の途中、失礼する。鶴松、世話になった。いろいろと話を聞いてもらえて、先行きもすこし見通せた。感謝する。達者でな」

「おう。うまくやれよ」

あっけなく別れを告げる態度に苦笑し、菊乃は意を決してうどん屋をあとにした。

暖簾《のれん》をくぐった直後、がくりと肩が落ちた。たったひとり、死後十五年の世に幼子のなりでいると思うと、やはり途方に暮れる。

「情けない。最初からわたしはひとりであったではないか」

ぱんっと両頬を叩《たた》き、菊乃は「よし」とにぎやかな通りを見まわした。

＊＊＊

「もしかして邪魔しちまったかえ？」

暖簾の下をくぐる小さな背中を横目で見ていた鶴松は、無理やり視線を店内に戻した。

「いえいえ、まったく。欠片たりとも」

そう答えながらも、癪《しゃく》なことに後を引く感じがあった。あの見た目が卑怯《ひきょう》だと思う。いたいけな子供を見捨てたみたいで、どうにも気が咎《とが》めるのだ。

(それにしても、妙な化け物もいたもんだ)

降魔《ごうま》師となって五年。多くの悪霊を祓《はら》ってきたが、菊乃はそのどれともちがっていた。

第一に、邪気をいっさい感じなかった。冗談ではなしに、無邪気の塊のようだった。

第二に、倶利伽羅剣《くりからけん》で斬ったときの、あの奇妙な手応《てごた》え。

（まるで石でも斬ったみたいに硬かった）

それだけではない。どうしたわけか、石仏に刃《やいば》を向けてしまったかのような、奇妙な後味の悪さがあったのだ。あれはいったいなんだったのか――。

つらつらと考えこんでいた鶴松は、はっと我にかえり、合掌した。

「因縁退散、因縁退散」

ぶつぶつ唱える鶴松に、左衛門が小首を傾けた。

「で、なんか用か。俺を追ってきたんだろう」

左衛門は主人が持ってきた盆を受けとりながら、「ばれたか」と苦笑した。

「鶴松さま、って歓声が聞こえたもんだから、ついてきちまった。……じつは、頼みたいことがあってね。芸者時代のお仲間の家に、化け物が出たらしいんだよ。日本橋《にほんばし》にある長崎屋《ながさきや》って薬種問屋だ。助けてやっちゃくれないかえ」

「あー……化け物……」

反応の鈍い鶴松を見て、左衛門は手にしかけた箸《はし》をぽとりと盆に落とした。

「なんだえ!? いつもなら、天下の降魔師である俺さまにまかせろだの、うっとうしさきわまりないこと言うくせして！」

「ひどい言いようですね!?」

「あ、もしかして……わっちときたら、またなにか忘れちまってるか」

左衛門は懐から取りだした、紐《ひも》で紙を束ねた台帳を急いでめくりはじめた。

鶴松は「ちがうちがう！」と皺立った手を摑《つか》んで止めた。

「なんでもねえ！　ただ夜通し仕事してたから疲れてるだけで……」

「そう？　ならいいけど。……にしても、なーんか元気ないんだよねえ」

ぎくりと手をはなした隙に、左衛門が台帳の中ほどの頁をぱっと開いた。

「鶴松、すこし前から気落ち中。降魔の力が弱まり、不調の様子。叱咤《しった》激励してやるように。四月四日、左衛門記す」

ぎょっとして台帳を奪いとり、一言一句たがわずに書かれているのを見て絶句する。

左衛門はひょいと台帳を取りかえし、優しく目を細めた。

「なにかあったのかえ？」

鶴松は表情を消しさり、口を引きむすんだ。

「話したくないか。ならいい。けど、忘れないどくれ。わっちはいつだってあんたの味方だってこと。紙に書きつけとかないと、なんでも忘れていっちまうわっちだけど、それだけは書き残す必要もないほど明らかなことだ」

まるで母親が我が子に向けるようないたわりに満ちた笑みに、鶴松は苦笑した。

「……肝に銘じておきます。左衛門姐《ねえ》さん」

左衛門は「そうしな」と笑ってから、眉尻《まゆじり》を下げて腕組みをした。

「しかし鶴松がだめとなったら、長崎屋の件、どうしたもんか。困ったねえ……」

鶴松は空になった碗をじっと見つめ、ひそやかにため息をついた。

うどん屋をあとにし、掘割端に向かう。声をかけてくる人々に会釈を返しながら歩いていると、足元の川面《かわも》から「鶴松」と声がかかった。見下ろすと、猪牙舟《ちょきぶね》を泊めた桟橋に腰かけ、煙管《キセル》をふかしていた船頭が手をあげていた。

「重蔵《しげぞう》、ちょうどよかった。長崎屋の件、詳しく聞かせてくれ」

重蔵と呼ばれた船頭は、菅笠《すげがさ》の下の鋭い目を意外そうに見開かせた。

「じゃあ、受けるのか。ここんとこ、まっとうな仕事は全部ことわってたってのに」

煙管を片づけ、立ちあがった重蔵は小柄ながらに引き締まった体軀《たいく》の持ち主だった。舟客の命を預かる責任からか、その目は怖いほどに隙がなく、猛禽類《もうきんるい》の鋭さを思わせる。それでいて、片頰に浮かべた笑みは妙に頼りがいがあるように見え、鶴松は張っていた気をゆるめ、ぶすっと顔をしかめた。

「まあ、乗ってけ」と舟を顎《あご》で示され、桟橋を伝い、猪牙舟の字のごとく「猪の牙《きば》」のように舳先《へさき》のとがった細長い舟に乗りこむ。船尾に立った重蔵が裸足《はだし》で掘割の壁を蹴《け》ると、猪牙舟は水面《みなも》をゆるやかに泳ぎはじめた。

「この話を女将《おかみ》さんに持ってきたのは、お内儀《かみ》のおとく。家に獣の化け物が出ると言っているらしい。姿は見えねえが、足音が聞こえたり、寝ているときに耳元で獣の息づかいが聞こえたりするんだとか」

「獣の化け物か。また厄介そうなものが来たもんだ」

鶴松はぼやき、櫓《ろ》を操る重蔵を見上げた。

「実害は？　誰かが怪我したり、体を壊したりって話はあるか」

「いや、ただ出るってだけだ」

「なら、なんとかなるかあ……」

「なんだ、腑《ふ》抜けた声出しやがって。引きうけたってことは、調子、戻ってきたんだろ？」

気まずく黙りこむと、重蔵が怪訝《けげん》そうに鶴松を見下ろした。

「まさかおめえ、まだ力が戻ってねえのに、仕事を受けちまったのか？」

呆《あき》れたように言われ、鶴松は不承不承「そうです」と答えた。

――降魔の力が弱まっている。そのことに気づいたのは、半月ほど前のことだ。

これまでのところ、ちょっとした悪霊相手なら祓えている。ただ、大物相手となると、どれほど通用するかがわからなかった。だから近頃は大がかりになりそうな仕事はすべてことわっていたのだが……。

「なんで受けたんだよ。ことわったからって、それで怒る女将さんじゃねえだろ」

「……わかってるよ。けど、あんな風に叱咤激励されちゃったらさ……」

「ははあ、恰好《かっこう》つけちまったってわけか。おめえは本当に女将さんに弱《よえ》えな」

鶴松は「悪いかよ」と気まずげに呟《つぶや》いた。

「無一文で江戸に出てきた俺を助けてくれたひとだ。左衛門の頼みはできるだけことわりたくねえんだよ」

重蔵が「べつに悪かねえが」とにやにやする。鶴松はむっとしながら眉《まゆ》を曇らせた。

「それに……やっぱり、すがってきた手を振りはらうってのは、どうにも気分が悪い」

脳裏には、横丁から声をかけてきた男の姿が、まだ離れずに残っていた。

（ちゃんと教えた祈禱《きとう》師のところに行ってくれりゃいいが……）

ついでに祓いそこねた鬼娘のことも思いだし、鶴松は「ありゃ別だ」とげんなりする。

「ま、受けたんなら、ぼーっとした面してねえで、しっかりやるこった。油断して怪我でもしたら、女将さんが心配するぜ。……って待て、その肩の包帯どうした？」

「……油断して怪我しました。倶利伽羅剣が使えません。真言一本でがんばります」

白い目で見下ろされ、鶴松は「なにも言わないで！」と声をあげた。

「わかってる！　けど、大物の化け物なんざめったに出るもんじゃねえ。なんとかなる！」

「まったく……。前から言ってるが、そろそろ弟子でもとれ。おめえほどの験力はなくても、今度こういうことが起きたとき、ちったあ助けになるだろ」

「いいねえ、弟子。それなりの験力を持っていて、俺の言うことに従順で。ついでに不調の師匠にかわって倶利伽羅剣をぶんまわしてくれるできた弟子、ぜひとも欲し――」

言いかけた鶴松の脳裏に、突然、あの鬼娘の顔が浮かびあがった。「んな都合のいい弟子いるか」と笑う重蔵の声にかぶるように、きゃっきゃっと子供の笑い声が聞こえ、鶴松はぎょっとして掘割の上を見上げる。堀沿いの道を親子連れが歩いている。どうやら笑い声はその子のものだったようだ。

気のせいかとほっとしたとき、親子とすれちがう小さな人影が目に飛びこんできた。颯爽《さっそう》と歩きながら、親子連れを目で追って顔をほころばせているあの姿は――。

鶴松は頭を抱え、呟いた。

「……因縁退散」

＊＊＊

善太郎の部屋の前で、菊乃は口を大きく開いた。

「たのもーう！　善太郎、開けるがよいか！」

腰高障子に耳を当てる。だが、昨日とはちがって、人の気配は感じられなかった。

菊乃は周囲に誰もいないことを確かめ、昨日よりも力加減を慎重に腰高障子を開けた。

（やはり善太郎はいないか。だが、それもそれで都合がいい）

せっかくだ、どうして善太郎がこのような裏長屋にいるのか見きわめてくれる。意気ごんで、菊乃は腰高障子を閉じ、土間で草履を脱いで、うんしょと板間に上がった。

狭い室内から伝わってくるのは、貧しさだった。床には筵《むしろ》が敷かれているが、傷んでささくれだっている。隅には、編みかけの竹かご。もしやこれで日銭を稼いでいるのだろうか。空っぽの米櫃《こめびつ》、欠けた皿。ちゃんと飯は食べているのか。もしや両国橋で転んだのは、空腹のあまりだったのではないか。風邪をぶりかえすと言っていたが、こんな薄い布団でまだ肌寒い日もあろう初夏の夜をしのげるのか。だんだん心配になってくる。

そのとき、菊乃の意識が唯一の家具と言える簞笥《たんす》の上にひきよせられた。

小さな巾着袋《きんちゃくぶくろ》が置かれていた。うらぶれた長屋に不釣りあいな、豪華な錦《にしき》の袋だ。

その巾着を座布団がわりに、親指ほどの大きさをした石の欠片《かけら》が鎮座していた。

昨日、ここを訪れたとき、善太郎が手にしていたものはこれだったように思う。菊乃が押し入ると、さっと袖《そで》のうちに隠していた。

(なんだろうか。不思議な心持ちがする)

まるで己の失った半身と再会したような、言い知れぬ親しみがこみあげてくる。

導かれるように手を伸ばした。指の先で、石の欠片に触れる。

——菊乃さま……。

誰かの声。欠片に触れた指が熱い。硬直する菊乃の体に熱がわきあがってくる。

——菊乃さま、どうかお助けください……。

脳裏に浮かんだのは、善太郎が石に向かって手を合わせ、一心に拝むさま……。

「あの鬼面《おにづら》になんか用かい?」

心臓が跳びはねた。指をひっこめ、急いで背後を振りかえると、腰高障子の隙間から老婆がぎらぎらとした目で中を覗《のぞ》いていた。怖い。

「ちっこいガキだね。お師匠さんなら出かけてるよ」

どきどきのやまない胸に手をやりながら、「お師匠さん?」とおもわず繰りかえした。

「鬼面師匠に用事なんだろう？　手習い所の」

近所の方々にそんな風に呼ばれているのか。おかしくなると同時に、ほっとした。どうやらそれなりに食い扶持《ぶち》があるようだ。それにしても手習い所とは驚きだ。

（いや、善太郎は、武芸を学ぶよりも、書物を読むほうが好きだったな）

なつかしく思いかえしながら、菊乃は老婆に向きあった。

「うむ……いや、はい。お留守だったようで、上がって待っていようかと思い……」

「当分戻らないよ。あの男、今、女の尻《しり》を追いかけまわすのに夢中だから」

きょとんとする。すこしおくれて「女の尻」と反芻《はんすう》する。

「両国橋に行ってみな。ここんとこ毎日、あの辺りをほっつき歩いてるから。あの鬼面がでかい図体《ずうたい》をうんと小さくして女を追いかけまわしてるってんだから笑っちまうよ」

唇をひん剝《む》いて笑い、老婆は去っていった。

『母上。私は大きくなったら母上を妻にしたいと思っております』

大まじめに言ってきたのは、善太郎が何歳の頃だったろう。

『母は善太郎の妻にはなれぬぞ。もう殿の妻だからな』

幼い善太郎は衝撃のあまりによろめき、七日もさめざめと泣いていた。呆れていいやら、なだめたものやら、叱ったものやらで……。

ふらふらと裏長屋の木戸をくぐる。往来に戻ったところで、ようやくすとんと老婆の言葉が胸に落ちついた。あの幼かった善太郎が――女の尻！

「ほら、やはり来るべきではなかったではないか！」

おもわず鶴松に八つ当たりをし、ぶんぶんと首を横に振った。いや、そんなことを言っている場合ではない。鶴松の言うとおり、話を聞かねば。せめてきちんと寝食をとれているのかだけでも知りたい。だが。だが、どうにも、足が重たい。

「なにひとりで百面相してんだ、男姫」

はっと顔をあげた。振りかえると、数刻前に別れたはずの鶴松が背後に立っていた。

「鶴松⁉　ここでなにを……また会えるとは思わなかったぞ！」

声が弾んだ。見知った人の誰もいない場所で知った顔に出会えるというのは、これほど心強いものなのか。対して、鶴松はなぜかじいっと菊乃をにらんできた。

「善太郎には会えたか」

「う。それが……会えなかったのだ。出直しだ」

「出直しってのは、日を改めるってことか」

「言いたいことはわかるぞ。もたもたしてないで、はやく息子に会ってこいと言うのだろう？　だが、あの幼かった息子が女の尻を追いかけまわしているなどと聞いたら――」

「あ？……まあいい。日を改めるとして、その間の宿や飯はどうするつもりだ」

「それは……どうにかするしかあるまい。頼れる者はいないのだ」

「もし俺が成仏するまでの間、衣食住を引きうけてやるって言ったらどうする」

「……なんと？」

「成仏したあとは経を唱えてやるし、墓前に好物もそなえてやる。いや、なんなら成仏するのを手伝ってやってもいい」

菊乃はぽかんとし、鶴松をねめつけた。

「さすがに、わたしでもわかるぞ。なにをたくらんでいる、鶴松」

鶴松はにこりとして目の前にしゃがむと、そっと菊乃の手を摑《つか》みあげ、なにかを握らせてきた。

「菊乃姫、降魔《ごうま》師の仕事って興味あります？」

見下ろすと、菊乃が握っていたのは倶利伽羅剣《くりからけん》の柄《つか》だった。

二

ぽいっと投げてよこされた布の塊を、菊乃は慌てて受けとる。

「そこの柳原《やなぎはら》土手で買ってきた。そのなりじゃ動きにくいだろう」

両手で広げてみる。子供用の藍色《あいいろ》の小袖《こそで》だ。聞けば、柳原土手は古着市で賑《にぎ》わう界隈《かいわい》だという。それはいいのだが、

「男物だぞ」

「なにか障りがあるか、男姫」

頰を紅潮させ、菊乃は「ない」と即答した。

時はすでに夕刻、横丁の旅籠《はたご》に借りた二階の一室だ。ほかにも歯を磨くための房楊枝《ふさようじ》や湯屋で使う小間物、寝間着に草履まで用意され、感心しきって矯《た》めつ眇《すが》めつする。

——日本橋にある薬種問屋、長崎屋の化け物退治を手伝ってほしい。

鶴松が持ちかけてきたのは、そんな内容だった。うどん屋で会った左衛門という老女は、浅草御門《あさくさごもん》の近くにある舟宿「波千《なみせん》」の女将《おかみ》で、鶴松にたびたび仕事を仲介してくれるのだという。今回の依頼もそのひとつだが、鶴松は負傷もあって、ひとりでの降魔に不安があるらしい。そこで菊乃に話が回ってきたわけだが、

(ことわるいわれなど、私にはひとつもない)

そもそも鶴松が怪我をしたのは菊乃のせいでもある。まして衣食住をまかなってくれ、黄泉《よみ》がえりの謎を解きあかす手伝いもしてくれるなど、願ったり叶《かな》ったりだ。

(善太郎には、長崎屋の件が終わったら会いにいこう)

先送りにしたわけでは決してない、と自分に言いわけをする。

「十五年もたつと、こうした小間物も形が結構変わるものだな……どこに行く？」

早々に部屋を出ていこうとする羽織姿の鶴松に気づいて、首をかしげる。

「どこって、見た目は子供でも、中身は妙齢のお武家さんと同室ってのはまずいだろ」

「家に帰るのか」

「しけたことを。お江戸はこれから享楽の夜を迎えるんだぞ……おっと、子供に聞かせる話じゃなかったな。明日の朝、迎えに来るからしっかり寝とけ。じゃあな」

なるほど、盛り場か。菊乃は白けた気分で、鶴松の背中を見送った。

通りに面した障子窓を開けると、夕暮れ迫る眼下の横丁を鶴松が歩き去っていくのが見えた。向かう先には、すでにいくつもの赤い提灯《ちょうちん》がともっている。

(読めぬ男だ)

口は悪い、態度も悪い、きわめつきがあの堂々たる破戒僧ぶり。あの男をどこまで信じてよいものかと首をひねってしまう。そう思ってから、菊乃はふっとほほえんだ。

(いや、そう悪い男ではあるまい)

うどんを奢《おご》ってくれた。笑わずに菊乃の話を聞いてくれた。菊乃ひとりのために部屋をとり、こうして着替えや小間物まで用意してくれた。

(これで信頼できぬようでは、我が身の名折れだな。しっかり恩返しをせねば)

菊乃は障子窓を閉じようとし、ふと、目をごしごしとこすった。

(……なんだ?)

遠ざかる鶴松の右の雪駄《せった》あたりに黒い靄《もや》が揺らいでいる気がしたのだ。だがもう一度見ると、そこにはただ影が伸びるばかりで、鶴松の姿は雑踏へと消えていった。

(気のせいか)

怪訝《けげん》に思いながら、菊乃はそっと窓を閉じた。

すこーんっとよく眠った翌朝、渡された古着を改めて広げた。木綿でできたそれは使いこまれてやわらかく、動きやすそうだ。袖《そで》をとおすと、自然と顔がほころんだ。

髪をひとつに結い、倶利伽羅剣を両腕に抱えたところで、僧衣姿の鶴松がやってきた。

「似合うな」

菊乃をひと目見るなり、鶴松はどこか悔しげに言った。きっとみっともない男装姿を想像して、笑ってやるつもりでいたのだろう。

「そうであろう？　おなごの衣装よりもよほど身になじむ」

満足して笑う菊乃を、珍妙な生き物を見る目で眺める鶴松だった。

準備万端、旅籠をあとにして向かったのは近くを流れる川だ。鶴松が水ぎわに泊まっていた猪牙舟《ちょきぶね》の船頭に手を振り、川辺に下りる。あとにつづくと、菅笠《すげがさ》をかぶった船頭が不審そうに菊乃を見つめてきた。

「波千のお抱え船頭の重蔵だ。いつも俺の仕事を手伝ってくれてる」

「重蔵殿か。菊乃とも一す。よろしく頼む」

重蔵は菊乃の堅苦しい口調に面食らった様子で、鋭い目を丸くした。

「鶴松、これに乗っていくのか？」

「ああ。日本橋なら掘割をたぐっていけるから、子供連れで歩いていくよりはやい」

「子供？　ああ、わたしか。わたしなら自分で歩いていけるぞ――わっ」

重蔵に軽々と抱きあげられ、「そらよ」と猪牙舟に乗せられる。

「よくもまあ昨日の今日で弟子を見つけられたもんだな。どこで拾った小僧だ。……めそめそ泣いてるが、大丈夫かよ」

情けなさのあまりに涙ぐんでいた菊乃は「泣いてない」と答えた。鶴松は「まあ、なんでも使いようだろ」と言いつつ、めまいを起こしたように額に手をあてがった。

「あとそいつ、中身は妙齢のお姫さま。扱いに気をつけろよ、重蔵」

「ああん？　これが妙齢？　馬鹿言いやがって。おめえの女の趣味も変わったな」

「二十八歳、人妻。抱っこはさすがにまずいと思うぞー？」

重蔵はぽかんとし、菊乃と、己の両手とを見比べた。本当だったらまずいとでも思ったか、戦々恐々「失礼しやした」と詫《わ》びられ、菊乃はいよいよ泣きべそをかく。恥の上塗りだ。

重蔵が櫓《ろ》を操る。細い船体がぐらりと揺れ、菊乃は急いで船べりにしがみついた。

のどかな陽気だった。深呼吸をし、あたたかな空気を胸いっぱいに取りこむと、なにやらおかしな気分になった。つい先日まで死んでいたのに、こうして十五年後の世で化け物退治に繰りだしているとは、なんとも妙な話だ。

「お姫《ひ》いさん。しっかり摑まってくんな。大川《おおかわ》に出るぞ」

舟がぐんっと水の固まりにぶつかり上下した。重蔵が両足を踏んばって、櫓杆《ろづく》を握る手に力をこめる。猪牙舟はやがて細い川筋から雄大な大川の流れの中へと進み出た。

商家が両脇に迫る掘割の桟橋で猪牙舟を下り、表通りに出た菊乃はぽかんとした。

低い視野めいっぱいに広がるのは、無数の商家に、屋台の群れ。あるかないかの風に揺れる暖簾《のれん》は、白に、茶に、藍《あい》に。幅広の通りを歩くのは商人、供を連れた武士、棒手《ぼて》振り、辻籠《つじかご》に馬……次から次へと歩き去っては、どこからともなくあふれてくる。

江戸きっての商業の町、日本橋。

「すごいな、鶴松！　公方《くぼう》さまが代がわりされたばかりとのことだが、江戸の町は安泰のようだ。安心したぞ」

「なに年寄りくさいこと言ってんだ。そら、迷子になるから上ばっか見るな」

年寄り扱いからの子供扱いにむっとしつつ、鶴松を急ぎ足で追いかける。

「昨日も話したが、長崎屋に出るのは獣の化け物って話だ。真言《マントラ》でどうにかなるなら俺が相手するが、倶利伽羅剣が必要になったときはまかせた。使い方はもうわかってるな」

真言には仏の数だけ種類があり、効験《こうげん》もそれぞれ異なる。降魔する相手によって、使いわける必要があり、見きわめを誤ると効きめがないこともあるのだという。

一方の倶利伽羅剣は単純だ。どんな相手であっても、不動明王の炎がその罪業を焼き祓《はら》ってくれる。剣の技量は必要になるし、使い手の験力の差が炎の大小にはっきりと出るが、真言に比べると力業での降魔ができるのだという。

「しかし、本当にわたしにできるのだろうか。まったくの素人だぞ」

「できるできる。あの剣の腕前に加えて、重い木剣を振りまわせるだけの怪力、不動明王の炎を顕現させる験力がありゃ十分だ。それに、菊乃の剛胆さは貴重だぞ。並の人間は化け物を前にしたら、指一本動かすのだって無理だからな。それをよくもまあ……」

鶴松が言う化け物とは、おとといの晩に遭遇した泥の塊のような化け物のことだろう。あのときは無我夢中だったが、たしかに剛胆さにかけては多少の自信がある。

「己よりも強い者に挑むのは、慣れているのだ。嫁ぐ前の話だが、剣の兄弟子たちと自警団をつくってな。よく義に反する悪人どもを成敗してまわったものだ」

「いや、どんな姫さまだよ」

そうして雑踏の中を歩くことしばし、鶴松が表通りを横にそれた道に入った。薬種商が並ぶ界隈だ。煎《せん》じ薬と乾物の臭いが鼻をつく。長いこと病床にあった菊乃にはなじみ深い臭いだった。

その一角に、見るからにうらぶれた薬種屋があった。客はおらず、軒下看板は傾き、雄猫が通りすがりに板壁に小便をひっかけていく。隣の店には、薬を求める客で行列ができているというのに、こちらは真逆。いかにも化け物が出そうだった。

ところが、足を止めた菊乃に、鶴松が「そっちじゃねえぞ」と言ってきた。

「こっちの店だ」

顎《あご》で示されたのは、ひっきりなしに客が出入りする隣の店のほうだった。

「こちらか？　本当に？　隣ではなくて？」

賑《にぎ》わう店の白い長暖簾には、たしかに「長崎屋」と大書されている。列のそばでは奉公人が「列の最後はここです」と声を張りあげ、揺れる暖簾の落ちつく間もなく人が店に出入りしていた。しかも繁盛しているのは長崎屋だけのようで、逆側の隣の店も、向かいの店も、菊乃が最初に足を止めた店並みに閑古鳥が鳴いていた。

これで化け物が出るとはにわかには信じがたい。

「たしかに——妙だな」

鶴松は顔をしかめ、「裏に回るぞ。目立つから、表からは入るなって言われてるんだ」と店脇の路地を示した。

通用門の前では、肉づきのよい羽織姿の男がにこやかに立っていた。

「長崎屋番頭の平次《へいじ》にございます。ご足労いただき、ありがとうございます。やあ、丹《たん》絵《え》ではお姿を見たことがありますが、本物はいちだんと男前ですなあ。……おや、こちらの小僧さんは」

「鶴松さまの弟子、菊之丞《きくのじょう》です。よろしくお頼みもーします」

あらかじめ鶴松に教わっていたとおりに男の名で答える。子供とはいえ、女連れの僧《そう》侶《りょ》は信頼されないらしい。細やかな気配りは、やはりなんとも騙《かた》りくさい。

番頭はにこにこして菊乃の前に膝《ひざ》をつくと、懐から小さな紙包みを取りだした。

「いじらしいねえ。飴《あめ》をあげよう。とっておきなさい」

隣で鶴松が「ふっ」と短く笑い、菊乃はふるふると恥辱に震えながらも、「かたじけない」と飴を受けとった。

通用門を抜け、立派な蔵のある庭を通り、大きな沓脱石《くつぬぎいし》の上で草履を脱いで、母屋の廊下に上がる。菊乃はくんっと鼻を鳴らした。

（獣の臭い……）

通された客間では、丸髷《まるまげ》を結った女がひとり待っていた。

「長崎屋の女将《おかみ》、とくにございます」

薄紅色の唇からお歯黒を塗った前歯を覗《のぞ》かせ、女将は頭を下げた。

「左衛門姐《ねえ》さんにお頼みしてよかった。人気の鶴松さまに来ていただけるなんて、ありがたいことですよ。なんといっても、あたしは鶴松って名前が好きでねえ。『鶴の字を使うな』なんて無体を言うご公儀に堂々とたてつくなんて、小気味のいいこと！」

なるほど、「鶴松」という名は先の公方さまのありように不満を溜《た》めこんでいた人々にとっては、ちょっとした憂さ晴らしになっていたわけか。

（人気が出るわけだ。名乗るだけでも、人心を摑《つか》めるのだから）

よく処罰を免《まぬが》れてきたものだ。菊乃は感心半分に呆《あき》れつつ、客間と女将とをしげしげと観察した。どちらもずいぶん派手だった。床の間に所狭しと並べられているのは、豪華な有田《ありた》焼の壺《つぼ》。女将の着る小袖《こそで》は、過剰に華美な友禅《ゆうぜん》染め。鼻につきかねないほど羽振りがいいが、日本橋の商家ともなるとこれが当たり前なのだろうか。

そして、やはり臭う。

「左衛門殿から話はうかがっています。なにやら獣の化け物が出るとか」

「ええ、ええ、そうなんですよ、鶴松さま。困ってるんです」

鶴松が水を向けると、女将は鼻息荒く長崎屋の怪異について語りはじめた――。

それが始まったのは、およそひと月前、薄ら寒い夜半だったという。

帳簿の確認を終え、身を縮めて廊下を歩いていた女将は、妙な臭いを嗅《か》ぎつけて足を止めた。獣の臭いだ。先の公方さまが存命の折には、獣を用いた生薬も禁止されていたが、没後はふたたび解禁となった。だから、最初はその臭いだろうかと思った。

ところが、襖《ふすま》の向こうでごとりと物の動く音がした。まさか野犬でも入りこんだか。お囲いの犬が市中に放たれ、家に忍びこんできたのかもしれない。ぞっとするが、襖の向こうは客間。雨戸を立てて戸締まりをしたのは自分。野犬に気づかず、戸締まりをしてしまうなんてことがあるだろうか。

襖を開けることもできず、かといって立ち去ることもできずにいると、二階から家住みの奉公人が下りてきた。女将は胸をなでおろすが、奉公人は真っ青になって言った。

――女将さん、二階で獣が歩きまわる音がするんです。けれど、姿が見えないんです。

「それからというもの、毎晩、気配を感じるんですよ。気味が悪いというんで、奉公人も何人も辞めちまいましてね。このままじゃ商いにも障りが出ちまいそうで、不安で」

「そう言うわりには、長崎屋はずいぶん繁盛しているようだったな」

おもわず口を挟んだ菊乃を、女将はキッと鋭くにらみつけた。

「なにが不思議だい。化け物が出ようと、奉公人が義理なく辞めてこうと、商いに障りを出すような真似、このあたしがするもんか。礼儀を知らない小僧さんだねえ。この子はお弟子さんかい？　感心しないねえ、天下の降魔《ごうま》師さまの偉業に泥を塗るよ」

畳みかけられ、菊乃は鼻白んだ。そこまで言われるほど無礼なことを言ったろうか。気おくれしているうちに、すかさず鶴松が「未熟な弟子が失礼を」と陳謝した。

「もちろんお内儀《かみ》なら、化け物が出たぐらいで長崎屋を傾かせることはなさらないでしょう。その見事な友禅染め、素晴らしい調度品の数々……実に目利きでいらっしゃる。薬種を仕入れる目も、さぞ細やかであらせられるのでしょうね」

整った顔に華やいだ微笑が浮かぶ。いくらなんでも、うさんくさすぎやしないか、と心配になるが、女将は急にもぞもぞと尻《しり》を動かし、「そ、そうかい？」と口ごもった。

「まあ、洗練された目が必要なのはたしかですよ」

まんざらでもない様子でそっぽを向く女将。呆気《あっけ》にとられて番頭を振りかえれば、番頭までが照れくさそうに額の汗を拭《ぬぐ》っている。なんということだ。

「ただ、弟子の言うことも一理あります。化け物が出たとなれば、普通は商いに障りが出るものなのです」

鶴松は腰帯から矢立を取りあげ、手にした懐紙に流麗な文字で「邪気」と書きつける。

「化け物は周囲に邪気をまき散らします。邪気に長くさらされると、人は病になり、あるいは心を狂わせる。障りを受けるのは人ばかりでなく、家そのものもです。武家ならば没落、商家ならば店が傾く……私の弟子はそのことを案じたのです。決して、お内儀の手腕を疑ったわけではありません。ご容赦を」

「まあ。いいんですよ。あたしが芸者あがりだってんで、長崎屋の繁盛を怪しむ馬鹿もいるもんで、ちとぴりぴりしましたのさ」

「近くの薬種屋がそろって商いを傾かせてるもんで、悪く言う人がいるんです」

番頭が悔しげに吐き捨てた。

「長崎屋の女将は化け物だ、周りの店から運気を吸いとってるんだって。腹がたちますよ、こっちだって化け物に苦しめられてるっていうのに。鶴松さま。女将さんは本当によくやってるんです。旦那《だんな》さんが長らく留守にしていても、しっかり商いを盛りたてて」

「平次」と女将に鋭く制され、番頭は我にかえったように口を閉ざした。

「旦那さんといいますと……」

鶴松が訊《き》く。女将は番頭を恨めしげににらんでから、渋々と口を開いた。

「夫の嘉七《かしち》ですよ。あたしが言うのもなんだけど、あの男は女遊びが大好きな道楽者なんです。浅草の田んぼの中に別宅を建てて、そこで妾《めかけ》とよろしくやってるんだ。店も息子も放ったらかしにして、もうひと月も帰ってこない。――嘉七のことは気にしないでくださいな。あたしはあんなひと、死んだと思ってるんですから。ええ、いっそ葬式でもあげようかと思ってるぐらいで」

舌鋒《ぜっぽう》鋭く罵《ののし》ったところで、廊下から「おっ母《か》さぁん」と幼い声が聞こえてきた。女将はまなじりをとろんと下げ、浮かれた様子で立ちあがった。

「なんだい、福太郎《ふくたろう》や。おっ母さんはお客さんのお相手をしてるとこだよ」

襖を開けた先には、幼い男の子が立っていた。女将に甘えるように膝にしがみつき、

「やだやだあ。おなかすいたあ」と駄々をこねる。

「困った子だねえ。平次、あたしはちょいと外すから、しばらくまかせたよ。鶴松さま、化け物退治、よろしくお願いしますよ。あたしは福太郎が安心して長崎屋を継げるようにしてやりたいんです。ねえ、福太郎？」

脇腹をつんと突かれ、福太郎がきゃっきゃっと笑う。番頭が「あ」と手を伸ばした。

「あの……若旦那《わかだんな》のことは……」

女将の表情がさっと曇った。怒りとも悲しみともつかない感情がよぎったのもつかのま、女将は顔をそむけると「放っておき」と言いおいて、勢いよく襖を閉ざした。

なかなか苛烈《かれつ》なおなごだ。まるで嵐がすぎさったようだった。

「今のはご長男でいらっしゃいますか。長崎屋はいよいよ安泰のご様子」

鶴松のあからさまな愛想に、番頭は「いえ、次男でして」と苦く笑う。

「次男？　女将さんは福太郎さんが長崎屋を安心して継げるようにと……」

鶴松が怪訝《けげん》そうにすると、番頭は女将が戻ってこないことを確かめるように襖を振りかえり、ふと囁《ささや》いた。

「鶴松さま。ちょっとよろしいですか」

案内されたのは、母屋とは庭を挟んで向かいに建てられた離れの一階だった。廊下の奥まったところにある襖の前に立った菊乃は我知らずおののいた。

「この部屋はいったい……」

閉ざされた襖の表面には、ぞっとするほどの数の札が幾重にも貼られていた。病魔退散、悪霊退散、角大師に豆大師《まめだいし》、それに犬病退散……。犬病退散の札には見覚えがあった。両国橋の団子屋の柱に貼ってあったものと同じだ。

「長男、伊兵衛《いへえ》の部屋でございます」

菊乃と鶴松は同時に目を見張った。

「若旦那、開けてください、平次です。若旦那、起きてますか」

番頭が襖の向こうに話しかけた。しばらく待ってみるが、答えはない。

「化け物が出るようになってからこもりっぱなしなんです。もうひと月になりましょうか」

「ひと月もですか。どうしてそのような」

番頭は深々と息を吐きだし、襖の向こうに聞こえないよう囁き声で話しはじめた。

「気の弱い子なんです。いえ、もう十五歳になるんですがね、化け物のことが怖くてたまらないみたいなんですよ。それでこのように。——女将《おかみ》さんには、鶴松さまには言うなと命じられてるんですが、あたしは心配で心配で」

どうして女将はそのようなことを命じたのだろう。番頭が困ったように眉尻《まゆじり》を下げた。

「女将さんはあのとおりの気性ですから、若旦那のうじうじしたところがどうも……お好きでないんです。それでもう放っておけ、と」

「では、次男の福太郎さんが店を継ぐと言っていたのは、長男の伊兵衛さんの気の弱さを嫌い、軽んじているからだと？」

　鶴松が問うと、番頭は小さくうなずき、悲しそうにうなだれた。

「若旦那が小さい頃は、女将さんもずいぶん可愛がってたんですよ。けど、ここ何年か、旦那さんが若旦那をあちこち連れまわすようになってからというもの、若旦那に対してだんだんと手厳しくなられていって……」

「それはまたどうしてですか」

「女将さん、旦那さんと仲が悪いんです。さっき女将さんも言ってましたが、旦那さんはちょっと女癖が悪くて、すこし金づかいの荒いところもあるもんですから、そうしたところが気に入らないようなんです。いえ、ここ何年かはもう、ぜんぶが気に入らないといった具合で。旦那さんがこの菓子はうまいと言えば、女将さんはこんなまずい菓子は食べたことがないと言う……そんなありさまだから、旦那さんが可愛がってる若旦那のことも、可愛く思えなくなってしまったようでして」

　菊乃は顔をしかめた。つまり女将は、夫憎しの感情を、夫が可愛がっている息子にまで向けてしまっているわけだ。

「旦那さんは、若旦那を連れまわすのは商いを学ばせるためだと言っています。ですが女将さんは、女遊びを教えこんでるんだと疑ってやまない。若旦那が旦那さんを慕って、どこまでもついていくのも気に入らないようで……」

嫉妬《しっと》か。そちらはわからないでもなかった。

(私も嫉妬したことはある……)

ふっと胸にわいた同情に驚き、首を振って物思いを振りはらった。

「いい子なんです。気は弱いが奉公人思いで、商いを学ぶことにも熱心で……『平次、この薬はどんな効能があるんでしょう』ってうんと小さいときから。平次、平次って」

番頭はぐすりと涙ぐんで、襖《ふすま》に貼られた札に手をあてがった。

「この札、鶴松さまの手によるものと聞きました」

菊乃は目を丸くした。言われてみれば、先ほど書いた「邪気」の筆致と、この札の文字は似ている。こちらは版画のようだが、もとの字は鶴松が書いたのだろう。

「部屋にこもる前は、そりゃもう化け物のことを怖がって大変だったんですが、この札を貼ってからは、だいぶ落ちつきまして。『こうすると化け物が入ってこないんだ』と嬉《うれ》しそうにしていました。よければ、ちょっと声をかけてやってください」

番頭は鶴松の返事を待たずに、襖に向かって「若旦那」と声を大きくして呼びかけた。

「おぬし、こんな札まで売りさばいているのだな。本当にご利益のある札なのか?」

こそっと言うと、鶴松はにっこり笑って菊乃のつむじを指でぐりぐり押した。痛い。

「若旦那、今日は降魔《ごうま》師の鶴松さまがいらっしゃってるんですよ。獣の化け物を退治しにきてくださった。もう安心ですからねえ」

「――降魔師の、鶴松さま?」

聞こえてきたのは、声変わりもまだの幼い声だった。布団にもぐってでもいるのか、くぐもって聞こえる。番頭は返事があったことに興奮した様子で襖に手をかけた。だが、中でつっかえ棒がしてあるようで、襖はがたがたと揺れるだけだ。

「そうです、鶴松さまです。女将さんが呼んでくださったんですよ。開けてください」

「おっ母さんが？……まさか、私を心配して……」

番頭は一瞬言葉に詰まってから、「ええ、そうです」と答えた。

嘘はよくない。気が弱い子供は過剰なほど周囲に注意を向けている。一瞬の間《ま》、声の調子だけで、安易な嘘など簡単に見破ってしまう。善太郎がそうだった。

案の定、襖の向こうからいらだったような物音が聞こえてきた。

「降魔師だかなんだか知らないが、消えろ！　消えちまえ！　出ていけ！」

番頭がうろたえる。菊乃は眉《まゆ》を寄せてかたわらの鶴松を見上げ、おや、と思った。

襖を見つめる鶴松の横顔は、どこか痛ましげに見えたのだ。

だが、その憐《あわ》れみの表情も一瞬、鶴松はすぐに顔をしかめて小声で言った。

「降魔に来て、なんだって親子の問題に巻きこまれなきゃならねえんだ。戻るぞ」

さっさと客間に戻ろうとするその袖《そで》を、菊乃はおもわず摑《つか》んだ。

「化け物退治に来たのはわかっている。だが、あんなに心を鋭くしていたら弱ってしまう。鶴松、番頭の言うとおりなにか言葉をかけてやろう。頼みにしている降魔師からありがたい説教のひとつも聞けば、伊兵衛の気持ちもすこしは安らぐはずだ」

「説教は苦手だ」

「わたしには説教をしてくれたではないか。うどん屋で」

「化け物を降魔できりゃ、心も晴れ、放っといても外に出てくる」

そうなのかもしれない。だが、伊兵衛の張りつめた声は痛々しかった。化け物の出る家で、母親は助けてくれず、父親も出かけたきり、鶴松の札だけを頼りに己を必死に守っている伊兵衛は、きっと心細くてたまらないことだろう。

「だいたい、赤の他人が通りすがりに安い言葉をかけたところでなんになる。こいつが本当に欲してるのは、母親の言葉だろうよ」

菊乃は目を見開き、鶴松の袖をさらにしっかと摑みなおした。

「だが、たとえ赤の他人だろうと、誰かが真剣に自分に寄りそおうとしてくれていることを知れば、それが救いになることだってあるであろう？」

まっすぐに顔をあげて言うと、鶴松がたじろいだ。なにかを言いかけ、言葉を吞《の》みこみ、ため息まじりに襖を顎《あご》で示す。開けろ。口の動きだけでそう命じる。なぜだ。菊乃もやはり口だけで問う。いいから豪快に。その返答に菊乃は目を丸くし、「ええい、どうとでもなれ」と襖に手をかけた。

「すまぬが、開けるぞ！」

ガッと襖を引く。怪力を受けて、中のつっかえ棒ごと襖が桟から外れて室内に倒れた。

番頭が「ひぇ⁉」と仰天し、部屋の奥にこんもりと丸まっていた布団もびくっと揺れた。

鶴松は、伊兵衛と番頭がなにかを言うよりも先に部屋に押し入り、言った。

「すこしだけ、失礼をいたします」

そして有無を言わさぬ勢いで、鶴松は二本の指を天井に掲げた。

「臨《りん》――」

深みのある声が放たれた瞬間、明らかに空気の質が変わった。

「――兵《ぴょう》・闘《とう》・者《しゃ》」

一言《いちごん》ごとに、掲げた指が空を切った。天井に金色の線が描かれていくのが見える。縦に、横に、と重なりながら、まるで籠《かご》のように部屋を囲っていく。

「皆《かい》・陣《じん》・列《れつ》・前《ぜん》・行《ぎょう》」

最後まで唱え終えるやいなや、金色の籠は眩《まばゆ》い輝きを放ち、かと思うとすぐに儚《はかな》く消えて、見えなくなった。

鶴松がふっと息を吐きだす。菊乃の口からも自然とふうっと息が吐きだされた。同じような吐息が、布団の中の伊兵衛からも、また番頭からも漏れきこえた。

(心なしか、空気が清まったような)

鶴松は布団に向かって頭を下げた。

「若旦那《わかだんな》、化け物は必ずやこの鶴松が降魔します。心安らかにしてお待ちください」

かすかに布団が揺れた。ほんの小さな声が「……はい」と答える。

「番頭さん、申しわけないが襖を直しておいてください。菊坊、行きますよ」

踵《きびす》を返す鶴松を慌てて追いかけながら、顔が自然とほころんだ。——やるではないか。

客間に戻ると、ほどよく女将が戻るところだった。息せき切った番頭があとからやってくると、「お客さまを放ってなにしてたんだい」と自分を棚にあげて叱責《しっせき》する。

「それじゃあ、化け物退治よろしくお願いしますよ。部屋は用意してありますから」

三

「なにが部屋だ。屋根裏じゃねえか」

埃《ほこり》っぽい板間に敷かれた布団を見るなり、鶴松が疲れはてた様子でぼやいた。

ここは母屋の屋根裏だ。夜はすでに更け、用意された行灯《あんどん》の明かりが鶴松の顔をぼんやりと照らしている。換気用の格子窓の外は暗く、昼の活気はもうどこにもない。

鶴松は並べて敷かれた大小の布団をげんなりと引きはなしてから、布団に寝転がった。

「夕飯も豆腐料理だけ。せっかく江戸随一の繁華街、日本橋にいるってのにつまらん！」

「おぬしのために精進料理にしてくださったのだろう。よい味わいの豆腐であった」

ほくほくした気持ちで夕飯の内容を思いだしていると、鶴松が顔をしかめた。

「いいよなあ、食いしん坊のお姫さまは。あんな薄味の料理でもおいしそうにたいらげて。皿まで食いかねない勢いだったぞ」

「そんなみっともない真似していない」

菊乃は鶴松をねめつけ、ふとほほえんだ。

「それはともかく、先ほどは驚かされたぞ。すごいではないか！」

「なにがだよ」

「なにやら唱えていたろう。あれはなんだ？」

「九字《くじ》のことか？　あれぐらいなら菊乃にだってすぐできるぞ。ああして結界を張って、邪悪なものの侵入を防ぐんだ」

「九字というのか。それから、犬病退散の札にも驚いた。あの札、両国橋の団子屋でも見かけたのだ。鶴松は江戸の民草の心の支えになっているのだな！」

「まあ……天下の降魔師ですんでね」

あいかわらず尊大な言いまわしだ。だが、慣れてくるとただの照れ隠しにも思えてくる。菊乃はふふっと笑った。鶴松が「なんだよ」と眉をひそめる。

「いや。ところで犬病というのは、そんなに流行《はや》っているのか」

札を貼っていたその団子屋が「犬をいじめた人間がかかる奇妙な病」として犬病のことを教えてくれた。かかった者は犬のように吠《ほ》えるのだとかなんとか。

「らしいな。近頃よく噂に聞く。医者も手をこまねいてるって話だ」

「病なのか」

「どうだろうな。はじめは瘈狗《けいく》による咬傷《こうしょう》を疑ったらしいが……」

瘈狗とは病持ちの犬のことだ。その犬に咬《か》まれた者は幻覚を見たりしたのち、十中に

八九、死に至ると言われていた。菊乃が子供の頃はまだ野犬が町をうろついていたから、奉公人から「様子のおかしい犬には近づかないように」とよく注意されたものだ。
「とはいえ、お囲いがあるから町に野犬はいないし、そもそも体のどこにも咬み傷はなかったらしい。だから今は、犬公方《くぼう》の呪いって話が広まってる。ま、それも、わかったもんじゃねえけどな。坊主が祈禱《きとう》をあげたら治ったって話だが、だからといって呪いって断言するのもな」

なぜだ、という顔をすると、鶴松は天井を見つめた。

「人は不安に呑まれやすい。隣人が犬病になったと聞いたら、自分もなるのではと不安になる。不安になると体に変調をきたす。すると、そら犬病になったと思いこむ。不思議なもんで、そういうとき体は心にひっぱられる。で、ある日『わんっ』と吠えてる」

菊乃は目を丸くする。つまりそれは「気のせい」ということだ。

「だから祈禱で治ったとしても、呪いが解けたからなのか、坊主に会って不安が消えたからなのか、よくわからねえ。ただ、噂を真に受けるなら、犬病にかかった人間はこの江戸だけでも百人はくだらない。そのすべてが犬公方の呪いだってんなら、先の公方さまは平将門《たいらのまさかど》も裸足《はだし》で逃げだすほどの怨霊《おんりょう》ってことになる」

ありえないということか。菊乃は格子窓のそばに寄り、剣を抱いてあぐらをかいた。

「うどん屋で、わたしが黄泉がえってからの話をしたろう？　女犬公方と揶揄《やゆ》されている娘に会ったのだが、犬病はその娘のせいだと言う者もいるようで、気の毒だったよ」

「は。犬病が生身の人間のしわざだとしたら、その娘、ぜひ弟子にしたいね」

「鶴松、今度ともに団子屋に行って、今の話を聞かせてやってくれないか。おぬしが言えば、犬病は女犬公方の呪いだなどとひどい噂を流す者も減っていくだろう」

鶴松は「そういうのはやってねえっつっただろ」と欠伸《あくび》まじりに言いつつ、「気が向いたらな」と呟《つぶや》いた。

今度こそ、菊乃はこらえきれずにくっと笑った。

「なんだよ、さっきから！」

「いや、おぬし、人から『ひねくれ者』だと言われることはないか？」

鶴松は「なっ」と慌てて身を起こそうとし、右肩を押さえて「いてえ」と布団に逆戻りした。菊乃はどうにか笑いをこらえて、「すまぬ」と詫《わ》びた。

「ただ、どうにもおかしくてな。腹をすかした子を見れば、腹をたてながらもうどんを奢《おご》ってしまう。そういうのはやっていないと言いながら、気が向いたらなどと請けおってしまう。おぬしを信じたわたしの見立てはまちがっていなかったと知れて嬉《うれ》しいぞ」

鶴松はげんなりと肩をさすった。

「俺はむしろおまえに感心したね。はじめて会った、それも布団にこもって顔も見せねえようなガキに、よくもまあ、あそこまでまっすぐな同情を向けられたもんだ」

「なにを言う。感心したのはこちらのほうだ。『化け物は必ずやこの鶴松が降魔《ごうま》します。心安らかにしてお待ちください』……なんと胸の熱くなる励ましか」

じーんと胸に手を当て、菊乃はうっとりと目を閉じた。

「真似すんな！　だいたい、あれはおまえが言わせたんだろうが！」

「それはそうだが、まさかあれほど力強い励ましをくれるとは思っていなかったのだ」

九字を切り、部屋に結界を張り、たしかな安心を与えた上での鶴松の言葉は、伊兵衛にしっかりと届いたはずだ。通りすがりの安い言葉ではなく、「助ける」という明確な約束は、きっと大いなる励みになったはず。

「心から詫びるぞ、鶴松。騙《かた》りだの、破戒僧だのと好き勝手に言ってきたが、おぬしはしっかりと立派な僧侶《そうりょ》だったのだな」

「――やめろ」

鶴松が声を低くした。突然の鋭い表情に、菊乃はきょとんとした。

「褒めたのだぞ？」

鶴松はしまったとばかりに口に手をあてがった。自分で自分の反応に驚いたようだ。

「立派な僧侶と言われるのは嫌か」

「……寺とか僧侶だとか、嫌いなんだよ。とくに立派な僧侶なんざ虫唾《むしず》が走るね」

鶴松が観念した様子で呟く。菊乃はふと、うどん屋での会話を思いだした。「寺の門前に捨てられたから、養い親は寺の連中だ」と語った鶴松の声音ににじんでいたのは、嫌悪ではなかっただろうか。

「育った寺は、あまりよい寺ではなかったのだな」

「よい寺？」鶴松は短く笑った。「いいや、よい寺だよ。近隣からは『立派な僧侶さま』が大勢いる、いい寺だと褒めそやされていたしな」

嘲《あざけ》る口調に、菊乃は居住まいを正した。きちんと話を聞こうとする姿勢が伝わったのか、鶴松は不承不承口を開いた。

「ろくでもない寺だった。どいつもこいつも金と権力のことしか頭にねえ。俺が生まれついての重瞳《ちょうどう》持ちだとわかると、『かの高僧、円珍さまの再来だ』と言って利用しようとした。重瞳持ちがいりゃ、本山からも一目置かれるし、寄進もたっぷり来るからな。おかげで、上からはもてはやされ、兄弟子からはやっかまれ、いびられ、散々だった。しかも、幼い頃の俺はたいそう可愛かったもんで、どっかの偉い坊さんが来るたび、そばに侍《はべ》るよう命じられた。いったい何度、寝床に引きずりこまれかけたことか」

目を見張る。菊乃のこわばった表情を見て、鶴松は短く笑った。

「金玉蹴《け》りとばしてやったけどな」

ほっと息をつく。幼子がいやもおうもなしに大人の欲の捌《は》け口にされたと聞くのは、たまらなく胸が痛む。

「どいつもこいつも、世間さまからは『立派な僧侶』と呼ばれる連中だった。けど、俺の目には、性根の腐った下劣な野郎どもにしか見えなかったよ」

「その寺とは、今は――」

「十四のときに寺を出た。それっきりだ」

そう言い捨てる鶴松の表情には遺恨が垣間見《かいまみ》えた。菊乃は頭を下げた。

「すまない。嫌なことを思いださせてしまったようだ」

「べつに。大した話じゃねえ。にやついたじじいに寝床に引きずりこまれかけて、股間《こかん》を蹴りとばしたってくだりを面白おかしく話したくなかっただけだ」

「そうか。わたしと一緒だな。わたしも初夜に夫を突きとばした」

「……なんだって？」

「どうもわたしは人の嫁には向かぬ女だったようでな。夫に触れられた瞬間、どうにも耐えきれずに、突きとばしてしまったのだ」

鶴松はぽかんと菊乃を眺め、おかしげに笑いだした。

「なんだそりゃ。俺のと一緒にすんな！」

「そうだな。だが、一緒のところもあるぞ。おぬしは寺の門前に捨てられたために、寺で生きるほかなかった。わたしも端《はな》から向かぬとわかっていた嫁入りをしなければならなかった。人生とは思うようにはならないな」

鶴松は目尻《めじり》に浮かんだ涙を拭《ぬぐ》いながら、「まあ、そうかもな」と笑った。

「実のところ、鶴松のことをすこし羨《うらや》ましいと思っていたのだ。ほかに道がなかったおぬしに、羨ましいなどと言っては無遠慮にすぎるが、降魔師という生業《なりわい》は、生前の……嫁ぐ前のわたしの憧《あこが》れに近いものがあると感じた」

「へえ。そりゃ、どんな憧れだ」

「笑うでないぞ。……義侠《ぎきょう》の剣客というやつ、だな」

七つの頃、父の指示のもと、新陰流の師範の門戸を叩《たた》いた。新陰流とは、徳川家に代々仕える剣術指南役としても知られる一門だ。江戸の武士にとっては立身出世のために是が非でも教えを請いたい、名門中の名門だった。

「剣術は弱き者を守るために学ぶもの、不埒《ふらち》な悪人は退治すべし」

師範が口を酸っぱくして念じた教えを口にし、菊乃は倶利伽羅剣《くりからけん》の柄《つか》をなでた。

「戦乱の世が終わり、武士の多くが剣を握る意味を見失った時代だった。ほしいままに力を振りかざし、民に害なす武士も増えていた。師範はそれを嘆き、武士とはこうあるものだと言って、古《いにしえ》の世の剣客像を語ってくれた。それがたいそう眩《まぶ》しくてな……」

憧れを抱いた。弱きを助けるために剣技を磨き、悪辣《あくらつ》非道な者どもを成敗する正義の剣客——焦がれた姿に近づくため、菊乃は心と体とを鍛えつづけた。

「志を同じくした兄弟子たちと自警団を結成したのは、その憧れがあったためだ。女であったがゆえ、嫁入りしてからは、すっかりあきらめてしまった憧れだがな」

——私はどうやって生きていきたいのだろう。

嫁ぐ前、いったいどれだけその問いを自分に投げかけたろう。答えを得るより先に嫁入りが決まった。嫁いでからは、答えを探すことすらあきらめた。なにを望んだところで、所詮《しょせん》は叶《かな》わぬ願い、己を苦しくさせるだけだと思ったからだ。

（いや、そうだったろうか）

頭の奥がちりちりと痺《しび》れた。なにかとても大事なことを忘れている気がする。

脳裏にどこかの景色がちらついた。宇佐見家の屋敷の庭だ。池端にたたずむ自分。そばには幼い善太郎。池端の「なにか」を前にして、ふたりで熱心に語りあっている……。

大切な記憶である気がした。だが、そう思えば思うほど記憶は遠のき、いつしか池端の景色も消えてしまい、菊乃はひそやかにため息をついた。

「義侠の剣客とは恐れいった。俺にはまったく思いもつかねえ清らかな志だな」

驚きとも呆《あき》れともつかない口調に、菊乃は頰を熱くした。

「わたしとて幼い願いだったと思っているぞ？　だが、弱きを助け、強きを挫《くじ》く。その尊い精神は降魔師もまた同じなのではないか？」

「そんな立派な精神、あいにく持ちあわせておりません」

「だが、あのような異形と日夜戦うなど、生半可な覚悟でできることではなかろう。危険もともなうし、助けを求めてきた者の命まで背負わねばならぬのだから。……そういえば、鶴松はどうして降魔師になろうと思ったのだ？」

「ほかにできることがなかったからな。寺育ちの俺には今さら商売は無理だし、職人の徒弟になるにもおそい。やってできないことはねえんだろうが、すぐにも食っていくには僧侶としての経験を活《い》かすしかなかった。だから、おまえみたいな、弱きを助けようなんて気も、助けを求めてきた奴の命運を背負うなんて気も、俺には――」

鶴松の眼差《まなざ》しにふっと影が落ちる。菊乃は首をかしげた。視線に気づいてか、鶴松ははっと我にかえると、手元にあった子供用の布団をひょいと左手で放ってきた。

「はい、身の上話はこれにて終わり。子供はもう寝なさい！」

いきなり話を打ちきられ、菊乃は「だから子供扱いするなと」とぼやきながら、

「寝ろと言われても、いつ化け物が来るかわからないのだろう？」

「ああ。けど、いざ来たとき、眠気で体が動かないってのも困る」

一理ある。なにせこの幼子の体は突然眠りに落ちたりと勝手がきかない。いや、正直に言うと、今もすでにものすごく眠い。

菊乃は受けとった布団を広げ、格子窓のそばに座ったまま倶利伽羅剣ごとくるまった。あたたかい。振りかえると、鶴松は早々に布団をかぶって目を閉じていた。もうすこし話をつづけたかったが、あきらめたほうがよさそうだ。

（七つ、か）

瞼裏《まなうら》の闇の中で、たった今、鶴松に語った己の言葉を思いかえす。

（七つほどの幼子の姿で黄泉《よみ》がえったのは、あの頃に抱いた願いを果たせずに終わった未練からだったのだろうか……）

菊乃は思いながら、やがて眠りの底へと落ちていった……。


——熱い……体が重たい……。

どろどろとした澱《おり》が体にまとわりつく不快な感覚に、菊乃はぼんやりと目を覚ました。

明るい。もう朝か。化け物は来なかったのだろうか。それにしてもどうしてこんなにも体が重いのだろう。まるで生前のようだ。病をわずらい、床に伏せがちになった頃から、菊乃の体はよく熱を出し、指一本持ちあげるのすら億劫《おっくう》になった。

顔を横に向ける。半分閉じた障子の先に、慣れ親しんだ庭が見えた。

（ああ……そうか。私はまた熱を出して寝こんでいるのか）

布団の上に横たわっているのをようやく自覚する。たしか、善太郎に四書の素読《そどく》をさせている最中にめまいを起こしたのだ。

きっと心配しているだろう。意識をなくす直前、あの子は泣いていた。顔をくしゃくしゃにして、今にも菊乃が死んでしまうのではないかと怯《おび》えるように。

（あの子は本当によく泣く……）

情けない。そう思うと同時に、こみあげるのは愛《いと》しさと憐《あわ》れみだ。

（きっともう長くはない。幼い善太郎を残して逝かねばならないとは……）

無念だった。心苦しかった。愛しいあの子になにも残してやれないことが辛《つら》くてたまらない。憂鬱《ゆううつ》に息をつき、ふと誰かの声を聞いた気がして庭に目をやった。

心臓がどくりと音をたてた。

善太郎がこちらに背を向け、池を覗《のぞ》きこんでいた。その小さな手は、誰かの手を握っている。おたえだ。美しい黒髪、艶《なま》めかしいまでの細腰、兼嗣が惚《ほ》れこんだ女。

兼嗣との子を孕《はら》み、出ていったきりだったはずだ。なのにどうして。菊乃が死の淵《ふち》に立とうというときに、おたえが現れ、善太郎と手をつなぐのか。

おたえが振りかえる。床に伏した菊乃を見つめ、勝ち誇ったようにほほえんでいる。女に生まれ、なんの疑問もなく女として生きる、おたえ。身分の差を越えて好いた男と結ばれ、菊乃が持てなかった子供を手にしながらあっさりと捨て、兼嗣と身軽で軽薄な仲でありつづけている。

（なにが、不満だ。すべて手に入れたくせに、なぜ、今さら善太郎のことまで欲する）

返せ。唇を噛《か》みしめる。鉄の味がする。悔しさに涙があふれる。菊乃は手を伸ばした。

その手が、指が、黒い泥となって崩れていく。

憎い。おたえ。おまえなど、兼嗣とともに、地獄に落ちてしまえ――！


はっと目を見開く。心臓がばくばくと高鳴っている。額から嫌な汗が零れおちる。

（なんだ、今のは……）

夢。いや、夢にしてはひどく生々しい。おたえがいた。善太郎と手をつなぎ、こちらを振りかえって笑っていた。なんて憎らしい女――思いかけて、菊乃は呆然《ぼうぜん》とする。

（憎らしい？　なんと浅ましいことを）

おたえを憎いと思ったことはない。嫉妬《しっと》こそすれど、地獄に落ちろなどとは一度も。

（ちがったのか。未練などないと言いながら、本当はおたえと兼嗣への憎しみを忘れられずに黄泉がえったとでもいうのか。地獄の底から、ふたりを呪うために？）

菊乃は息を切らし、激しい混乱を振りきるように身を起こそうとし――そこでようやく、体が動かないことに気づいた。ぐっと背中に重たいものがのしかかっている。

耳元で荒い息づかいがした。きつい獣の臭いが熱気をともなって頬にかかる。

倶利伽羅剣。とっさに思う。だが今、身動きをすれば食い殺される。それは武人としての直感に近い確信だった。

「ナウマク・サンマンダ・バザラダン・センダン・マカロシャダヤ・ソハタヤ・ウンタラタ・カンマン――」

真言《マントラ》が聞こえた。のしかかっていた感触がなくなる。菊乃は背後を振りかえった。

(黒い獣)

それはたしかに獣のような形をしていた。四つ肢《あし》に、細い体、耳らしきものに長い尾。

「獣のような」としかたとえられないのは、獣が全身に黒い泥をまとっていたからだ。

「鶴松……!」

泥の獣は身をひるがえすと鶴松に襲いかかった。菊乃は倶利伽羅剣を鞘《さや》から引きぬき、獣の背中目がけて横薙《よこな》ぎに振りきった。火がほとばしり、『ギャンッ』と鳴き声が響きわたる。だが泥の獣は体を振るって背を焼く火をたやすく消すと、軽々と跳びあがり、天井を板などないようにすり抜け、消えた。

鶴松が肩を押さえて膝《ひざ》をつく。顔は真っ青で、脂汗までかいていた。怪我をしたのかと案じるが、押さえているのが打撲した右肩だと気づく。平気そうに見えていたが、じつは印を結ぶだけでも相当な痛みなのかもしれない。

「逃がさぬ……っ」

菊乃は鞘を腰帯に差し、剣を戻して格子窓に駆けよる。格子を両手で摑《つか》んで「ぬおおお！」と雄叫《おたけ》びをあげた。

角材の割れる音が盛大に響きわたり、鶴松が「嘘でしょ！」と仰天した。拳《こぶし》を使ってさらに穴を広げると、そこから頭を外へと突きだした。

「待て、菊乃、深追いするな！」

闇が濃い。だが、獣の臭いはまだする。いる。二軒先の屋根の上を走っている。止める鶴松を背後に残し、菊乃はこけら葺《ぶ》きの屋根に飛びおりた。途端、つるりと足が滑って尻《しり》もちをつく。菊乃は草履を脱ぎ捨て、屋根のてっぺんまで一気に駆けあがった。

強い月光が商家の群れを照らしだしていた。目指す先には、泥の獣。先ほどの倶利伽《くりか》羅剣《らけん》がすこしは効いたのか、その走りはどこかぎこちない。

日本橋は商家が密集した地だ。このまま屋根を伝っていけば獣に追いつける。

「菊乃、参る！」

菊乃は剣を抜いて駆けだした。だが、いくらもしないうちに、はっと足を止める。

獣の向かう先、月明かりの照らしだす先に、なにかがいる。

あれは——おとといの晩、鶴松とともに遭遇した、巨大な泥の塊だ！

『ウオォオオオンッッッ』

獣が吠《ほ》えた。菊乃はたまらず耳をふさいで屋根にしゃがみこむ。

獣の声に呼応するように、町のあちこちで犬が遠吠《とおぼ》えをはじめた。同時に、白く輝く無数の光が四方八方から浮きあがり、獣に向かって飛んでくるのが見えた。

(なんだ……!?)

近づくにつれ、白い光がさまざまな大きさをしているのがわかった。小さいもので菊乃の背丈ほど、大きいものでは鶴松の背丈ほどもある。どの光も紙のように薄く、獣は小躍りしながら次々とそれらをくわえ、じっと動かずにいる泥の塊の中へと飛びこんだ。

「待て!」

追おうとしたとき、獣を吞《の》みこんだ泥の塊が真ん中で横一文字に裂け、上下に開いた。

『オマエ、主《あるじ》、隠シタカ』

泥の中から、にゅるりと黒くて長い突起物が生えだした。縄状に伸びあがったそれは、後ずさる菊乃へと急激に迫り、その頰にべちゃりと触れる。

その瞬間、あの強烈な憎悪がふたたび体の中でふくれあがった。

——憎い。おたえ。呪われろ。呪われろ!

わなわなと震える。泥が、耳の穴から、口から、体内へと入りこむ。

——おまえなど、兼嗣とともに、地獄に落ちてしまえ……!

直後、横から飛んできたなにかに突きとばされた。傾斜のある屋根の上をごろごろと転がり、落下する直前で止まる。

驚いて顔をあげると、体の上に覆いかぶさった鶴松が、菊乃の手から倶利伽羅剣を奪いとるなり、迫りくる泥の縄を薙《な》ぎはらった。菊乃の発現させる火とは比べものにならないほど大きな炎に焼かれ、縄は黒い靄《もや》となって霧散する。

ふいに鶴松が苦痛に顔をゆがめ、倶利伽羅剣を手から取りおとした。その隙をつくように、新たな泥の縄が次々と生えだし、しなりながらふたりに迫ってくる。

「心を強く持て」

鶴松の凜《りん》とした声が、おののく菊乃に命じた。

「邪気は心の隙間に入りこむ。決して他者に、己の心を明けわたすな」

鶴松が僧衣の袖《そで》を払って両手を掲げ、印を結んだ。

「臨・兵・闘・者・皆・陣・列・前・行」

九字だ。だが、昼間に伊兵衛の部屋で目の当たりにした九字とはまるでちがった。一言ごとに変わる手印。すばやい発言《はつごん》。屋根材がかたかたと鳴り、鶴松の足元から波動とも言うべき強烈な力が突風となって生じる。

刹那《せつな》、間近まで迫った泥の縄が、烈風を受けたかのように一挙に消え失せた。

すごい。息を呑む菊乃だが、すぐさま泥塊からは次なる縄が生まれでた。

鶴松が焦ったように舌打ちし、化け物のいるほうをまっすぐに見据えた。左目が金色に輝く。〈金色《こんじき》の重瞳《ちょうどう》〉で化け物の正体を暴くつもりなのだ。

菊乃は無我夢中で屋根の上に転がった倶利伽羅剣を掴み、鶴松のかたわらで身構えた。

(これ以上、足手まといにはならぬ！)

あの化け物が鶴松に襲いかかってくるようなら、自分が斬る。なんとしても必ず！

——だが、それまでだった。泥の塊はふいに泥の縄をひっこめると、怯《ひる》んだように後ろに下がり、拍子抜けするほどあっさりと夜の闇へと消えていった。


這《ほ》う這《ほ》うの体で屋根から下り、黒い水をたたえた掘割のほとりで鶴松が膝をついた。

「大丈夫か、鶴松、しっかりしろ」

菊乃がそばにしゃがんだ途端、「おまえ……っ」と襟元を掴まれ、ひきよせられた。

「深追いすんなって言っただろう！　どれだけ危なかったかわかってんのか！」

返す言葉もなかった。「面目ない」と悄然《しょうぜん》とうなだれる。鶴松は手をはなし、近くに生えていた柳の木を支えに、どうにか立ちあがった。

「ともかく、一度、長崎屋に戻るぞ。……て、なんでまた泣いてんだよ！」

菊乃は頬を涙でぐちょぐちょにしながら、「すまぬ」と答える。

「おい、泣きやめ、ずるいぞ！」

「ち、ちがうのだ、ひっく、ただ……どうして涙が出るのか、わから、な——」

言葉を失う。ぽたりと袖を濡《ぬ》らした涙が黒い。泥だ。愕然《がくぜん》とするうちに、その黒い泥がどんどんと、袖を、手首を汚し、見る間に指先にまで広がっていく。

「——落ちつけ。邪気に触れられたんだ」

鶴松が菊乃の前にしゃがみ、泥の涙を流す目を手のひらで覆いかくした。

「邪気は自分の中にあるわずかな恨みや憎しみの感情を、抱えきれないほど大きくしてしまう。邪気が心のなにに触れたかは知らねえが、見せられた闇は覗《のぞ》きすぎるな」

あたたかい。すがりつきたくなるほど優しい手だ。けれど、それを押しのけるように、体の中から次々と黒い感情がわきあがってくる。

「菊乃、聞いてるか。おい」

「………」

「おい！」

いきなり鼻をつままれ、「ぶっ」とのけぞった。

「ふぁ、ふぁいをふうっ（なにをする）」

鶴松は鼻から手をはなし、真剣な表情で瞳を覗きこんできた。

「恥じるな。誰にだって心の闇はある。おまえにもあるし、俺にもある。さっきくそ坊主に寝床に引きずりこまれかけたって言ったな。あれは嘘だ。引きずりこまれたんだ。徳の欠片《かけら》もねえ『立派な僧侶《そうりょ》さま』の慰みものにされたんだよ」

菊乃ははっと目を見開いた。

「金玉蹴《け》りとばしたって言ったが、あれも嘘だ。怖くて震えて、指一本動かせなかった。あれからずっと、なんで蹴りとばせなかったのかって後悔してる。どうして歯向から勇気を持てなかったのか、自分の弱さを嘆きつづけてる。寺を離れた今でもだ。けど、それはもう終わったことだ。俺はもうあの闇の中にはいない。とうの昔に脱《ぬ》けだした。思いだして苦しむことはあるが、過去にいつまでも囚《とら》われてたってしかたねえ。……なあ、せっかく未練なく死ねたんだろう？　だったら、おまえの人生は幸せだった。これ以上ないほど立派に生きぬいて、その生を終えたんだ。それを思いだせ」

菊乃はひくっと嗚咽《おえつ》を漏らす。鶴松は腕を持ちあげ、菊乃の顔の左右で幾度か指を鳴らした。乾いた音が耳を打つたび、靄がかかっていた意識が晴れていく感じがした。

「落ちついたな」

「……なにをしたのだ？」

「弾指《たんじ》だ。清い音は魔除《よ》けになる」

「そうか。……本当にすまなかった。役に立つどころか、足をひっぱってしまった」

鶴松は菊乃の頭をぺちっと叩《たた》いた。

「まったくだ！　次からは俺が命じたら、必ず従え！　わかったか、猪姫！」

「ひうっ……」

菊乃は泣き面で額をなで、「わかったっ、えうっ、必ず従うっ、ううっ」と嗚咽しながら精一杯に答えた。「いじらしいですねっ」と鶴松が投げやりに言って、知らぬうちに地面に落としていた倶利伽羅剣を拾いあげ、菊乃に差しだした。

ますますあふれる涙にほとほと嫌気が差しながら、菊乃はそれを受けとった。

倶利伽羅剣《くりからけん》を両腕に抱え、長崎屋に向かって夜道を歩く。獣の化け物を追っているときに草履を捨ててしまったので、裸足《はだし》で触れる土道が冷たく湿って心地よく、やわらかな夜風に触れていると、徐々に気持ちも落ちついてきた。

（まずい、眠い……）

安心したせいか、猛烈な眠気が襲ってくる。だが、今ここで寝るわけにはいかない。これ以上、鶴松に迷惑をかけたら切腹して果てるしかない。

「これから、どうするのだ。長崎屋に戻って、またあの化け物が来るのを待つか」

「……今夜は戻ってはこないだろう。警戒された」

日を改めねばならないのか。部屋にこもる伊兵衛のことが頭をよぎり、焦りがつのる。

「鶴松。わたしに降魔の技を教えてくれないか。このままでは、あまりに情けない。倶利伽羅剣の炎を大きくするには、どうしたらいい？　九字や弾指はわたしでも使えるか。ほかになにかできることは――べふっ」

急に足を止めた鶴松に衝突し、菊乃はぶつけた鼻をさする。

「……情けないのは俺のほうだ」

驚きのあまりに、目がまん丸になる。

「なにを言う。おぬしが情けなく思うことなどないではないか」

「大した化け物じゃないと高くくってた。どうにかなると踏んでたんだ。おまえを邪気にさらしたのも、あいつを逃がしたのも、俺の傲慢《ごうまん》が招いたあやまちだ」

深刻な口調だ。深刻なのだが、申しわけないことに猛烈に眠い。菊乃は手の甲をつねったり、ほっぺたをひっぱったりして「どーいうことだ?」となんとか返事をする。

「ちょっと前から調子を崩してるんだよ。力が弱まっちまってるんだ。ことわるべきだったのに、恰好《かっこう》つけて軽はずみに仕事を引きうけた。都合のいい弟子も現れたし、なんとかなるかと油断して、なんの関わりもないおまえまで危険にさらした」

「そうか。うむう。けど、なぜ、ちからが弱まっちまってるのだ?」

「……。姫はおねむですか」

「っねむってないぞ!」

鶴松は吐息を洩《も》らし、「そら」と菊乃に手を差しのべた。子供扱いに恥を感じる余裕もなく、菊乃はふらつきながら鶴松の手を摑《つか》んだ。

「どうして、ちょーしをくずしてるのだ、つるまつ」

菊乃はむにゃむにゃとたずねた。鶴松は「もういいよ」と苦笑し、夜空をあおいだ。

「にしても、よりによって、あんな厄介そうな化け物が出てくるとはな」

菊乃の脳裏に、先ほど目の当たりにした化け物の姿が鮮明に浮かびあがった。

「あの化け物、おぬしと最初に会った晩に出くわした化け物であったな」

「そうか? たしかに似てはいたが、化け物ってのは似た姿になることが多いぞ。化け物が放つ邪気は、黒く澱《よど》んだ靄《もや》や泥のように見えるからな」

「だが、同じ臭いを感じた。それに同じ台詞《せりふ》を口にしていたぞ」

「なんて言ってた？」

「最初の晩は『おまえが我が主《あるじ》か』と問われた。さっきは『おまえが主を隠したのか』だ。聞こえなかったのか？」

「俺には、獣が吠《ほ》えてるようにしか聞こえなかった」

「では、気のせいかあ……むぅう」

「いや、菊乃は人間よりも化け物に近い存在だ。声が聞こえたとしても不思議じゃない」

化け物扱いはよしてほしい。鶴松は思案げにした。

「我が主。主ってなんだ。主を捜している？　長崎屋に主がいると思ってるのか？　だからやってくる。けど、どこから――」

「そうだ。あの獣が吠えると、町のあちこちから白い光が飛んできたのだが、あれはなんだろう。口でくわえて、泥の塊の中に入っていったのだが」

「なんだそりゃ。白い光ってなんだよ」

「白いは、白いだ。……白くてこう……、……」

はっと菊乃は目を覚ました。

「寝ていない。寝ていないぞ！」

「もういいから寝てください」

鶴松がとほほと涙に暮れたそのとき、通りの向こうから人々の騒ぐ声が聞こえた。長崎屋の方角だ。菊乃はぱちりと目を開け、鶴松と視線を交わした。

正面の揚戸《あげど》をおろした長崎屋の前に集まり、声をあげていたのは数人の男女だった。提灯《ちょうちん》の群れに囲まれて、番頭の平次がおろおろとしている。

「もう勘弁ならねえ。さっきの物音、それに犬の鳴き声まで……女将《おかみ》を出せ！」

次々と怒号があがる。鶴松が菊乃の腕を掴んで、路地にひっぱりこんだ。壁ぎわに身を隠し、「両隣の薬種屋だ」と囁《ささや》く。目を見張り、菊乃は番頭に視線を戻した。

そのとき、揚戸の脇にある夜間の出入りに使う潜戸《くぐりど》が開き、女将が顔を出した。

「いったいなんの騒ぎだい。こううるさくちゃ、帳簿が頭に入ってこないじゃないさ」

薬種屋たちは女将にどっと群がった。

「まっとうに仕事してたふりはよせ。白状しろ、いったいあんたなにをしてるんだ！」

「なにって、質のいい薬種を仕入れて、腕のいい奉公人に調合させて、売って、帳簿つけて、まっとうに商いしてるんですよ。ほかになにするってんだい」

「はっ、芸者あがりが嘉七のいない長崎屋をこうも盛りたてられるもんか。こっちは店が傾くばかりだってのに……おかしいだろう！」

菊乃はふと番頭が話していたことを思いだした。女将は化け物だ、周りの店から運気を吸いとっているんだ——そう周囲から言われているのだ、と。

「だいたい嘉七はどこへ行った。ひと月前からとんと姿を見ねえ。寄り合いにもやってこねえ。まさか嘉七が消えたのは、あんたのしわざなんじゃないのか！　不仲だったたって話じゃねえか。嘉七のことが邪魔だったんだろう！」

女将は怒りのあまりに鼻に皺《しわ》を寄せ、詰め寄っていた男の胸を押しのけた。

「なら、教えてやる。あの男は死んだんだ。女の腹の上でくたばっちまったんですよ！」

菊乃は肝を冷やす。女将はたしかに「嘉七は死んだと思ってる」と話していたが、さすがに今の状況でそれを言うのはまずいのではないだろうか。

案の定、集まった人々の表情が凍りついた。だが、そこからつづいた反応は菊乃が想像していたものとはちがっていた。

「……やっぱりだ。犬病にかかったんだな。嘉七は犬病になって死んだんだ」

「女犬公方《くぼう》と示しあわせて、嘉七や、俺たちにまで呪いをまき散らしたんだろう！」

女犬公方。突然おちよの蔑称《べっしょう》が飛びだしてきて、菊乃は困惑した。

「こっちは何度も目にしてるんだ、女犬公方が長崎屋を訪ねてくるのを！」

人々の興奮がどんどん高まっていく。口々に叫ぶ声は「犬病」「女犬公方」「呪い」「嘉七」と断片でしか聞きとれなくなる。女将がよろめいた。誰かに突きとばされたようだ。菊乃はおもわず鶴松の僧衣をひっぱった。鶴松は舌打ちし、ふっと息を吸いこんだ。

「見廻《みまわ》りだ！　そこ、なに騒いでいる！」

人々がびくりと震えた。冷静であれば、その声が不自然なほど近くから聞こえたことに気づけただろうが、興奮状態にあった人々は一目散に逃げだした。

両隣の薬種屋で潜戸が閉められるのを確認し、ふたりは物陰から出ていく。

「あ、鶴松さま。もしかして今の声も……助かりましたあ……っ」

女将を庇《かば》うように立っていた番頭が、へなへなと腰くだけになる。しかし女将は憤怒《ふんぬ》に歯を軋《きし》ませると、鶴松の胸にとりついた。

「どこに行ってたんです。すごい物音がして、屋根裏を覗《のぞ》いたら誰もいなくなっていて、格子窓にも大穴が開いて……目立たぬようにと言ったじゃないですか！」

鶴松が「申しわけない」と殊勝な面持ちで頭を下げる。

「それで化け物はやっつけたんですよね、鶴松さま⁉」

「……重ね重ね、申しわけない。取り逃がしました」

女将は絶句する。夜目にもわかるほど、その顔が怒気に赤らんでいく。

「この……っ無能！」

鶴松の胸を押しのけ、女将は番頭をにらみつけた。

「平次、祈禱《きとう》料を渡しておやり。鶴松さま、もう来ていただかなくて結構ですよ。もっと徳の高い祈禱師の方に来ていただきますんでね。あい、ご苦労さまでした！」

女将は潜戸を力まかせに開き、足音高く店へと戻っていく。番頭はおろおろしながらも「祈禱料はのちほど波千までお届けしますから」と頭を下げ、女将のあとを追った。

「待て、どこへ行くのだ、鶴松！」

夜道を足早に歩く鶴松を、菊乃は短い足をちょこまかと動かして追いかけた。

「帰るんだよ。無能の降魔《ごうま》師の出番は、これで終わり」

「そんな……このまま去ってしまってよいのか。女将はああ言ったが、もう一度、降魔の機会をくれるよう願い出ることはできぬだろうか！」

（それに、おちよが長崎屋に来ていたなんて）

因縁。胸が騒ぐ。菊乃が黄泉《よみ》がえり、善太郎に会ったことに意味があるなら、おちよもまた因縁の渦中にいるのではないか。おちよが長崎屋の一件に関わっているなら、それは菊乃が黄泉がえったわけとも関わりがあるのではないか。

「ほっとけ。今夜分の祈禱料はもらえるようだし、俺は文句はねえよ」

まるきり意欲の萎《な》えた鶴松の態度に、めらっと怒りの火が燃えた。

「無能などと言われて悔しくはないのか、鶴松！」

「べつに、俺は」

「わたしは悔しいぞ！」

きっぱりと言うと、鶴松がいらだったように足を止めた。

「なんで菊乃が悔しがるんだよ。おまえが無能って言われたわけじゃねえだろ」

「わたしを助けてくれたではないか！」

近所迷惑も気にせずに声をあげると、鶴松はたじろいだように身を引いた。

「うどんを奢《おご》ってくれた。話を聞いてくれた。いきなり黄泉がえって、わけもわからず不安だったところに、おぬしは手を差し伸べてくれた。さっきだって、身を挺《てい》してわたしを庇ってくれたではないか！」

菊乃は鶴松の袖《そで》を摑《つか》んだ。

「おぬしは無能などではない。それに伊兵衛と約束したはずだぞ。必ず化け物を降魔すると。あれは口からの出まかせだったのか？　心を軽くするための騙《かた》りだったと言うのか。そうではなかろう！　戻るぞ、鶴松。女将のところに戻って、ともに……っ」

まくしたてていた菊乃は、突然、雷に打たれたような衝撃を覚えて言葉をなくした。

鶴松が泣いていた。声もなく、はらはらと。

「なんだよ……なんだってそこまで俺を素直に信じられるんだ。俺はすこしも信じられねえってのに――」

うろたえる菊乃だったが、ふとその異変に気づいた。

鶴松の頰を流れ落ちる涙は、夜闇にもはっきりわかるほど黒かった。

目元を手で覆いかくし、鶴松が「ああ、くそ」と呟く。

邪気だ。自分のことに必死になっていたが、鶴松もまた邪気に触れていたのか。

「ちがう、あの化け物じゃねえ。……気づかなかったなんて、なんて間抜け」

菊乃は瞠目《どうもく》した。鶴松を吞《の》みこもうとする邪気がどこからあふれているのか、すぐに理解する。――雪駄《せった》だ。鶴松の右の雪駄から黒い靄《もや》があふれだしてきていた。

『呪われろ、呪われロ、ノロワ、呪、のろわれわ呪われロ……』

雪駄がぼそぼそ喋《しゃべ》りだす。その低い声には聞きおぼえがあった。昨日の昼間、うどん屋に行く道すがら、助けてほしいと寄ってきたあの男だ。鶴松がことわると、「呪われやがれ」と雪駄につばを吐き、去っていった……。

「先に行ってろ。そこの掘割に重蔵がいる。こっちは自分でどうにかする」

『寺に戻れ、草太《そうた》』

菊乃はびくりとする。靄が屹立《きつりつ》し、僧衣らしきものを着た人影が次々と形づくられる。

『捨て子のおまえをあれほど可愛がってやったのに、行き先も告げずに出ていくとは』

『あげく、どこでなにをしているかと思えば、降魔師だと？』

鶴松の口からごぼごぼと黒い泥が吐きだされた。地面に垂れおちた泥が、幼子の形をとってうずくまる。鶴松はその場に膝《ひざ》をつき、地面に額をこすりつけて身を丸めた。

『修行を途中で投げだした半端者のおまえごときに守れるものなどなにもない』

『寺に戻れ。おまえには修行が必要だ。もう一度、我らが一から育てなおしてやろう』

僧形《そうぎょう》たちが、幼子の影と鶴松とを囲み、次々と言葉を吐きだす。

「さっさと行け、男姫」

苦悶《くもん》の表情を浮かべながら命じ、鶴松は真言《マントラ》を唱えはじめる。それを掻《か》き消すように、雪駄が『呪われロ』とぼそぼそ呟く。

菊乃は後ずさった。鶴松に従うと約束した。鶴松が「自分でどうにかする」と言うなら、きっとできるのだろう。さっき手も足も出なかった自分に出る幕などない。

——本当にそうだろうか。

真言の合間に聞こえるのは、僧衣の影に囲まれて身を縮めた幼子の声だ。

『憎い』、『ゆるさない』、『殺してやる』とそう罵《ののし》っている。

けれどそこに交じって、かすかに聞こえてくるのは、

『誰か……たすけて』

菊乃は両腕に抱えていた倶利伽羅剣《くりからけん》を鞘《さや》から引きぬいた。

足元に鞘を捨て、ぐっと両手に構える。

「鶴松。待っていろ。今、助ける」

鶴松が虚《うつ》ろな瞳《ひとみ》をこちらに向ける。菊乃は気合いをこめ、剣に小さな炎を顕現させた。

「菊乃、参る！」

そして、うずくまる鶴松の雪駄目がけて、両刃《もろは》の剣を力いっぱい振りおろした。


――ぜえぜえと荒い呼吸を繰りかえす。

猛烈な眠気でぼやけた視界に、真っ暗な掘割が見える。桟橋に停泊中の猪牙舟《ちょきぶね》の上で、提灯《ちょうちん》を手にした船頭がぎょっとした様子で立ちあがるのが見えた。

「し、重蔵……殿。すまぬ、あとは、まかせ……た」

菊乃はその怪力でもって両腕に担いできた鶴松を、せいやっと掘割端の地面に投げおろし、自分もばたりとその場に倒れると、深い眠りに落ちていった。

第三章

一

――どうかお助けください……。

泉下の水底《みなそこ》に沈む身に、またあの声が聞こえてくる。

――菊乃さま、どうかお助けください……。

痛ましいほどに必死の声に、閉じていた意識がすこしずつ目覚めはじめた。

揺らぐ水底に人影があった。誰だ、と目をこらすと、その人影は幼い姿をしていた。

鶴松だ。頭を抱えてうずくまり、その周りを僧形の影たちに囲まれている。

ふと鶴松がこちらを振りかえった。かすかな声で呟く。

『誰か……たすけて』

菊乃はくわっと目を剝《む》いた。

「待っていろ、鶴松、いま助けるぞ……っ」

雄々しく吠《ほ》え、体にかかっていた「布団」をふっとばして跳ねおき、「枕元」に置かれた倶利伽羅剣を摑んで構える。向かう敵は、鶴松の雪駄。いざ尋常に勝負――！

「……あれ」

菊乃は呆《ほう》けた。目の前に誰もいない。いないどころか、そこは心地よく掃除の行き届いた狭い室内だった。倶利伽羅剣をゆるゆるとおろす。かっと頰が熱くなった。

(ねぼけてしまった。……誰も見ていなくてよかった)

倶利伽羅剣をいそいそ枕元に置きなおし、部屋の一角にある障子窓に近づき、そっと開けてみた。眩《まぶ》しい陽光が目を焼くとともに、気持ちのいい風が吹きこんできた。

二階のようだ。眼下に水流の穏やかな川が見える。欄干から身を乗りだし、左方に視線を転じれば、川は橋の先で朝の光にきらめく雄大な大川の流れへと注いでいた。

ここは――いったい。

「起きたかえ」

だしぬけに背後で声がした。菊乃は飛びあがり、慌てて振りかえる。

部屋の出入り口に立っていたのは、おととい、うどん屋で会った老女、左衛門だった。

そうだ、たしか掘割端まで鶴松を担いでいって、重蔵らしき姿を見つけた途端、こらえにこらえていた眠気が限界に達してしまったのだ。おぼろげながら、舟に揺られたのを覚えている。どこかの桟橋に着くと、目の前には二階建ての店があって、入り口に掲げられた提灯にはたしか舟宿「波千」と……。

菊乃は慌ててその場に座して頭を下げた。

「左衛門殿。昨晩は大変世話になった」

「あれ、上等な挨拶《あいさつ》をする子だね。なら、わっちも」

左衛門はその場に端座《たんざ》すると、惚《ほ》れ惚《ぼ》れするほど美しい所作で頭を下げた。

「お初にお目にかかります。波千の女将《おかみ》、左衛門にございます。鶴松がお世話になったようで、ありがたく存じます」

「いや、世話になっているのはこちらのほうで……」

ふと、左衛門が「お初にお目にかかります」と言ったことを思いかえした。

「わたしは菊乃ともーす。じつはおとというどん屋でお会いしている。あのときはおなごの恰好《かっこう》をしていたから、お気づきにはならなかったと思うが」

「うどん屋……？」

怪訝《けげん》そうにする。まずいことでも言ったかとうろたえるが、左衛門はにこりと笑った。

「起きたなら床をあげさせとくれ。裏庭に井戸があるから、顔はそこで洗うといい。厠《かわや》もそっちだから。……あ、おしっこ、ひとりでできる？」

菊乃は「おしっこ……」と絶句し、はっと我にかえった。

「そうだ、鶴松は無事だろうか！」

「ああ、下の詰め所にいるけど、今は――」

最後まで聞かずに部屋を飛びだし、階段を駆けおりる。下りてすぐのところに衝立《ついたて》が置かれ、奥に部屋があった。「鶴松！」と討ち入りの勢いで飛びこむと、隅に座っていた重蔵がぽろりと吸いかけの煙管《キセル》を落とした。慌てて拾いあげ、落ちた灰を片づける。

「お、起きやしたか、お姫《ひ》いさん。その……昨晩は大した怪力でおみそれしやした」

化け物でも見たかのようにしどろもどろに言われる。菊乃は「ううっ」と恥じ入りながらも、急いで重蔵の前に端座した。

「重蔵殿。昨晩、舟の上で寝入ってしまったわたしを部屋まで運びいれてくれたのは重蔵殿であったような気がする。かたじけない。……それで、鶴松はどこに」

部屋に姿はなかった。不安に思って問うと、重蔵は部屋の奥にある襖《ふすま》を顎《あご》で示した。

「押し入れにこもってやす。寝てるんで、もちっと放っといてやってくだせえ」

なぜ押し入れにと思いつつ、どうやら無事だったようではっと胸をなでおろした。

「昨晩、いったいなにがあったんで？」

問われ、菊乃はうなる。なにがあったのか——それは菊乃にもよくわからないのだ。

「いろいろあって、鶴松が邪気に呑《の》まれてしまったのだ。自分でどうにかすると言っていたが、なにやら不安で……それで、倶利伽羅剣を使って、こう、ばさり、と」

言葉足らずに話すと、重蔵は驚いた様子で目を見開いた。

「お姫いさんが助けてくれたんですか。そりゃありがてえ」

「いや、助けになれたのかどうかはわからないのだが……」

昨晩、たしかに菊乃は雪駄《せった》を斬った。炎を受けた雪駄からは黒い靄《もや》があふれだし、邪気の多くはそれで霧散してくれた。だが、そのときすでに鶴松は意識を失っており、それ以上どうすることもできず、ただ担いで重蔵のところに行くほかなかったのだ。

「十分です。放っておかれてたら、あの野郎、ちょっとやばかったかもしれねえ」

重蔵は、さっきまで決めかねていたようだった態度を親しげなものに変えた。

「ところで、ここは波千というのだな。物を知らぬようだが、舟宿というのはなんだ」

宿というからには旅籠《はたご》の一種だと思うのだが、あちこちに脱ぎ散らかしてある股引《ももひき》といい、丸めて放られた手ぬぐいといい、剣術師範の道場で嗅《か》ぎ慣れた男臭さがあった。

「舟の待合所です。目の前に神田《かんだ》川《がわ》、横に大川。足が必要な客を猪牙舟に乗せてやるんですよ」

旅籠ではないのだという。昨晩泊まらせてもらった二階の部屋は舟待ち客のための待合室で、ここ一階の部屋は船頭たちの詰め所らしい。

「昔っから、鶴松が定宿にしてるのさ」

そう言ったのは、菓子の盛られた盆を手に詰め所に入ってきた左衛門だった。

「舟客から受けた怪異がらみの相談ごとを仲介したりもしてるんだ。で、わっちの自慢の船頭たちが、鶴松の手足となって泳ぎまわる。だろう、重蔵？」

力いっぱい背中を叩《たた》かれ、重蔵が吸いかけた煙を「ごふっ」とふきだした。

「……ええ、まあ。仕事柄、山谷堀《さんやぼり》に向かう客からいろいろな話を聞くもんで。舟で耳にした噂話を鶴松にくれてやってるんですよ」

山谷堀に向かう客——つまり吉原《よしわら》遊郭が目当ての客ということだ。

吉原の遊女といえば、江戸随一の事情通。灯籠《とうろう》の見せる一夜の夢に脳みその茹《ゆ》だった者たちが、遊女相手に人の秘密を語って聞かせる。客は遊女が胸のうちにしまっておいてくれるものと思っているが、もちろん噂は遊女からほかの客に伝わる。そして客は遊女との楽しいお喋《しゃべ》りの中身を、帰りの猪牙舟で船頭相手に自慢げに喋りちらかすのだ。

船頭は客足にも関わるから口が堅い。だが、鶴松の頼みとなれば、重蔵をはじめとする五人の船頭は、頭に蓄えこんだ噂話を頼りに必要なことを調べてくれるのだという。

(なら、長崎屋のことも調べてもらえるだろうか)

菊乃は押し入れの戸を振りかえる。

鶴松は本当にこのまま引きさがる気なのだろうか。眠かったのでよくは覚えていないが、女将に罵《のの》しられるまでは、鶴松も化け物退治をつづける気でいたようだったのに。

(あの僧形の影は、いったいなんだったのだろう)

眉《まゆ》を曇らせ、菊乃はふうと小さく息をつく。

「なにか気になることがあるのかえ」

左衛門がやんわりと訊《き》いてくる。隣では重蔵もまた懐の深い眼差《まなざ》しで菊乃を見つめていた。菊乃は鶴松の仲間だというふたりを見つめかえし、意を決して、昨晩起きた出来事を話して聞かせた。

「……そう。鶴松にそんなことがあったのかえ」

左衛門が呟《つぶや》く。菊乃はしょんぼりとしてうなずいた。

「鶴松は調子を崩していると言っていた。力が弱まっているのだと。それがもとで邪気に呑まれたように見えたのだが……なにがあったのだろうか」

「……うーん、たしか台帳に、しばらく前から調子を崩してるって書いてあったような」

左衛門はひとりごち、懐から台帳のようなものを取りだして中をめくりはじめた。

「ああ、詳しくは記してないねえ。重蔵、あんたなにがあったか知ってるかえ」

なんの台帳だろう。不思議に思いながらも、菊乃は重蔵に視線を転じる。

重蔵は煙管を食《は》み、煙をたっぷりと吸いこんでから、物憂げにそれを吐きだした。

「あいつの育った寺から文が届いたんですよ。三月の終わり頃でしたかね」

左衛門がはっとし、菊乃もまた目を見張った。

「けど、寺には居所を告げずに出てきたはずだけど……」

左衛門は怪訝そうに言いながら、さっき持ってきた菓子の盆から金平糖《こんぺいとう》の入った皿を取りだし、さりげなく菊乃の前に押しやった。

「寺から文が届くもっと前に、仕事で昔の兄弟子とばったり再会したそうです。一緒に怨霊《おんりょう》を降魔《ごうま》するはめになったが……動揺があったんですかね、鶴松の奴、ちと降魔に手こずった。幸い大ごとにはならなかったが、兄弟子に嫌みを言われたそうで」

――男色《なんしょく》ごときに怖気《おじけ》づいて寺を逃げだした半端者が。寺のいい面汚しだ。

「ひどいことを言う」

菊乃はむっとして、金平糖をひと粒、ふた粒、つまんだ。

「寺から文が届いたのは、奴《やっこ》さんが教えたからのようです。『寺に戻れ』、『修行をしなおせ、半端者め』と散々な書かれようだったようで。それからこっち、鶴松は調子を崩しちまったんですよ」

邪気から現れたあの僧たちはそういうことだったのかと菊乃は合点がいった。

「けど、寺から文をもらって、どうしてそれが力を弱めることになっちまったんだろう」

左衛門の言葉に、菊乃は昨晩、鶴松自身が言っていたことを思いだした。

（なぜそこまで俺を素直に信じられるのか、俺はすこしも信じられないのに、とそう言っていたな）

菊乃はぱくりと金平糖を口に入れて、眉を曇らせた。

「もしや鶴松は、半端者などと言われて自信をなくしてしまったのかもしれぬな」

左衛門は自分も金平糖をカリッとかじりながら、「ああ、そうかもねぇ」と呟いた。

「あの子、騙《かた》りをやめて、自力で修行をしなおしたとき、寺での修行を半端に終えたことを悔いてたようだったから」

「騙り？」

左衛門は「あ」と口を押さえ、「知らなかったか」と苦笑した。

「あんたのお師匠さん、江戸に来たばかりの頃は騙りをやってたんだよ。降魔師を名乗って、祈禱《きとう》料を荒稼ぎしてたのさ」

菊乃は驚き、そして納得した。鶴松には妙に騙りめいたところがあると思っていたが、なんのことはない、正真正銘の騙りだったのだ。

「あの頃の鶴松といったら、ひどく荒れた暮らしをしててねえ。あとになって思うと、お寺さんにつば吐きかけたかったのかね、酒に女に博打《ばくち》にと破戒のかぎりを尽くしててさ。なにやらかしたんだか、盛り場の隅でボロボロになって倒れてるところに行きあったんだ。名前を訊いたら、憎たらしい顔して、鶴松です、だって。どう考えたって偽名だろう？　お上にたてつく、とんだくそガキだと思ったけど、なんだか寂しそうでね……。仕事は降魔師だなんて言うから、じゃあ波千に憑《つ》いた怨霊を退治してくれって頼んだんだ。かわりに二階を住まいとして貸してやるよって言ってね」

さらりと「怨霊」と言う左衛門に、菊乃は目をぱちくりさせた。

「最初は煙《けむ》に巻くつもりでいたんだろう。けど、根が優しいんだね。一緒に暮らすうち、わっちに同情しちまったんだ。ある日、突然『護摩《ごま》行をやる』って言いだした」

壇をつくり、炉に護摩木をくべて火を焚《た》き、一心に真言《マントラ》を唱える。苦しみもがく怨霊の報復に耐え、ひと月をかけて降伏《ごうぶく》してみせたという。

「怨霊と対峙《たいじ》し、すっかり痩《や》せ細っちまったあの子に、わっちは心から感謝した。なのに、あの子は泣きながら謝るんだよ。自分は騙りだ、途中で修行を投げだした半端者の僧侶《そうりょ》だ、ちゃんとした僧侶ならひと月も降魔にかかりはしなかった、って。馬鹿言うなってんだ！　あんな必死に力を尽くしてくれた子が、もはや騙りのわけあるもんかえ」

足を洗ったのだ。菊乃は思いがけない鶴松の来歴にしみじみと感じ入った。

「そのあとはひとりでどっかのお山にこもって、三年がたった頃、やっと江戸に戻ってきた。今度は騙りではなく、本物の降魔師になるためにね」

そう語りながら、左衛門は時折読みかえすようにしていた台帳をそっと閉じた。

「たしかに修験者としては半端者かもしれない。けど、一度は逃げだした修行にもう一回立ち向かったのは、決して半端な気持ちからじゃないよ」

左衛門は愁いの吐息を零《こぼ》し、菊乃を振りかえった。

「それで、あんたは鶴松のこの話を聞いて、なにをどうする気だえ？」

菊乃は座した膝《ひざ》の上で、固く拳《こぶし》を握りしめた。

「鶴松にはずいぶん助けられた。恩に報いたいのに、まだそれができていない。もし、わたしにできることがあるなら力になりたいと考えている。……それから、これはわたしの勝手な思いなのだが、やはり長崎屋のことは捨て置けぬと思うのだ」

化け物をそのままにしてきたことが気にかかった。若旦那《わかだんな》の伊兵衛が今も布団にくるまり、怯《おび》えているだろうことを思うと、たまらなく胸が痛む。

「ほかの祈禱師を雇うと言っていたから、心配はいらないのかもしれない。だが、わたしはもう一度、あの化け物と対峙したい」

けれど、ひとりではなにもできない。やり方もわからない。鶴松と一緒でなければ。

「力が弱まっているなら、今度こそわたしがそれを補う。……補いたい、と思う。いや、そんな力、わたしにはなにもないのだが……」

忸怩《じくじ》たる思いで尻《しり》つぼみに言うと、左衛門は嬉《うれ》しそうにほほえんだ。

「なら、あんたから後押ししてやっとくれ。大丈夫。長崎屋のこと、あの子も本心では気にしてるはずだよ。やるとなったらやる子なんだ。なにせ天下の降魔師だからね！」

菊乃は眉を持ちあげ、ふっと笑い声を零した。左衛門もくっくっと歯を見せて笑う。

「わかった。お二方とも、お話を聞かせていただき感謝する。——長崎屋のことだが、じつはすこし奇妙に感じたことがある。調べていただけるだろうか」

重蔵は「なにが気にかかってるんで？」とうながした。

気になったのは、なんといっても長崎屋のあの盛況ぶりだ。旦那の嘉七が不在だというのにあれでは、近隣の薬種屋が不審がるのも無理はない。

「ああ、そりゃおかしな話だ。怨霊に憑かれた当時の波千を見せてやりたいよ」

左衛門が瞳《ひとみ》を暗くしてほほえんだそのとき、「きゅるるる」と菊乃の腹の虫が鳴いた。

左衛門が笑いながら立ちあがった。

「そら金平糖じゃ足りないよねえ。朝飯を用意してくるよ。重蔵、とことん調べてやんな。旦那の行方も追ってやっとくれ。ひと月も留守ってのは見すごせない話だ」

「二、三日はかかりやす」

菊乃はこらえ性のない腹にしくしく泣きながら、「お頼みも一す」と頭を下げた。

「じゃあ、ま、話がまとまったとこで……」

と、重蔵が立ちあがりがてら押し入れの前に立った。

「起きてんだろ。開けるぞ、鶴松」

「あ、ちょっと待っ――」

中からの情けない声を無視して、重蔵が容赦なく襖《ふすま》を開いた。山になった布団がのそりと動き、中から鶴松が心底気まずげに顔を出した。

「おはようございまーす……」


「神さま、仏さま、菊乃さま。昨晩は本当に世話になりました」

室内着か、浴衣《ゆかた》姿の鶴松に丁重に礼を言われ、菊乃はうろたえた。鶴松がちらりと重蔵を見上げると、重蔵は「俺は眠いからもう帰るぜ」と座布団を部屋の隅に片づけた。

「都合のいい弟子に出会えて救われたな、恰好《かっこう》つけ」

鶴松の頭をべしっと叩《たた》き、重蔵が詰め所を出ていく。足音が遠くなるのを待ってから、菊乃はおそるおそる鶴松に膝を進めた。

「それで、もう大丈夫なのだな？　邪気はすべて消えてなくなったな？」

「ああ。……菊乃が倶利伽羅剣《くりからけん》で斬ってくれたんだよな」

ありがとな、と礼を告げられ、菊乃は腰が抜けかけるほど安堵《あんど》した。

「すこしは力になれたならよかった。どうしようかと思ったぞ……」

鶴松はがくりと肩を落とし、床にべたーっとうつ伏せになった。

「本当に……情けねえ。いつもならあんな邪気、寄せつけねえってのに」

「なにがあったのか聞いてもよいか、鶴松」

「……重蔵と左衛門から散々聞いただろー」

恨めしげに言われ、菊乃は「すまぬ、聞いてしまった」と素直に詫《わ》びる。

「力が弱まっていると言っていたが、そうなった心当たりはあるのか」

鶴松はずるずると浴衣の裾《すそ》を引きずって身を起こし、閉じた襖に力なく背を預けた。

「降魔《ごうま》の力ってのは、はやい話が仏の力だ。真言によって心を平らかにし、仏をこの身に招き入れる。仏と一体になることで、降魔という霊験を顕《あらわ》すんだ。けど、近頃、仏の存在を遠くに感じる。摑《つか》んだと思ったのに、手からすり抜けてく感じだ。……多分、心が乱れちまってんだろう」

他人事《ひとごと》のような口調だが、その他人事な感じこそが「すり抜けていく」ということなのだろう。剣の道においても、突然の不調に見舞われることはある。それはたいがい心に迷いを持ったときだ。なにかをきっかけに自分に疑いを持つと、刀の握り方ひとつにも迷いが生じる。その迷いは心を乱れさせ、やがて太刀筋の乱れにまでつながる。

「寺の者に、半端者と言われたことがこたえたか」

訊《たず》ねると、鶴松はうめいた。

「おまえ……容赦なく、ひとの心にずけずけ入ってくるな」

「ここまで聞いておいて遠まわしにしてもしかたない。どうなのだ？　言うてみよ」

さくっと問うと、鶴松は「偉そうに」とぼやき、心底から言いたくなさそうに言う。

「半端者ってのは事実なんだよ。寺から逃げだした俺の降魔の法は完成されたものじゃない。台密の秘法は師僧からしか受け継げない。自力で修行したって、授かってもいない秘伝を会得できるわけじゃないんだ。けど、それでもひとりで一丁前にやってきたつもりだった。自負はあったんだよ、一応。なのに……」

片膝《かたひざ》を立て、そこに力なく腕を預けて、重たいため息をつく。

「名を立てて見返してやりたかったなんてわけじゃない。そうじゃないが……見返すどころか、半端者扱いされて、つい思っちまった。なんのために降魔師をやってきたんだか、って。そしたらわけがわからなくなって、急に力が弱まっちまったんだよ」

「そうであったか。だが、今まではその半端な力とやらで、十分にやれてきたのだろう?」

降魔師になってからの歳月、鶴松はその足りない力で人々を助けてきたはずだ。人々が口にする「天下の降魔師」とは、完全無欠の高僧のことではなく、半端者の今の鶴松のことのはず。

「寺に戻りたいのか」

問うと、鶴松は「死んでもごめんだ」と吐き捨てた。

「戻られねえ。戻りたくねえ」

それでも戻って寺での修行をしなおせば、と心が惑ってしまうのだろう。

だが、菊乃は鶴松の話を聞くうちに、どことなくほっとした気持ちになった。

投げやりに話してはいるが、自暴自棄になっているわけではない。ただ、あがいているのだ。鶴松の双眸《そうぼう》は、悔しさと、前を向こうとする不屈の意思に光っていた。

きっともう答えは見つけかかっているのだ。

「鶴松はどうして騙《かた》りをやめて、本物の降魔師になろうと思った？」

鶴松は「それを聞くかね」とぼやいて天井をあおぎ見る。

「そもそもは、左衛門を助けたいって思ったんだよ。左衛門は俺が騙りだってはじめから気づいてた。なのに親切にしてくれて、身内みたいに扱ってくれた。どれだけ救われたかわからない。だから、恩返しがしたかった。そんで……俺も、誰かの助けになれるんなら、そうなりたいって思ったんだ」

最後のほうは蚊の鳴くような声だった。菊乃はほほえんだ。

「なんだ。ならばやはり、わたしと同じなのではないか」

鶴松は「そう言うだろうと思ったよ！」と憤慨した。

「というか、こんなことずっと忘れてたのに、おまえのせいだぞ！」

「はて。どうしてそうなる」

「おまえが恥ずかしげもなく義侠《ぎきょう》の剣客になりたいとか言うから、俺までうっかり初心を思いだしちゃったでしょーが！」

「初心ときたか！」

今度こそ菊乃は声をあげて笑った。

「では初心に従い、ともに長崎屋の化け物を降魔しようではないか！」

「いや待て、なんでそうなる」

「おぬしに助けを求める者が、長崎屋で待っているからだ」

きっぱりと言うと、鶴松がはっと息を呑《の》んだ。

「なんのために降魔師になったのか、おぬしはその答えをもう見つけている。なら、迷っている暇はないぞ。助けを求める者がすぐそこにいるのだ。未熟な己が悔しいのなら、なおさらがむしゃらに立ち向かうしかない」

「……羨《うらや》ましいぐらいに単純な考えだな」

「うむ、単純な話だ！　だから鶴松、わたしとともに長崎屋に――」

「朝飯だよーっ」

陽気な声とともに、左衛門が詰め所に飛びこんできた。

「わああいっ」

朝飯という魅惑あふれるひとことに、菊乃の中の幼子が諸手《もろて》をあげて喜んだ。直後、菊乃と鶴松は同時に床に突っ伏し、「わたしという奴はっ」「真剣に聞いてたのにっ」と声をそろえて嘆いた。

「さあさあ、話はあとにして、熱いうちに食べちまいな！」

運びこまれた箱膳《はこぜん》からただよってくる白飯と汁物のいい匂い。菊乃は身を起こし、零《こぼ》れそうになるよだれを拭《ぬぐ》いながら、目を輝かせて鶴松にゆるしを求めた。

鶴松は疲れきった様子で「どーぞ」とうながす。菊乃は遠慮なく箸《はし》を手にとった。

まずシジミの入った汁物をすする。貝の旨味が口いっぱいに広がった。

「くうっ、なんと新鮮なシジミだ。鶴松もしっかり食べねば化け物退治はできぬぞ」

「……長崎屋の件、引きうけるんで決まりかよ」

菊乃は口の中で混ざりあう白飯の甘みとシジミ汁の塩気に、にっこりと笑う。

「もちろん、受けるであろう？」

鶴松は心底憎らしげに菊乃をねめつけて、勢いよく箸を摑んだ。

「わかった、わかりましたよ！　天下の降魔師さまがあの化け物を退治してくれる！　無能呼ばわりしやがって……見てろよ、あのガミガミ女！」

やけくそに声をあげる鶴松に、菊乃は破顔した。

「よくぞ言った、鶴松！」


「おまえに降魔の技を教える」

朝食を終え、鶴松が板間にどんっとあぐらをかいて宣言した。

「けど、俺はこんなありさまだし、菊乃になにを教えたところで所詮《しょせん》は付け焼刃。化け物を降魔できると約束できない以上、お内儀《かみ》にはこのままほかの祈禱《きとう》師を雇ってもらう」

「こちらは長崎屋からの依頼とは別で、勝手に動くということだな。わかった」

自分としてもそのほうが安心だ。昨晩あれと対峙《たいじ》して、自分の剣術がいかに未熟かを痛感した。いや、剣術そのものは通用していたが、問題は験力のほうだ。倶利伽羅剣に不動明王の炎を発現させることができなければ、化け物は降魔できない。しかし菊乃が生みだせる火は、鶴松のそれに比べて、あまりにか細い。

(あの咆哮《ほうこう》。身が竦《すく》んだ。体に入ってくる邪気も自力で押しのけることができなかった)

完全な役立たずだった。あげく鶴松の怪我まで悪化させてしまうなど言語道断。

「知ってのとおり、恐ろしいのは邪気だ。あのまま邪気に取りこまれた者がどうなるか、想像がつくか」

首を横に振ると、鶴松は「左衛門は何歳に見える」と唐突に訊《き》いてきた。

「はて。女人の歳を当てるのは苦手だが、五十はくだらないように見える」

「二十八だ」

目を見開く。自分が死去した年齢だ。

「左衛門は芸者あがりで材木問屋の妾《めかけ》になった女だ。この舟宿も旦那《だんな》が与えたもので、人気の舟宿だったらしいが、俺が来たときには見るからにうらぶれ、邪気までまとっていた。憑《つ》いた怨霊《おんりょう》は、旦那のお内儀の霊だ」

息を呑む。つまり正妻の霊ということか。

「お内儀は嫁いですぐに病をわずらい、寝たきりの暮らしをしていた。旦那はよく看病をしたが、長い看病暮らしに疲れてたんだろう、心の支えを必要としてた。お内儀は左衛門を妾に迎えることを承知していたらしいが、左衛門が旦那の子を身ごもると、死の間際に旦那に向かって叫んだらしい」

――みんなみんな、苦しみながら死んでしまえ！

「お内儀の怨念《おんねん》に憑かれた波千はすぐに傾き、旦那は病死、左衛門も病に倒れ、腹の子も流れちまった。俺が降魔《ごうま》したときには手遅れで、左衛門は命こそ助かったが、乾ききったへちまみたいになり、物事を長く覚えておくことができなくなった。……全部じゃないが、ほとんどの記憶が一日もたたずに消えていっちまうんだよ」

そうか、だから、うどん屋での出会いがなかったことになっているのか。

（それが邪気に呑まれるということか）

苦しかったろう、と思う。左衛門も、その旦那も、そして呪いの言葉を吐いて死なねばならなかったお内儀もまた。

（寝たきりになり、人の世話にならねばならないやるせなさは、私もよくわかる）

邪気が見せる心の闇。覗《のぞ》きつづけてはならないと鶴松は言った。

ひとりの人間が遺《のこ》した嫉妬《しっと》が、ここまで人を苦しめ、追いつめてしまうのか。

昨晩のこと、いまだ心に泥が残っている感覚があった。昨日は取り乱してしまったが、改めて思いかえしても、生前あれほど激しい憎しみをおたえに抱いた記憶はなかった。

それでも芽はあるのだ。おたえへの嫉妬はいつでも憎悪に変わる危険をはらんでいる。

そしてそれは、周りの人を深く傷つけてしまうものなのだ。

（ならば、私はもう二度と、邪気に心を呑まれはしまい）

胸のうちで固く決意し、ふっと息を吐く。

昨晩から抱いていたもやもやが、ようやく遠くへ消えていった気がした。

「そういえば鶴松、うどん屋で左衛門殿が自分を卑下することを言ったとき、それをすぐに打ち消していたな。おまえは極上の女だと言って。左衛門殿は嬉《うれ》しそうにしていた。言えるときに言うというのは、よい心がけだ」

「思ったことはすぐに言わなきゃ、左衛門は忘れちまうからな」

「大切にしているのだな」

鶴松は「ふん」と気恥ずかしげに鼻を鳴らし、「おまえも善太郎に言いたいことがあるなら、すぐに言っとけよ。いつ黄泉《よみ》に戻るとも知れねえんだからな」と言った。

「う。そのとおりなのだが……女の尻《しり》を追いかけまわしているなどと聞くと……」

「男なんざ、年がら年中、女の尻を追いかけてんだよ。そういや、善太郎は何歳だ？」

「二十二だ。数えまちがえていなければ」

「なんだ、俺と同じか」

「ほう！　では、わたしが今も生きていたら、おぬしの母御ほどの歳だったのだな」

鶴松は目を剝《む》き、「菊乃が母親？」と呟《つぶや》き、空になった箱膳を手に立ちあがった。

「すぐめそめそして、日がな一日ぐーぐー腹鳴らしてる母親なんてまっぴらごめんだ」

鶴松がぼやきながら廊下へと去っていく。どこまでも失礼な男だ。

菊乃もつづいて箱膳を下げようとしたところで、左衛門が詰め所に入ってきた。

「左衛門殿、馳走《ちそう》になった。まこと、うまい飯であった」

左衛門は「そりゃよかった」と言って身をかがめ、骨ばった指を伸ばして菊乃の口元についていた飯粒を拭いとった。

「うまく話がまとまったようだね。鶴松のあんな威勢のいい声、久々に聞いた気がするよ。――あの子のこと、よろしくお頼みします。恰好《かっこう》つけて、すぐ無茶する子だから」

自分と同い歳の女の鶴松を想う心に、菊乃は真摯《しんし》にうなずいた。

「あと……悪いんだけど、お金のことはあんたがやってくれるかえ？　祈禱料が入るとすぐ、物乞《ものご》いやら夜鷹《よたか》やらに気前よくくれちまうんだよ。叱るに叱れなくてさ」

左衛門は頬に手をあてがい、「あの僧衣も古着だよ？　やんなっちまう」とぼやいた。

菊乃はぽかんとし、「それはたいそう清貧な破戒僧だ！」と声をあげて笑った。


箱膳を台所の流しまで運ぶと、鶴松が片腕をすこし不自由そうにして皿を洗っていた。

菊乃はそばに立ち、水滴の残る皿を受けとって布巾《ふきん》で拭う。

「鶴松。降魔の指南を願い出ておいてなんだが、ちと行きたい場所があるのだ」

「おちよのところだろ」

善太郎のところかと問われるかと思ったが、鶴松はさすがに聡《さと》かった。

「長崎屋に顔を出してたって言っていたな。話を聞くに越したことはねえ」

「おお、やる気に満ちあふれているな、鶴松」

「やるとなったらやってやるさ。日が中天に昇るまでは、鍛錬。昼飯食って、ちょっと休んだら、出かけるってのはどうだ？」

菊乃は目を輝かせ、こくこくとうなずいた。

二

大川の水もぬるまる昼すぎ、両国橋のたもとは大いに賑《にぎ》わいを見せていた。

菊乃は怒濤《どとう》のごとき足の群れに押し流されないよう、鶴松にくっついて歩く。

「田畑を荒らし、人馬を襲う獣は、お上に訴えなくても鉄砲で撃ち殺してよい！」

誰かが怒鳴っている。見ると、高札場《こうさつば》に人だかりができていた。

「聞こえたかい？　田畑や人馬を襲う獣は、鉄砲で撃ち殺してよい！」

読み書きのできない町民のために、男が高らかに捉書《おきてがき》の文言を読みあげているのだ。

「さすが新しい公方《くぼう》さまだ。忌々しい生類憐みなんたらを、次々と取りさげなさる」

「獣を殺していいなんて、今頃、犬公方はあの世で怒り狂ってることだろう。昨晩もあっちこっちで遠吠《とおぼ》えする奴が現れて、大変な騒ぎだったって言うじゃねえか」

「こりゃ本当に犬公方の呪いかもしれねえな。いや、それともあの女犬公方の……」

菊乃はむっとする。すかさず鶴松が襟首を摑《つか》んでくるので、菊乃は「わかっているっ」としかめ面をした。

「おちよの家は、回向院の裏にあるんだったな。回向院ならこのまままっすぐ——」

きゃんっ、と足元で犬の鳴き声がした。見下ろすと、黒い仔犬《こいぬ》がつぶらな瞳《ひとみ》で菊乃を見つめていた。おや、と思う。右の後ろ肢《あし》がない。大八車にでも轢《ひ》かれたのだろうか。仔犬がぴくりと顔を横に向けた。なにを見つけたのか、尾を小刻みに振ってよたよたと走りだす。多少の難儀などなんのその、活発なその姿を目で追った菊乃ははっとした。

「鶴松、おちよだ。あそこに、おちよがいる」

田楽屋と髪結床の間にあるちょっとした隙間に幟《のぼり》が立っていた。白い幟には『犬の里親求む』の文字が大書されている。敷かれた筵《むしろ》にはまさにおちよが座っていた。

「どなたか犬の里親になってくださいませんか！　人に馴《な》れた可愛い犬たちです」

先ほどの仔犬が、おちよの前で腹を見せてひっくりかえった。おちよは仔犬の胸のあたりをなでてやりながら、なおも声を張りあげる。

「本当にああやって里親を探していたのだな……」

筵の上には何枚もの絵が重石《おもし》をして置かれていた。菊乃の目の高さでははっきりとは見えないが、どうやら里親を求めている犬たちの姿を描いた絵のようだ。

だが、足を止めてまでそれらの絵を見る者はなかった。それどころか災いを避けるように遠巻きにされている。

「よし、話を聞きに行ってみよう！」

「待て、猪姫。妙な男がいる」

菊乃は首をかしげ、うんと背伸びをして、鶴松が示すほうを確かめた。おちよの斜め横、よしず張りの田楽屋の脇に隠れ、鬼の形相でおちよをにらんでいる男を見つける。

「見ろよ、あの物騒な面構えを。あの浪人、もう何人も殺《や》ってるにちがいねえ……」

「善太郎⁉」

すっとんきょうな声をあげてしまった。

「善太郎……って、あの凶悪人相の小汚い浪人が？　嘘だろ？」

まったくだ。人相の悪さはともかく、なにしろ汚い。武士たる者、常に身だしなみに気を配らねばならないものを。

「身なりの乱れは、心の乱れだぞ、善太郎っ」

説教をたれながら、胸が不穏にうずくのを感じた。なぜ、おちよのそばに善太郎が。

(待て。もしや女の尻というのは、おちよのことだったのか！)

菊乃は裏長屋の老婆が言っていたことを思いだし、目を丸くした。

「犬病がうつらぁ！　どっか消えやがれ、女犬公方！」

罵声《ばせい》が聞こえた。肩を怒らせた男がおちよの前を通りすぎる。怒鳴りつけられたのだと察し、菊乃は腹をたてて男のあとを追った。

そのとき、善太郎が菊乃の行く手に割りこんできた。男に追いつくなり、後ろから肩を摑んで歩みを止めさせる。

「なんだ、てめえ！」と威勢よく啖呵《たんか》を切って善太郎を振りかえった男の顔が、さあっと青ざめる。

「謝れ」

善太郎の背後にいるので表情は見えない。だが、善太郎の太くて低いその声は、菊乃がぎょっとなるほどの怒りを宿していた。

「す、すみませ……っ」

「娘にだ！」

男はようやく状況を理解したようだ、急いでおちよのいる方に頭を下げると、善太郎の手を振りはらって、一目散に逃げていった。

呆気《あっけ》にとられて善太郎の背中を見つめ、そしておちよを振りかえった菊乃は驚く。

おちよがいない。雑踏に首をめぐらせると、人の頭の向こうを白い幟がゆらゆら揺れながら去っていくのが見えた。善太郎も気づいたのか、急ぎ足でおちよを追いかける。

菊乃はとっさに名を呼びかけようとした。だが、声が出なかった。

(守っているのか。もしや先日、おちよを助けてやれなかったから)

なにやら泣きたい気持ちになる。心配する必要はなかったのだ。善太郎は優しい子だった。風体こそ汚らしいが、心根は昔となにも変わらない。菊乃は安堵《あんど》のあまりに涙ぐみながら、ほほえみを浮かべた。

「菊乃、別の男がおちよをつけてる。見えるか」

そばまでやってきた鶴松が言う。え、と背伸びをするが、人だらけでよく見えない。

そこらの屋台の床几《しょうぎ》に飛び乗り、主人が怒鳴るのを無視して、白い幟を捜した。

たしかに幟を追いかける者がふたりいた。ひとりは善太郎だ。だがその先、大きな籠《かご》を背負って、おちよを追いかける別の男がいる。追いかけているとわかったのは、おちよが仔犬がついてきているかを確かめるために背後を振りかえるたび、そこらの屋台を覗《のぞ》くふりをするからだ。嫌な予感がした。

「あやつを追うぞ、鶴松」

おちよは一軒の家の前で足を止めた。壁には『犬之養生所』の札がかかっている。背中に担いだ幟をおろし、引き戸を開けて、おちよは仔犬と一緒に中へと消える。

突然、おちよを追ってきた男が背負っていた籠をおろした。取りだした小袋を建物めがけて投げつける。どんっと板壁に当たる音がし、中から茶色の液体が零《こぼ》れかかった。音に気づいてか、戸を開けて出てきたおちよ。その顔めがけて、ふたたび男が袋を投げつけた。びしゃりと音がし、おちよが茶色の液をしたたらせて呆然《ぼうぜん》と立ちつくす。

男が逃げだし、おちよは家の中にとって返した。

「なんてこと……！　成敗してくれる！」

「だからすぐ走りだすなって！」

鶴松に抱えこまれる。もがくうちに、物陰にいた善太郎が男を追って走りだした。

「あいつは俺が追いかけるから、おちよを見てこい。顔見知りが行ったほうがいい」

「くう……っわかった」

怒りをぐっとこらえ、菊乃は鶴松を見送ってから養生所を振りかえった。

板壁を汚した液体は、どうやら糞尿《ふんにょう》だったようで強い悪臭がした。今の騒ぎを目にした人々が、鼻を袖《そで》で覆いながら集まってくる。

しばらくして引き戸が開いた。顔の汚れを落とし、濡《ぬ》れ髪に手ぬぐいを巻いたおちよが出てくる。黙々と雑巾《ぞうきん》で壁を拭《ふ》きはじめるが、誰も手伝おうとはしなかった。

「おちよ。これはいったい——」

剃髪《ていはつ》にした医者とおぼしき中年の男が、人垣を抜けて、おちよのほうへと駆けよった。

「またいやがらせされたみたいだ」と野次馬のひとりが言う。「あんたも父親なら、娘に犬の里親探しなんてやらせないでやんな。おちよが町の連中になんて言われてるか知ってるかい。女犬公方だよ？　犬病をまき散らしてるなんて言われて悔しくないのかい」

「おちよ、皆さんの言うとおりだ。このままじゃ、隣近所にだってご迷惑がかかる」

父親がそっと振り向きもしないおちよの肩に触れる。

「気持ちはわかるが、もうお囲いの犬たちのことはあきらめなさい」

「……どうしてそんなことを言うの、お父《と》っつぁん。このままじゃみんな毒餌を与えられて殺されてしまうのに、どうしてあきらめろだなんて言えるの！」

おちよが周りの人たちを振りかえる。人々はたじろいだように後ずさるが、おちよのやつれた顔や、仔犬のような瞳から涙があふれだすのを見て、憐《あわ》れみに眉《まゆ》をひそめた。

「おちよちゃん、もういいから。このままじゃ、あんたがどうにかなっちまうよ。嫁入り前だってのに、変な噂ばっかりたっちゃ……」

「私なんかの心配するぐらいなら、おときさん、一匹でいいから犬を引きとってよ！」

父親が「おちよ！」と声をあげた瞬間、おちよは掃除用具を手放し、駆けだした。

菊乃はおちよを追いかけた。近くの掘割端の木陰にしゃがんで肩を震わせているのを、ようやく見つける。そっと隣で身をかがめ、顔を覗きこんだ。

「おちよ、泣いているのか？」

おちよは顔をあげ、菊乃をまじまじと見つめる。

「え、あれ、菊乃ちゃん？　どうしたの、それ、男の子の恰好《かっこう》？」

混乱しているのか、動揺をごまかそうとしているのか、痛ましいほど震えた声で口早に言うおちよ。菊乃は手ぬぐいを巻いたままの湿ったおちよの頭をなでた。

「大丈夫。わたししかいない、存分に泣いてよい」

唇がわななき、おちよは菊乃にしがみついて声をあげて泣きはじめた。


「ごめんなさい、みっともない姿ばかり見せちゃって」

嗄《か》れた声で謝って、おちよは腫《は》れぼったい目をほほえませた。

「変ね。なんだか亡くなった母を思いだしてほっとしちゃったみたい」

「おお！　なら、いくらでも母と思ってくれてかまわないぞっ」

「菊乃が母親なんてまっぴらごめん」と言った鶴松に、おちよの言葉を聞かせてやりたい。得意げに胸を叩《たた》くと、おちよは「菊乃ちゃんたら」とくすくす笑いだした。

「おちよ、お囲いが取りつぶしになると聞いた。犬の里親を見つけねばならないのだな」

訊《たず》ねると、落ちつきを取りもどしかけていたおちよの表情がにわかに曇った。

「犬は十万匹もいるというが、すべての犬の飼い主を探すのか」

「ううん、もうそんなにいないわ」

お囲いができて十三年。その間、雄雌を分けて飼育していたため、仔犬《こいぬ》がむやみに増えるということはなかったらしい。今では最初の頃に受け入れた犬のほとんどは死に、残されたのは新たに迎え入れられた犬ばかりだという。加えて、綱吉が死去する数年前には、養育金を払って犬を近郊の村預けとする施策も行われており、お囲いの取りつぶしが決まった時点で残っていたのは、三百匹ほどだった、とおちよは言う。

「毒餌を与えることになったの。内々にお達しがあって……みんな止めたんだけど、お上には逆らえないって」

「だから里親を……」

「やっと犬を腫れ物扱いしなくてよくなったんだもの、すぐに見つかると思ったけど」

すでにかなりの頭数を譲りわたし、それでもまだ百五十匹ほど残っているという。

「でも、もう期日まで間がない。半月後にはお囲いのみんなは毒を食べさせられる。いつもみたいに尾っぽを振って近づいてきて、そのまま——」

つぶらな瞳《ひとみ》にふたたび涙の玉が盛りあがる。

「なんとかしたいのに、ちっともうまくできないの。おときさんも私のことを心配してくれたのに。どうして私、あんなひどい態度をとってしまったのかな……っ」

思いつめて、おちよは膝《ひざ》を抱えて顔をうずめた。

「おちよは犬が好きなのだな」

おちよはうなずき、しかしすぐに「小さい頃はこわかった」と逆のことを言った。

「父がお囲い付きの犬医者だったから、子供の頃はお囲いで暮らしてたの。毎月、たくさんの犬が運ばれてきて、どの子もみんな吠《ほ》えてばかりで、すごく怖かった。……けどね、母が言うの。犬たちは怯《おび》えているだけよ、優しく接すればきっと心は通じる、って」

わずかに顔をあげ、「本当だった」と呟《つぶや》くおちよの顔が、泣き笑いを浮かべる。

「母が大事にすればするほど犬たちの顔は穏やかになった。私、羨《うらや》ましくなって母を真似てみたわ。そしたら、手を嘗《な》めてくれた。尻っぽを振ってくれた。……嬉《うれ》しかった」

「そうか……」

「犬を嫌うみんなの気持ち、わかる。でも、怖いだけじゃない。賢そうな瞳や、ぴんと立ったお耳、くるんと丸まった尾っぽ……私はあの子たちが大好き。いつかみんなにも知ってもらえたらって思ってた。なのに──殺《いと》してしまおうなんて……っ」

混乱が痛いほどに伝わってくる。犬たちを愛しく思う気持ちも、焦る気持ちもすべて。

おちよは命の重みを背負ってしまったのだ。

けれど、犬の命におちよと同じだけの重みを感じている人間は、江戸広しといえどもそう多くはないだろう。おちよが立ち向かっているものは、生類憐みの令がしかれてからのおよそ二十年、人々の心に植えつけられてしまった犬への嫌悪感なのだ。

正直に言えば、菊乃もまたおちよに共感できるわけではなかった。犬という生き物はやはり身近ではなく、今もって親しみを覚える存在ではない。

だが、困難とわかっていてなお犬たちを助けようと声をあげ、泣きながらも懸命に犬への想いを伝えようとするその心根に、菊乃はひどく胸を打たれた。

「もしわたしが生きて……いや、大きな屋敷に住んでいたら、おちよから犬を引きとって、庭に放してやれたのにな。……なんて、すまない、詮《せん》なきことを言った……むっ」

おちよがぼたぼたと大粒の涙を流しながら、菊乃にすがりついてきた。

「ありがとう、菊乃ちゃん。ありがとう……っ」

ひし、としがみつく手からは、おちよの孤独が伝わってきた。うっかりもらい泣きしそうになり、菊乃はおちよをぎゅーっと抱きしめかえし、肩口に顔を埋《うず》める。

「お、おちよ。できることがあるなら、わたしも手伝うぞ……っぅぅ」

傍《はた》から見たら、すがりついて泣いているのは菊乃のほうだろうが、もはやそんなことはどうでもよく、菊乃はおちよの背中をなでなでしながら、涙声で言いつのった。

「そうだ、もらい手の素性を改めていると聞いた。それを嫌がる人も多いというが、もらいたいという人に、すぐ譲るというわけにはいかないのか」

おちよはふと身を離し、かぶりを振った。

「それは……だめ」

「それは金のことが問題なのだろうか」

「ううん。ただ犬をもらいたいという人の中には、犬に恨みをもって、いたぶるために引きとろうとする人もいるの。だから、はいどうぞ、と渡すわけにはいかない」

泣いてはいるが、おちよの瞳には凜《りん》とした覚悟が宿っていた。

「おちよの気持ちはよくわかった。だが、犬にだけでなく、おちよにまで逆恨みを向ける者もいるようだ。さっき糞尿を投げつけてきた男、あれは誰か心当たりはあるか」

一瞬、助けを求めるように顔をあげたおちよだが、ふいに菊乃を凝視すると、慌てた様子でかぶりを振った。

「ううん。でも、大丈夫。ちゃんと自身番《じしんばん》に届けるし、父もいるから心配しないで」

首をかしげる。なぜ急に菊乃を安心させるようなことを言うのだろう。

そう思ったところで、ぷにっと自分のほっぺたをつまんだ。子供だからだ！

「巻きこむまいとしているのだな。なら心配は無用だ、わたしはおちよよりもずっと年上なのだ！」

おちよが呆《ほう》けた。しまったと思うがもうおそい。おちよは泣き顔のまま笑いだした。

「ありがとう。話を聞いてくれて。菊乃ちゃんのおかげですっかり元気になれた」

「ち、ちがうのだ、いや、ちがわないのだがっ」

ばたばたと短い手足を振りまわすが、頭の中が真っ白だ。そのとき、遠くでおちよを呼ぶ声がした。父親のようだ。おちよはもう一度、菊乃にほほえみかけた。

「もう戻るね。また来て、菊乃ちゃん。今度はおやつも用意しておくから」

「待ってくれ！　おちよは長崎屋を知っているか？」

立ちあがりかけたおちよを引きとめると、その顔から表情がごっそりと抜け落ちた。

「長崎屋さんとお知り合い？」

「いや……先日、長崎屋にお邪魔することがあって、そのときおぬしの話を聞いて」

「嘉七さんには会った？　長崎屋のご主人よ」

嘉七。長崎屋にはひと月帰ってきていないという女将《おかみ》の夫。菊乃はかぶりを振る。

「じゃあ、犬を見た？　二匹……ううん、十四、もしかしたらそれ以上《う》」

ぞくりとした。もう一度、首を横に振ると、おちよは血の気の失せた顔を手で覆った。

「もしかして、嘉七のもとに、犬を里子に出したのか？」

「二匹の犬を里子に出したの。広い庭があるからって。日本橋の大店《おおだな》なら安心だと思っていたんだけど、でも、お囲いで一緒に働いていた人たちが、自分も嘉七さんに犬を譲ったって次々に……わかってるだけでも十三匹になる」

多い。いくら広い庭があっても無理だろう。そもそも長崎屋の庭は蔵が建っていることもあって、それほど余裕があるようには見えなかった。

「話を聞きたくて長崎屋に行ったんだけど、ずっと嘉七さんがお留守で……じゃあ、留守中の犬たちの世話はどうなっているのかと訊《き》いても、犬のことなんか知らないって」

言葉をつむげずにいると、おちよはうなだれた。

「無事ならいいのよ。もしかしたら、どこかに広い別宅をお持ちなのかもしれないし。でも、誰ひとり犬を譲りうけたことを知らないなんて、そんなことある……？」

ふたたび父親の声がし、おちよはふらりと立ちあがった。

「ごめんなさい、今のは忘れて。じゃあ、また」

おちよを見送った菊乃は、掘割端にうずくまって、穏やかな水の流れを見つめた。

（お囲い。長崎屋。おちよ。不在の嘉七。善太郎。里子に出された犬。……獣の化け物）

なにが起きているのだろう。胸中がひどくざわつく。

鶴松が戻ってきたのは、暮れきらぬ初夏の夕焼けに家々が赤く染まった頃だった。

「鶴松、あの男はどうなった？　善太郎はどうした」

「いや、それが……あの男なんだが」

鶴松は疲れきった表情で言った。

「犬になっちまった」

三

人気の失せた武家地を抜け、幕府所有の御竹蔵《おたけぐら》の広大な敷地脇を堀に沿って歩くことしばし。現れた鬱蒼《うつそう》と茂る竹林の中で、善太郎が影となって立っていた。

竹林の中は薄暗く、すでにその表情は見えにくい。善太郎もまた同じようで、鶴松の後ろを小走りについてくる子供に気づいて不審そうにはしたが、暗さのせいか、男装のせいか、三日前に会った無礼な小娘とは気づかないようで、すぐに鶴松に視線を戻した。

「同心を連れてくるのではなかったのか」

「自身番には伝えてきたから、おっつけ誰か来るはずだ」

善太郎の足元には奇妙なものが転がっていた。先ほどの糞尿男《ふんにょう》――なのだが、枯れ落ちた竹の葉の上であお向けになって、ごろごろと転がっているのだ。

男は菊乃を見上げると「わんっ」と吠えた。

「もしや、これは犬病か？」

呆気《あっけ》にとられて言うと、鶴松が「やっぱそう思うよな」と引きつり笑いを浮かべた。

「逢魔《おうま》が時が来たら、こうなっちまったんだ」

「……当然の報いだ」

低く呟いたのは善太郎だった。菊乃は顔をあげた。

「なぜ、当然の報いだと言う」

「女犬公方《くぼう》殿にあのようなふるまいをしたのだ、当然だろう」

まじまじと善太郎を見つめ、菊乃はキッとその強面《こわもて》をにらみつけた。

「あのような埒《らち》もない噂を信じるのか。そもそも女犬公方という言葉は、あの娘を貶《おとし》めるものだ。二度と口にするでない！」

善太郎はぎろりと菊乃をにらみおろし、ふいに太い眉《まゆ》を不安げにした。

「……待て。その子供、見たことがある。男のなりをしているが、まさか……先日の」

低くうなり、善太郎は枯れ葉を踏んで後ずさった。

「そちら、いったい何者だ。なぜ俺をつけまわす！」

鶴松は「どうする？」と言いたげに菊乃を見下ろした。もともと会いにいく算段ではあった。改まって語りあうには場が悪いが、今のこの状況を見すごすわけにもいかない。

「あれからずっと、おちよのことを見守っていたのか」

「なんの話だ」

「前におちよがひったくりに遭ったとき、盗人を追いかけたろう。助けられなかったことを悔いて、ずっとおちよのそばにいたのか」

「……たまたま荷を奪われるのを見かけた。不甲斐《ふがい》なくも追いつけなかった。こたびもまた、たまたま目にし、見かねて追いかけたにすぎん」

「そうか。だがもし、あれ以来ずっとおちよのことを見守っていたのなら、わたしはおぬしを立派だと思う。善太郎」

だからこそ、おぬしにおちよを女犬公方などと呼んでほしくない——そう言いかけた菊乃だったが、善太郎の顔が見る間に怒りの形相へと変わるのに驚いて言葉を止めた。

「まだ母親面する気か。それ以上、愚弄《ぐろう》するなら、子供とはいえ容赦せぬぞ！」

善太郎が丸太のような腕を振りあげた。

よけようと思えばよけられた。だが、菊乃は動かなかった。間近に迫った善太郎の鬼のごとき顔。その双眸《そうぼう》には怒りよりも、深い悲しみが宿っているように見えた。

——ならば受けとめる！

菊乃はぐっと足を踏んばり、まなじりをつりあげて善太郎を見上げた。

善太郎がはっとして振りおろした腕を止めようとした。だが、勢いを殺しきれず、拳《こぶし》の骨ばったところが菊乃の小鼻を、こつん、と軽く打った。

つー、と鼻の穴からなにかが伝いおちる。袖《そで》で拭《ぬぐ》うと赤いものがついていた。鼻血だ。

じわあっと目が潤みはじめて、菊乃は慌てふためく。

「ち、ちがうぞ、またこの体は勝手に……う、うぇ……ひぅ……っ」

「——てめえ……っ」

その直後、視界の端を誰かがすごい勢いでよぎった。え、と目を丸くすると、鶴松が僧衣の裾《すそ》を割って、善太郎に蹴《け》りを食らわせるところだった。

うめきながら地面に倒れた善太郎の胸ぐらを片手で摑《つか》んで、鶴松が上下にゆさぶる。

「子供相手になにしやがる！　てめえみたいなデカブツが殴ったらタダじゃ済まねえことぐらいわかんだろうが、馬鹿侍！」

ぽかんとする。だが、善太郎が抵抗しないことに気づいて、菊乃は鶴松の袖を引いた。

「鶴松、もうよい、十分だ」

「菊乃も菊乃だ、よけろよ！　なんのために剣術習ってきたんだ、愚か姫！」

「うむ、そのとおりだ、面目ない」

素直に頭を下げる。鶴松はさらなる文句を怒りと一緒に呑《の》みこみ、善太郎の襟から手をはなした。かわりに袖の先で菊乃の鼻血をぐいっと拭う。

「ふが……、つるま、もがっ、よ、汚れぅ」

「うるせえ」

「菊乃……？」

善太郎が顔を紙のように白くし、菊乃と鶴松とを見比べる。

「そなたたち、いったいなんなんだ……」

「この俺は天下に名の知れた降魔師《ごうまし》、鶴松さまだ。そんで、そこの菊乃なる鬼娘は三日ばかり前、どうしたわけか幼子の姿で黄泉《よみ》がえったおまえの母親だ。そうだな？　菊乃」

菊乃は鼻をつままれたまま「ほぅあ（そうだ）」とうなずく。

「そんな荒唐無稽《こうとうむけい》な」

よろめき立った善太郎が後ずさる。ひどく取り乱した様子だ。

「ぐずっ……おぬしの父上は……兼嗣はどうしている」

敢《あ》えて「兼嗣」と言いかえると、善太郎は今度こそ竦《すく》みあがった。

「いったいなにがあって浪人になりさがった。母に話してはくれまいか」

「は、母上には関わりないこと――」

とっさに「母上」と口にした瞬間、善太郎はいっそううろたえ、懐に手をやった。

「そんな、まさか本当に。こんなことが」

震える手で摑みだしたのは、以前、善太郎の長屋で見つけた錦《にしき》の巾着袋《きんちゃくぶくろ》だった。

それを見た瞬間だ。菊乃は唐突に総毛だつのを感じ、身をこわばらせた。

——菊乃さま……どうかお助けください……。

泉下の水底《みなそこ》に眠っていた菊乃。遠くから聞こえる助けを求める声。

（そうだ。あの声は、善太郎の声だ）

閃《ひらめ》くように悟り、菊乃は衝撃におののいた。

（だが、あの石はなんだ。どうして善太郎は私を呼んだのだ）

次から次へと疑問が浮かぶが、怒濤《どとう》のごとく押しよせる黄泉での記憶が、菊乃の動きを封じる。鶴松がその異変に気づき、善太郎の持つ巾着袋に目をとめた。

「その袋はなんだ」

「これは……この石は……」

「おい、俺は今、気が立ってる。女子供をぶん殴るような野郎に、情け容赦する気はねえぞ。答えろ。石ってのはなんだ」

鋭い声に、善太郎は肩を震わせるが、答えずに唇を嚙《か》む。

「言ったはずだ、俺は今、気が立っている」

鶴松は己の左目に手を置いた。指の間から眩《まばゆ》い光が零《こぼ》れ、ぎょろりと〈金色《こんじき》の重瞳《ちょうどう》〉

が現れる。善太郎が短い悲鳴をあげた。菊乃には見えないが、善太郎はきっと今、菊乃も踏み入ったあの赤黒い異空間にたたずんでいることだろう。素っ裸で。

「字《あざな》は、宇佐見正吾《しょうご》か。善太郎坊やは、ずいぶんご立派な名前をいただいたもんだな」

正吾。それが今の名なのか。菊乃は愕然《がくぜん》と立ちつくす善太郎を見上げた。

「なぜ宇佐見家を出て、浪人に身をやつした。……ああ、尊敬してやまなかった『母上』が実の親ではないと知ったからか。実母と父親の『菊乃さま』に対する途方もない裏切りに耐えきれず、家を飛びだしたってわけだな」

驚きとともに鶴松の暴露を聞く。「尊敬してやまなかった母上」の言葉に涙がほとばしりそうになるが、そのこと以上に善太郎の青ざめた顔が気にかかった。

「浪人となり、寂れた長屋暮らし。宇佐見家から持ちだした金は、長屋を借りるのに必要な店《たな》うけ人を用意するのに使い果たしたか。主家を離れた浪人を雇うような武家は今のご時世どこにもない。食うに困っていたおまえは、商家の用心棒に——」

鶴松が言葉をなくす。

「おまえ……嘉七に雇われてたのか?」

菊乃は思いがけない名を聞き、鶴松を見上げた。

「やめろ!」

善太郎がひび割れた声で叫んだ。鶴松は苦しそうに顔をゆがめた。

「なんだこれ。おまえ……嘉七になにをさせられた?」

「言うな、なにも言うな、後生《ごしょう》だ……っ」

重瞳の呪縛《じゅばく》に身を硬直させたまま、半狂乱になって叫ぶ善太郎。つづきを聞くべきだ。冷静な自分はそう叫ぶ。だが、母親である自分はとっさに鶴松の腕を摑んでいた。

「鶴松。そこまでにしてやってくれ。わたしからも頼む」

鶴松がはっと我にかえり、金色に輝く左目を手で覆いかくした。光が消え失《う》せた竹林はいよいよ暗さを増し、善太郎の姿は重苦しいほどの闇の中に呑まれる。

「善太郎。この者は不思議な力を使って、人の真の姿を見抜くのだ。だが、これ以上はもうさせない。そのかわりに自分から話してくれ。なにがあった」

善太郎が脂汗の浮かんだ顔をのろのろと持ちあげる。

「わたしを呼んだのだろう？　なぜ呼んだ。長崎屋嘉七となにか関わりがあるのか」

善太郎がおちよを見守っていたのは、本当にただ、ひったくりを捕まえられなかったことを悔いてのことなのだろうか。

「おちよが犬の里親探しをしているのは知っているな。嘉七に二匹の犬を譲ったそうだ。だが嘉七がずっと長崎屋におらず、犬の消息もわからないから、とても心配していた」

善太郎は押し黙る。嘉七に犬を譲ったという話にも無反応だ。まるでそんなこと最初から知っていると言いたげに。

「おちよは助けを必要としている。犬を心配するあまり、自分を追いつめてしまっている。わたしはあの娘の助けになってやりたい。善太郎、ともに――」

「あの娘のことはこれで仕舞いだ。義理は果たした。俺の知ったことではない」

仕舞い――その瞬間、怒りがふくれあがった。拳を握りしめて善太郎を見据える。

「糞尿《ふんにょう》を投げつけられ、かわいそうに泣いていた。それでも気丈に立ちあがろうとしていた。あんな懸命な娘の助けになれずに、なにが武士か！　おぬしがなにをしたのかは知らぬ。だが、娘を見捨てることはゆるさぬ。わたしは娘の力になるぞ。ともに参ろう」

「俺は武士ではない！」

善太郎がひきつれた叫びをあげた。

「それは母上が……菊乃さまがいちばんご存じのはず。俺はあなたを貶《おとし》めた畜生どもの子だ。なにも知らず、僭越《せんえつ》にもあなたさまを母と慕った愚かな俺も畜生だ――ぐふぉっ」

善太郎の体がふっとんだ。菊乃の剛腕が息子の巨体を竹林に転がしたのだ。

「なにが畜生の子だ。おぬしはわたしの子だ。わたしが育てた。わたしがこの手で慈しんだ子だ。我が子を馬鹿にするでない、下郎！」

「……言ってることが無茶苦茶だぞ、菊乃姫」

激情のあまりに涙ぐむ菊乃と、すっかり毒気を抜かれた様子の鶴松を、地面に這《は》いつくばったまま放心して見上げていた善太郎は、ふいに立ちあがって逃げだした。

「善太郎！」

善太郎は身を震わせ、とっさに足を止めた。

「わたしは波千という舟宿に世話になっている。町の名はええと……鶴松？」

「平右衛門町《へいえもんちょう》。浅草御門、柳橋《やなぎばし》のそばだ」

「それだ。会いに来い。待っているぞ！」

善太郎はふたたび走りだした。乾いた竹の葉を踏む音が遠ざかる。

その途端、へなへなと膝《ひざ》から崩れる。鶴松が慌ててそばにひざまずいた。

「大丈夫か、殴られたところが痛いのか、ほかにもどこか――」

ぐううう。盛大に腹が鳴り、鶴松は遠くを見つめる虚《うつ》ろな目になった。

「もうやだ、このひと……」

「わたしだって嫌だ。どうしてこんな子供の姿になったのだ。情けない……情けないっ」

子供のように癇癪《かんしゃく》を起こし、菊乃は泣きだしそうになる目をごしごしとこすった。

「鶴松。おぬしの〈金色の重瞳〉、止めた手前、訊《き》きにくいのだが……」

「なにを見たのか知りたいか」

うなずく。涙がぼろぼろと零れだし、自分にいらだって目元を叩《たた》く。鶴松は菊乃の手首を捕まえ、苦い表情をした。

「じつは大したもんは見れなかった」

「力が弱まって、いる……せいか？」

ひくっと嗚咽《おえつ》を漏らし、案じる思いで問うが、鶴松は首を横に振った。

「重瞳は生まれついてのものだから、そのせいじゃねえ。ただ、さっきは善太郎が俺を拒む思いが強すぎた」

「……そうか」

「見えたのは、血」

菊乃は息を呑《の》む。

「嘉七が笑って、善太郎を見てた。善太郎は震える自分の手を見つめ、そばには……血を流した犬が横たわってた」

絶句する菊乃の手をはなし、鶴松は伏し目がちにつづけた。

「止めてくれてよかったよ。あいつ、あんなおっかねえ顔して、中身はぼろぼろなんだ。ずっと悲鳴をあげてたよ。自分を責めて、責めて……ぎりぎりのところで踏みとどまってるみたいだった。あのままあれを聞いてたら、俺もどうにかなってた。——菊乃さま、お助けください。何度もそう叫んでた。痛ましいぐらい必死にな」

菊乃は言葉を失う。風が吹き、カンカンと竹同士がぶつかる虚ろな音が響いた。

わんっ、と男が鳴いた。振りかえると、背後でごろんごろん転がっていた犬男が突然むくりと起きあがり、両手足を使って駆けだした。

「は⁉」と鶴松が慌てる。菊乃は目の端に残った涙をぐっと拭《ぬぐ》い、立ちあがった。

「追ってみよう、なにかわかるかもしれぬ！」

犬男は、人の身でも四つ足だとこれほどはやく走れるのかというほどはやかった。幸い武家地のために人通りは多くないが、それでも運悪く行きあった通行人が、闇の中からぬっと走り出る四つ足の犬男を見て「ひえっ」と提灯《ちょうちん》を取りおとした。

夜の闇が迫る。町明かりが乏しく、足元もおぼつかない暗さになってきた。鬱蒼《うっそう》とした寺が並ぶひときわ暗い界隈《かいわい》に至って、ようやく犬男が足を止めた。寺の鐘楼の影を見上げ、うろうろと円を描くように足踏みをはじめる。

「鶴松、あれは……なんだ？」

肩で息をしながら、菊乃は鐘楼にとりついた白くぼんやりと光る人影を指さした。

『なんだってんだよお！』

白い人影がいきなり声をあげ、ぎょっとする。

『なにがどうなっちまったんだ。なんだって俺が俺を見下ろしてんだ。助けてくれえ！』

「なんとまあ……ありゃ、こいつの魂だ」

「あれが、魂!? だが、なぜ魂が鐘楼の屋根にとりついているのだ？」

「さあ……。おい、糞尿投げつけ野郎。助けてほしけりゃ、降りてこい」

『降りれるなら助けなんか求めるか！　ひっぱられてんだよ！　あっ』

言葉どおり、人魂《ひとだま》が突然、屋根から引きはがされ、暴風にさらわれる手ぬぐいのように空を舞った。魂はじたばたと空を泳ぎ、かろうじて境内にある樹齢百年はあろうかという背高の椎《しい》の木の枝先にしがみついた。

『た、頼む、助けてくれ、お願いだ、なんだってする、頼む！』

「こりゃ、先に助けてやらないことには話を聞けそうにもないな」

「なにか手だてはあるか」

鶴松は足元でわんわん吠《ほ》えている犬男を見下ろした。

「空っぽの体がここにあるってことは、魂を捕まえてこいつに戻せたら、もしかしたら」

「よし。待っていろ、今、菊乃が参る！」

菊乃は椎の大木のざらついた木肌をぺしぺしと手で叩く。鶴松が顔を引きつらせた。

「まさか登る気か。この大木に」

「木登りは得意だぞ」

「……もうおまえに関しては、二度と、金輪際、決してなんにも驚くまい」

鶴松は菊乃をまっすぐに見つめた。

「用心しろよ。なにかあれば俺を呼べ。……どうにかする」

頼りなくも頼もしいことを自嘲《じちょう》気味に言う。菊乃はふっと笑い、うなずいた。

助走をつけて幹を蹴《け》り、いちばん低い位置にある枝を摑《つか》んで上に乗る。ごつごつした木肌を足がかりに次の枝に登る。寺は恐ろしいほど静かだが、僧坊には人がいるはずだ。なるべく音をたてないように用心するが、頭上の魂がひたすらやかましくて気が散る。

『助けてくれ、もう限界だ……！』

「こらえるのだ！　もうすこしで近くに――」

さらに高い位置にある枝を摑み、ぐっと体を引きあげる。あとすこしだ。

そのとき、魂の手が枝から離れた。慌てて飛ばされようとする男の腕を摑む。

触れた。実体のないものを捕まえられるか不安だったが、菊乃の手はたしかに人魂の不明瞭《ふめいりよう》な手を摑んでいた。だが、思った以上に「ひっぱる」力はすさまじかった。

「なんだ、この力は。うぐ……っ」

菊乃の体が引きずられて空に浮きあがった。驚いて振りかえると、自分の肉体は大木の枝にしがみついたままだ。

(魂を体から抜きとられた!)

察すると同時に、菊乃の魂が上空へと浮きあがった。凧に押し流された凧《たこ》のように、犬男の魂とともに夜空をどこかへと飛ばされていく。犬男の魂が悲鳴をあげた。

「慌てるな、私の手にしっかり摑まっているのだ!」

そう答える声は、幼子の高い声ではなかった。

(もとの自分の声だ。そうか、魂そのものだからか)

きっと今、自分は二十八歳で没したときの姿をしているにちがいない。

鶴松に助けを求める間すらなく、ふたりの魂は寺の上空を通りすぎ、滑るように大川を渡って、あっという間に対岸の上空までたどりついた。

ふいに、背筋が凍りついた。なにかが迫ってくる。いいや、自分が近づいているのか。

それは、どこかの商家の屋根の上にどっかりと載っかっていた。

どろどろと真っ黒な泥をまとわりつかせた、巨大な泥の塊。

泥の一部が割れた。そこから獣の前肢《まえあし》が、鼻先が、胴体が盛りあがるように出てくる。

(あれは——長崎屋の化け物!)

屋根の上に下りたった獣は、四方八方から飛んでくる白い光を跳びあがってはくわえ、跳びあがってはくわえし、泥の塊の中に鼻面を突っこんでそれらを押しこんだ。白い光は紙のように薄っぺらく、大小の差はあれど、すべて人の形をしていた。では、あれらも誰かの肉体から抜きとられた人魂だったのか。

(魂をとられたこの男は犬病になった。まさか犬病も長崎屋の化け物のしわざか!)

鶴松に伝えなければ。だが、このままでは。屋根の上の獣が間近に迫り、とっさに背中の倶利伽羅剣《くりからけん》に手をやった。だが、その手は空をかいた。ない。それはそうだ、倶利伽羅剣は実体とともに木の上に残してきている。

『ひとつ、真言《マントラ》を教える。不動明王法、慈救咒《じくじゅ》だ』

雷光が閃《ひらめ》くように鶴松の教えが脳裏をよぎった。

『菊乃は倶利伽羅剣を難なく使えただろう? 倶利伽羅剣は不動明王の霊剣だから、不動明王法はきっと菊乃に合ってる』

菊乃は男を懐に抱えこみ、両手で覚えたばかりの「剣印《けんいん》」と呼ばれる印を結んだ。

「ナウマク・サンマンダ・バザラダン・カン、ナウマク・サンマンダ……ッ」

男が悲鳴をあげる。菊乃は一心に真言を唱える。牙《きば》に覆われた口を開いて待つ獣がもう目の前に。だめだ、間に合わな――

そのとき身を貫いた「恐怖」は、生前感じたどんな恐怖よりもなお凄惨《せいさん》で、そしてもっと単純で、飾り気がなかった。これは——私の恐怖ではない。では、誰の……？

気づけば、菊乃は黒い泥の海に身を呑まれかけていた。

ひどい悪臭だ。四方を見まわしても、どこもかしこも黒い泥があふれるばかり。

いや、よく見れば、あちこちに泥に呑まれた人の姿を見つけることができた。すぐそばには、さっき犬になった男もいた。その体もなかば埋もれ、目は生気を失い、虚《うつ》ろだ。

菊乃は呼吸を整え、剣印を結んで目を閉じた。ここはおそらく泥の塊の中。だとしたら、今、自分は邪気に包まれている。落ちつけ、と心に言いきかせる。もう二度と邪気に囚《とら》われまいと心に誓った。ならば大丈夫。

心が鎮まっていく。菊乃は目を開き、ふたたび周囲に目をこらした。

泥の先で、なにかが動いていた。

犬だ。ひどく汚れている。もとは白い毛だったのが、泥や赤黒いものがこびりついて塊になっている。垂らした尾を足の間に入れ、うろうろしては『クゥン』と鳴いている。

この犬だ。さっき感じた恐怖は、この犬のものだ。

『どうしたね、そんなに鳴いて。腹が減ったのかい？』

声が降ってきた。犬の恐怖が極限までふくれあがり、同時に泥の海が波打ちはじめる。

『おかしな子たちだねえ、肉ならば、新鮮なのがたんとあるではないか。食え。さあ、はやく食いあえ』

男が穴を覗《のぞ》きこむように、泥の天頂から犬を見下ろしている。犬は泥の奥に逃げこみ、肋骨《ろっこつ》の浮いた体を震わせた。まるで犬の恐怖が伝播《でんぱ》したように、人々が叫びはじめた。

「こわい……こわい、助けてくれえ……っ」

菊乃もまた凄《すさ》まじい恐怖に動きを縛られ、絶叫する。

――オン・アモキヤ・ビロシヤナ・マカモダラ・マニ・ハンドマ・ジンバラ・ハラバリタヤ・ウン……

そのとき、鶴松の真言が聞こえた。はっと目を見開き、周りを見まわす。

泥をわずかに裂いて、輝く光明が細く射しこんだ。菊乃は乱れる呼吸を必死に整える。失いかけていた自我を懸命に呼び戻す。指、指だ。指に意識を集中しろ。菊乃は右手の指を二本そろえ、闇に掲げた。

「臨・兵・闘・者・皆・陣・列・前・行……！」

教わったばかりの九字。金色の線が指先からほとばしる。縦に、横に編まれた金色の糸が、襲いかかる泥の波頭を砕いて散らす。

外から射しこむ光が増した。腕を伸ばす。届け。届け、届け――！

「無事か、菊乃！」

光が弾《はじ》けた。夜風が汗でぐっしょりと濡《ぬ》れた髪を冷やす。いつの間にか、菊乃は木の上にいた。腕を持ちあげると、そこにあったのは幼子の手のひら。

肉体に戻ったのだ。

第四章

一

「去年の秋、お父《と》っつぁんが野犬に襲われた俺の娘を守ろうとして、犬を怪我させちまったんだよ……」

木を下りると、犬男が正気を取りもどしていた。のろのろと己の素性を語りはじめる姿を見て、菊乃は安堵《あんど》に胸をなでおろす。泥の中から脱《ぬ》けだす瞬間、とっさに男の腕を掴んだのだが、どうやらそれで無事、男の魂を体に戻すことができたようだ。

「捕まって、牢屋《ろうや》に入れられて……、新しい公方《くぼう》さまになってやっと外に出られたのに、犬病になっちまって。犬病は女犬公方のせいだって言うじゃねえか。だから俺はちょっとあの娘をこらしめてやろうと思ったんだ、それだけなんだよ……っ」

木の根元にへたりこんで泣きじゃくる男に、鶴松が弾指をほどこしてやる。男はすこしずつ落ちつきを取りもどし、ぐったりと頭《こうべ》を垂れた。

それ以上、動けそうにない男を寺の僧坊に預ける。夜半にもかかわらず快く男を引きうけてくれた僧侶《そうりょ》に、鶴松が合掌して頭を下げた。

ふたりが波千に戻ったのは、人々が完全に寝静まった丑《うし》の刻近くになってからだった。

「生きてるか」

二階の窓辺にだらりと座り、ぼけえっと神田川の静かな水音を聞いていた菊乃は、寝ぼけた顔で行灯《あんどん》のともった廊下を振りかえった。

鶴松が部屋に入ってきて、「そら」と盆を差しだしてくる。

「左衛門がもう休んでるみたいでな。俺がつくった握り飯でよけりゃ食え」

ありがたい。のろのろと重たい腕を持ちあげ、受けとり、咀嚼《そしやく》する。おいしい。眠い。

「まったく、肝が冷えたぞ。なにかあったら呼べっつったのに」

「返す言葉もない。鶴松の真言がなければ、きっと脱けだせなかったな」

「いや、上出来だ。九字だけで乗りきるとは……なかなかやるな、弟子」

心がぽかっとあたたかくなった。大人になると、人に褒められる機会などそうない。

「上出来だ」なんて言葉をかけてもらったのは何歳ぶりだろうか。

「それにしても、まさか犬病の原因が長崎屋の化け物だったとはな……」

犬を虐げた人間を犬に変えてしまう化け物——それが長崎屋に出る獣の正体。

だが、わからない。そんな化け物がなぜ繰りかえし長崎屋に現れるのか。おちよが嘉七に譲りわたした犬たちはどこへ行ったのか。

『嘉七が笑って、善太郎を見てた。善太郎は震える自分の手を見つめ、そばには……血を流した犬が横たわってた』

握り飯を食べる手が止まる。それに気づいた鶴松が、盆をさらに押しつけてきた。

「今は考えてもしかたねえ。菊乃も邪気を浴びてる。しっかり食って、しっかり休め」

鶴松がてきぱきと布団を敷く。甲斐甲斐《かいがい》しい。自分はよほど危ない状態に陥っていたようだ。実際、体がひどく重かったので、素直にふたつめの握り飯をほおばる。

「もぐもぐ……ぐうう」

「食べながら寝ないのっ」

口の中に残った飯粒を呑《の》みこみ、ふと「どこへ行くのだ」と顔をあげた。布団を敷きおえた鶴松が部屋を出ていこうとしていたのだ。

「下で般若心経《はんにゃしんぎょう》でも唱えてくる。……にわか仕込みの弟子があれだけがんばったってのに、師匠がこんなありさまじゃ恰好《かっこう》がつかねえだろ」

気まずそうな鶴松をほほえんで見送り、睡魔に負けた菊乃はこてっと布団に転がった。

未明からぽつぽつと雨が降りだし、土砂降りの悪天候で朝を迎えた。天気は大荒れとなったが、体は前夜よりもずっと楽になり、ほっとする。

朝から左衛門を手伝って舟宿の掃除をし、昼まで鶴松から験力の鍛錬を受ける。それがいち段落したところで、菊乃は改めて昨晩のことを思いかえした。

「鶴松、あの泥の中には大勢の人の魂が捕らえられていた。すべて犬病となった人々の魂なのだろう。降魔《ごうま》をすれば、あの者たちのことも助けられるか」

怪我した右肩の調子を確かめるように軽く腕を伸ばしながら、鶴松が眉《まゆ》をひそめた。

「あの糞尿《ふんにょう》投げつけ野郎の魂は体に戻れた。なら、化け物を降魔できりゃみんな助かるはずだ。ただ……無事では済まないだろうな」

邪気に長く触れつづけるとどうなるかは左衛門の行く末を思えば想像にかたくない。

（はやく降魔せねば……）

また夜が来れば、あの化け物は人の魂をひっぱりだして犬に変えてしまうのだろう。

だが、もう三度まみえているが、菊乃はいまだ手ごたえを感じられずにいる。

「焦ってもしかたねえ。なんにせよ、降魔において肝心なのは化け物の正体を摑《つか》むことだ。今は決め手を欠くが、正体さえわかりゃ打つ手も見えてくる」

「そういうものか」

鶴松は文机《ふづくえ》の上に、短冊に切った紙と版木、墨や水桶《みずおけ》を並べながら口を開く。

「この世のものじゃないものがこの世にとどまってる。そこには必ずわけがある。今は闇雲に剣を振りまわし、効きめがありそうな真言《マントラ》を適当に唱えるしかできないが……」

「水を求める者に火を与えたところで救いにはならない、ということだな」

「そういうこと。ともかく重蔵の報《しら》せを待つしかねえ。と言っても、ただ待つだけは辛《つら》い。だから、すこしでも犬病にかかる奴を減らすために、犬病退散の札を刷りまくる。あいつが犬病のもととわかりゃ、配ってまわらない手はないだろ」

「おお……っ」

「験力をこめて刷れよ。鍛錬にもなるから、ちょうどいい」

菊乃はいそいそと版木と短冊を摑み、鶴松の慣れた手つきをじっと観察した。


激しい雨音の中、ひたすら札を刷る。刷った札は床に広げ、墨を乾かす。足の踏み場もなくなったところで、菊乃は伸びをして立ちあがり、窓から顔を出した。

水嵩《みずかさ》の増した神田川に架かる柳橋に、姿のいい柳の木が一本立っている。

その根元に、善太郎が傘もささずに立っていた。

(来たのか)

だが、期待むなしく善太郎は舟宿までは来ることなく、やがて静かに去っていった。

雨は翌日も降りつづけた。初夏とはいえ、太陽が隠れるとまだ肌寒く感じる。左衛門が貸してくれた手ぬぐいをくるりと首に巻いて、柳橋を見つめる。

そこにはやはり善太郎が立っていた。目が合うと、また逃げるように去っていった。

「またあいつ来てたのか。追わなくていいのかよ」

隣に立った鶴松が大欠伸《あくび》をしながら言う。

「……まだ気持ちが決まりきらぬのだろう。待つ」

一晩中、念仏を唱えていた鶴松は「あ、そ」と窓辺を離れた。

翌朝もまた雨だったが、雲はだいぶ薄くなり、昼にはやみそうな塩梅《あんばい》になってきた。

そして今朝も変わらず善太郎が来ていた。骨接ぎ医のところに行っていた鶴松が柳橋を渡ろうとしたところで、善太郎はさっと身をひるがえして帰っていった。

「あの調子じゃ、いつになったらここにたどりつくかわかんねえぞ、菊乃」

二階に上がってきた鶴松は、濡れた手足を手ぬぐいで拭《ふ》きながらぼやく。

「よい。小さい頃もそうだった。なにを決断するにも、すぐにというのは難しい子でな。けど、待てばちゃんと自分で考え、行動できる子だ」

「なら、このまま待ちつづけるのか？　焦《じ》れてるのが丸出しの顔で外にらみつけて」

「……気が長いほうではないのだ！」

生前も、善太郎が自分から動くまで耐えに耐えて待ったりしたが、時どき我慢できずに「はやく決めよ！」と叱ってしまったことがあった。

菊乃は窓のへりを摑んで「ううう っ」とうなった。

「鶴松、できることはほかにないのか！　動きたい！　動きたいぞ！」

犬病の噂は日々聞こえてくる。夜、雨音にまぎれて犬の遠吠《とおぼ》えが聞こえると、いてもたってもいられなくなる。鶴松は右肩を軽く回しながら「うるせえなあ」とぼやいた。

「俺だって我慢してんの。せっかく医者から、無理ない程度になら動かしていい、っておゆるしをいただいたのにさー」

菊乃が「治ったのか！」と目を輝かせると、鶴松はにやりとした。

「おうよ。これであとは、力さえ戻ってくれりゃあ……」

心の置き所を探っているかのような表情を、菊乃はなにも言わずに見守った。

「あれ、なんだえ、この札。精が出るねえ」

そのとき、廊下を掃除していた左衛門がひょっこりと顔を出した。

「長崎屋の化け物退治に使うんだよ」

「長崎屋……あ、化け物が出たってやつだね。台帳にそう書いてあったけど」

長崎屋のことをすっかり忘れた様子の左衛門に調子を合わせ、鶴松は皮肉げに笑った。

「そ。あそこのお内儀《かみ》は左衛門の芸者仲間だったっけ？　心底、嫌な女だな、あれは」

「これ、鶴松」と菊乃はたしなめるが、左衛門はしかめ面でうなずいた。

「おとくはねえ。勝気で、悋気《りんき》も強くて、本当に嫌な女なんだよねえ」

しみじみとひどいことを言いながらも、左衛門はどこか懐かしそうに目を細めた。

「でも、憎めない女だったよ。嫁いだあとも、よくわっちを訪ねてきてさ、伊兵衛のことで愚痴を零《こぼ》してた」

菊乃は「伊兵衛とは、若旦那《わかだんな》のか」と首をかしげた。

「そうそう。旦那《だんな》にばかりなつくってんで、持ち前の悋気を発揮しちまったらしくてね。伊兵衛が可愛いのに憎らしい、つい辛く当たっちまう、本当は仲睦《なかむつ》まじくありたいのにできないんだ……って泣いてたっけ」

「へえ。そんな殊勝な心があの女にあったとはねえ」

鶴松が呆《あき》れる。菊乃も意外に思った。人の心とはわからないものだ。

ふと、左衛門がこめかみのあたりのほつれた白髪を、落ちつかぬ様子で指でいじった。

「あそこの家はさ、旦那が厄介なんだよ。嘉七って言ったっけ」

菊乃は眉を持ちあげ、鶴松と目を合わせた。

「おとくは貧しい家の出だったから、嘉七の羽振りのよさに惚《ほ》れこんで、よく考えもしないで嫁いじまったけど、芸者に対して羽振りがいいってのは、嫁ぎ先としちゃあ下の下だろう？　女遊びもやめないし、金づかいも荒くて、おとくはずいぶん悩んでた。それに……なんでかね、わっちはあの旦那が怖かった。愛想はいいんだよ。商い上手だし、道楽好きってのも豪商の甲斐性《かいしょう》なんだろうさ。けど、あの男の目。時どきだけど、芸者を見る目がなんだか変でね……まるで自分が虫けらになったような嫌な気分がしたよ」

ひとの旦那さんのことを悪く言うもんじゃないね、と左衛門がごまかすように笑った。

「鶴松、お姫《ひ》いさん、二階にいるか？　ちょいと下りてきてくれ」

階下から待ちわびていた人の声がした。菊乃ははっとして左衛門に頭を下げると、鶴松と競うように階段を転がりおりた。

詰め所に入ると、重蔵がまんじゅうの盛られた皿をふたりに差しだしてきた。

「客にもらったんだが、食ってくれるか。餡子《あんこ》は苦手なんだ」

勢いこんでまんじゅうを受けとり「それで！」と詰め寄る菊乃から身を引きつつ、

「まず先に伝えておきてえことがある。嘉七が行方知れずだ」

早々に口を切る重蔵に、鶴松は摑みかけたまんじゅうを皿に戻した。

「お内儀は、妾《めかけ》と浅草の別宅にいると話していたが」

「別宅にはいねえ。というより、その別宅が問題だ。妙な噂を聞いた。――化け犬屋敷。付近の百姓から、嘉七の別宅はそう呼ばれてやがった」

菊乃は瞠目《どうもく》する。鶴松が切れ長の目を険しく細めた。

「詳しく聞かせてくれ」

「それなんだが、百姓のひとりと会う算段をつけといた。せっかくだ、別宅そのものも見てえだろう？　これから行ってみねえか」

「浅草なら傘さして歩いていけるな。よし、すぐに――」

「失礼します。どなたかいらっしゃいますか。長崎屋です。番頭の平次です」

玄関から焦りに満ちた声が聞こえてきて、三人は顔を見あわせた。


「長崎屋を、助けてほしい？」

詰め所に入ってくるなり、番頭はいきなり鶴松に向かってひれ伏した。

「そうは言われましても、私はお内儀から『無能』と呼ばれ、追いだされた身ですから。お助けしたくとも、お内儀はそれをお望みではないでしょう。無能ですので」

ねちねち言う鶴松に、番頭が必死にとりすがった。

「そんなこと言わないで。あたしは何度も女将さんを説得したんです。でもお聞きにならなかった。強情な方なんです、ご存じでしょう!?」

菊乃は軽く鶴松を肘《ひじ》で突いた。鶴松は渋い顔で言う。

「ほかの祈禱《きとう》師を雇うというお話でしたが、うまくはいきませんでしたか」

「そこら中に塩を撒《ま》いて、エイヤッで終わりです。掃除の手間が増えただけ。鶴松さまのように九字を切ってくださることも、若旦那に会ってくださることもしなかった」

鶴松は深々とため息をついてから、慈愛に満ちた笑みを顔面に張りつけた。

「顔をあげてください。実のところ、こちらとしても長崎屋さんのことがどうにも気にかかり、降魔《ごうま》に向けた準備を進めていたところだったんです」

白々と嘯《うそぶ》く鶴松に、番頭が「鶴松さまあっ」と感涙にむせんだ。菊乃は苦笑する。

「しかし、なぜ突然。あれからなにかありましたか」

番頭は床板の継ぎ目をじっとにらみつけた。

「両隣の薬種屋でまた犬病が出ました。二軒隣の店でも、隣の横丁でも……魚河岸《うおがし》でも人手が足りずに困ってるって話を聞きました。でも、長崎屋からはひとりも出ていない」

「それは、たまたまなのでは」

「見たんです、昨晩。おぞましい化け物が庭の辺りをうろついているのを」

室内の空気がピンと張りつめた。

「気配はあっても、これまで誰も姿を見たことはなかったのでしたね」

「ええ。けど見たんです。黒いどろどろとした、犬のような姿をしていた。本当です！」

普通の人は化け物を見ることはできない。だが、その「黒いどろどろとした」という表現は的確だった。では、本当に見たのか。けれど、なぜ。

「——力が増してる」

鶴松が菊乃だけに聞こえる声で囁《ささや》く。

「集めた魂から人間の生気を吸いとってるのかもしれない。まずいな」

番頭は血の気の引いた顔を鶴松に向けた。

「鶴松さま、前に言いましたよね。化け物が出たら、普通は商いに障りがあるものだって。……そのとおりです、長崎屋の今の繁盛ぶりは明らかにおかしい。客が増え、仕事も続々と入ってくる。もう手がおっついていないんですよ。なのに、どの仕事もしくじることがない。しかも過分な謝礼までいただくこともある。あたしは……怖くって」

「お内儀がうまいこと商売を回しているからではないんですか？」

「女将さんがどうにかできる話じゃないんです！」

番頭ははっと口を閉ざし、座した膝《ひざ》を摑《つか》んで、落ちつかぬ様子で体を揺らした。

「女将さんは懸命に働いてくださってます。けど、要《かなめ》の仕事はどうしたって旦那さんでなければできないんです。なのに……旦那さんがいないのに、どうして」

「その旦那だが、どこを捜しても見つからねえ。行き先に心当たりはあるかい？」

煙管《キセル》をくゆらせていた重蔵が口を挟む。船頭の詰め所を使っているので、船頭姿の重蔵がいるのは当然と思っていた番頭は、いきなり話に首を突っこまれて目を丸くした。

「女将さんは……別宅にいるんじゃないかと……」

「別宅にはいねえ。知り合いの家に身を寄せている風でもねえ。行方知れずだ」

番頭はまじまじと重蔵を見つめ、ふいに腰を抜かしたように後ろに手をついた。

「やっぱり……旦那さん、いないんですか」

「やっぱり？　番頭さん、なにか知ってるのかい」

重蔵に問われ、番頭は視線を宙に泳がせるが、やがて観念したように口を開いた。

「最初はあたしもお妾さんといると思ったんです。けど、いくらなんでもひと月も留守ってのはおかしい。女将さんも口には出さないが不安に思っている様子で……だからあたし、こっそり心当たりを探ってみたんです。けど、いないんですよ、どこにも。そうこうするうち長崎屋が繁盛しはじめて、あたしは店を切りまわすので忙しくなって、旦那さんを捜すことをやめてしまった。……いいえ、忙しいなんて言いわけだったかもしれない。本当はあたしも疑いはじめてたんです。近隣の皆さんの言うとおり、旦那さんは本当に犬病になってしまったのかもって。いや、死んだなんて物騒なことは思っちゃいませんよ！　けど、もしかしたら、どこか山野をうろついてるんじゃないかって……」

菊乃は四日前の晩、長崎屋の前で、番頭と女将とが近隣の薬種屋たちに詰め寄られていたことを思いだす。たしかにそのとき「嘉七は犬病になって死んだんだ」と疑われていたが、なぜ番頭までそんな風に考えるようになったのだろう。

菊乃の疑念を代弁するように、鶴松が「なぜそう思われたのですか」と問う。

「鶴松さまは、女犬公方《くぼう》と呼ばれてる娘をご存じですか」

「知ってます。旦那《だんな》さんに犬を譲った娘ですね」

「ええ。皆さんが、旦那さんが犬病になったと疑うのは、あの娘がたびたび長崎屋にやってくるのを見ていたからです。旦那さんに犬を譲った、犬はどこにいるのかって何度も……。けど、そんなはずないんです！　旦那さんが犬をもらいうけたなんて、あるわけがない。だって、旦那さんは……大の犬嫌いなんだ」

　番頭は周囲の耳を恐れるように声をひそめる。

「小さい頃に犬に手を咬《か》まれ、指が不自由になって、薬種問屋の跡継ぎとしてずいぶん苦労なさった。そのせいか、人目につかないところでは、野良犬を蹴《け》ったり、棒でぶったり……。あれだけはやめてほしかった。誰かに見られたら、長崎屋はおしまいだ。とくに先の公方さまがご存命だったときは、何度、肝を冷やしたことか。店でそれを知ってるのはあたしだけだったから、ずっと……不安で――」

　だから、犬なんかもらうはずがないんだ、と番頭は肩を落として言った。

「番頭さん。私たちはこれから嘉七さんの別宅に向かおうとしていたところです。一緒に来ていただけますか」

二

「波千」と大書された傘が配られる。菊乃は体が小さいので、鶴松の傘に入っていくことになった。

だが、一歩舟宿を出たとき、柳橋を渡った先に善太郎の姿がまだあることに気がついて、菊乃は重蔵を振りかえった。

「傘を一張りもらえるか」

体がすっぽり隠れるほど大きな傘を手に、柳橋に向かう。菊乃に気づいて、善太郎は逃げかけた足を踏みとどまらせ、濡《ぬ》れそぼった体を小さくしてうなだれた。

「これからみなで、浅草にある長崎屋嘉七の別宅に行く。来るか」

これで逃げるならばしかたない。追うつもりはなかった。

「本当に……菊乃さまなのですか」

「菊乃だ。黄泉《よみ》でおぬしの呼ぶ声を聞いたのだ。だから参った」

きっぱりと言うと、善太郎は袖《そで》のうちから巾着《きんちゃく》袋を取りだして握りしめた。

「その石はなんなのだ」

「これは、力石《りきいし》の欠片《かけら》です」

善太郎は巾着袋の紐《ひも》を開け、中に入っていた石の欠片をそっと手のひらに載せる。

「覚えておいででしょうか。俺が幼い頃、宇佐見家の奉公人たちは皆、菊乃さまに歯向かっていました。父上があなたを軽んじるから、それに倣ったのでしょう」

「もちろん覚えているが……」

「菊乃さまはご自分が悪口を言われても気になさらなかった。ですが、俺が陰口を叩《たた》かれていると知ると、たいそう悲しまれ……」

ちりりと頭の奥が痺《しび》れる。竹林でも感じた痺れだが、今回はなかなか消えてくれなかった。むしろ強まる痺れに顔をしかめ——ふっと菊乃は目を見開いた。

（ああ、そうか。力石……）

「善太郎。武家の子が奉公人に悪口を言われたぐらいで、泣いてはならぬ」

「で、でも、善太郎は、は、母上のよう、にっ、つよ、く、ないのです……っ」

菊乃の居室で、五歳の善太郎がしゃくりをあげて泣く。この頃、善太郎は毎日のように、瞳《ひとみ》からぽろぽろぽろと涙を零《こぼ》して、奉公人たちの仕打ちに幼い体を悲しくさせていた。

「母上っ、のよう、に、なりたいのに、なれぬの、です……っ」

わっと畳に伏して泣きだす善太郎を前に座していた菊乃は困りはてた。

「母のようになりたいのか、善太郎は」

うんうんとうなずく善太郎。

「善太郎の目には、母はどのように見えているのだ？」

「母上は、ご、病気でも、泣きませぬ。いじめら、れても、しゃんとして、らっしゃる」

菊乃はふっと笑った。泣かずに生きることが、善太郎にはきっととてつもなく難しいことなのだろう。しばらく考えて口を開いた。

「幼い頃の話だが、母は義侠《ぎきょう》の剣客に憧《あこが》れていた」

突然の昔話に、善太郎は胸を打たれるほど真剣な眼差《まなざ》しで菊乃を見上げた。

「けんきゃく」

「弱きを助け、強きを挫《くじ》く。そういうおひとのことだよ」

かっこいい、と善太郎は素直に呟《つぶや》く。

「うむ。だが、なることはできなかった。母は女だからな。女であるからには義侠の剣客に憧れるなどめったにあることではなく、あきらめざるを得なかったのだ」

「あきらめたのですか？　母上が」

「そうだ。あきらめた。意外か？」

首を上下に動かす善太郎。

「母とてそう強くもないのだ。だからそうしょげるでない」

母もまた弱いのだ。そう知れば、すこしはなぐさめになるかと思っての言葉だった。

だが、そのとき善太郎の純粋な眼差しに宿ったものは安堵《あんど》ではなく、落胆だった。

（――私は、いったい、なにをしているのだ）

ふいに怒りが芽生えた。激しい動揺とともに、体の奥に熱い火がともった。

弱さを見せれば、善太郎が心をなぐさめられる、だと？　なんと不甲斐《ふがい》ないことを思ってしまったのだ。善太郎は弱い。だが、善太郎が泣いているのは弱さゆえではない。身にあまる理想を抱き、その理想に近づけず、悔しくて泣いているのではないか。

――私はどうやって生きていきたいのだろう。

それはいつしか答えを求めることをやめてしまった問いかけだった。

（弱きを助け、強きを挫く。そういう義侠の人に私は憧れた）

なぜ憧れた。憧れの底にあったのは、どんな感情だった。助けを求める人の力になりたい、そんな願いが菊乃の中にあったからではなかったのか。

助けを求める者が、今、目の前にいるではないか――。

菊乃はすっくと立ちあがった。部屋の隅、まるで未練のように飾ってあった新陰流の袋竹刀を手にし、もう片方の手で善太郎の小さな手を握った。

「こちらへついて参れ」

襖《ふすま》を開け、沓脱石《くつぬぎいし》を下りて、庭にある池のほとりまで歩く。山野に見立てて造園された庭で、緩急のある地形に、大岩や野趣豊かな樹木が植わっている。

そこにひとつ、大人の腕で一抱えほどもある、大きな石があった。

「剣術の師範に教えてもらった話で、気に入りの話がある。新陰流のさる剣聖の逸話だ」

修行のために山ごもりをしているとき、剣聖は天狗《てんぐ》に出くわした。幾日にも及ぶ死闘のすえ、ついに天狗を斬りふせるのだが、見ると天狗は消え、あとには一刀両断された巨大な岩だけがあった、という話だ。

「涓滴《けんてき》岩を穿《うが》つ。師範がこの話を引きあいに出し、私に教えようとしてくれたのはその精神。斬れぬはずのないものすら『斬る』と決意し、己を信じて一心不乱に挑んだなら、いずれは大岩をも断ち切る強靱《きょうじん》な力を手にすることができる」

雄々しく語る菊乃を、善太郎はじっと見上げた。

「母はおぬしが思うほどには強くはない。だが、強くありたいと願っている」

善太郎の手をはなし、袋竹刀を両手に摑《つか》んだ。

「ゆえに、ここに誓う。私はこれから毎日、涓滴岩を穿つがごとく、この大石に挑む」

やっ、と短い気合いの声をあげ、菊乃は久方ぶりに袋竹刀を振るった。

すでに若い頃の筋力はない。しかも病におかされた身だ。石は打撃の軽さを嘲笑《あざわら》うように袋竹刀を弾《はじ》きかえした。だが、清々《すがすが》しさが菊乃の体を駆けぬけた。

「雨の日も、嵐の日も、病苦で床に縛りつけられようとも、毎日欠かさずに、私はこの大石に向かう。心を強くし、体を鍛え、そして私は弱き者を守る者となろう」

善太郎を守る者となる。善太郎がいつか自分だけの強さを得るその日まで。

「善太郎はどうする。私とともに、この大石に挑んでみるか？」

菊乃をぼーっと見つめていた善太郎は、急にしゅんとうなだれた。

「……善太郎は……剣は嫌いです」

情けない。菊乃は苦笑する。だが、これが善太郎だ。

「ならば、剣はやめだ。そうだな……善太郎は力石というものを知っているか」

「力自慢の者たちが、重たい石を持ちあげる遊びです」

「うむ。では、善太郎はこの石を持ちあげてみせよ」

「む、むりですっ」

「無理は百も承知。それでも毎日挑むのだ。あきらめずに挑みつづければ、おぬしが大きくなる頃にはきっと、この力石をも持ちあげられているだろう」

菊乃は善太郎とふたり、大石の前にしゃがみこんだ。

「私は竹刀で、善太郎はその腕で。ゆっくりでいい。強くなっていこう。私と善太郎、ふたりで」

善太郎は泣きべそをかきながらも、大きくうなずいた。


「……そうであったな……」

菊乃は呆然《ぼうぜん》として、記憶の奔流から解き放たれた。

「石の前で誓ったことを、菊乃さまはまっとうされた。毎日、力石に挑みつづけ、そして強い心でもって奥向を変えようとなされた。困っている者がいれば、助けに走られた。病魔が体を蝕《むしば》もうとも参じて、力になられた。そのうちに、すこしずつ菊乃さまを信頼する者も増えていきました」

驚きに目を丸くした。たしかに石の前で誓いを立てたあと、ずいぶんやる気を出して、屋敷中を駆けずりまわった記憶はあるが、まさか多少なりとも奉公人から信頼を得られていたとはまったく気づいていなかった。菊乃は「ううむ」と腕組みをする。

「病が重くなってからも、奉公人たちがなにかとあーだこーだと言ってくるものだから、いやがらせだと思っていたのだが」

「馬鹿な！」おもわず叫んで、善太郎ははっと片手で口をふさいだ。

「ご自覚がなさすぎます。お加減の悪いときでも、意地を張って元気なふりをなさるから、奉公人たちもお元気なのだと、かんちがいしていたのです」

「なんともはや……。だが、どうしてあの石の欠片《かけら》がここに？　そもそもなぜ欠片なのだ」

「男姫さま、力石騒動」

「なんだその馬鹿みたいな名の騒動は――あっ」

きょろきょろ視線を動かす。周囲には誰もいない。鶴松と重蔵も先に行かせた。菊乃の大失態は誰にも聞かれる心配はなさそうだ。

石の前の誓いからどれほどたった頃か。あいかわらず一部の奉公人が善太郎を悪く言うので、曲がりなりにもこらえていた怒りをついに炸裂《さくれつ》させてしまったのだ。

「菊乃さまは庭に奉公人を集めた。病の重くなった頃だったのに、力石を持ちあげ、地面から浮かせなさった。そして、最後まで歯向かっていた者たちを一喝なさった」

――見てのとおり、私はおぬしたちが馬鹿にする「男姫」。好きに嫌えばいい。だが、おまえたちの胸に問いたい。なぜ、善太郎まで悪く言う。いずれ己の主君となる男を、なぜそうもないがしろにできる。そこにはいったいどんな信念があるというのだ。もし、「殿がないがしろにするから」などとくだらぬわけで軽んじているなら、十年後、二十年後、この子が立派な主《あるじ》となったとき、己の浅はかさをせいぜい悔いるがいい！

「この欠片は、そのとき、石をおろした際に欠けてできたものです」

ぶわっと冷や汗が出た。要するに、あのとき菊乃はぶちぎれてしまったのだ。

「そ、そんなこともあったな。ほとほと嫌気が差していたとはいえ、おぬしにも恥をかかせてしまって、本当にすまなかった……」

「いいえ。あれから俺の悪口を言う者はなくなりました。最後まで菊乃さまや俺にたてついていた奉公人も、あれで菊乃さまを認めたのです」

菊乃は「そうなのか？」とまごついた。

「だが、あの者たちがわたしに歯向かっていたのは、兼嗣がわたしを男姫と軽んじていたからだぞ。どうして力石を持ちあげる愚行に出たわたしを認めてくれたのだろう」

「それは、俺が――」

言いかけて、善太郎が口ごもる。迷うように目を泳がせ、唇を噛《か》みしめた。

「泣くしか能のなかった俺のことを、いずれ立派な主になると言いきってくださった。それが俺は嬉《うれ》しくて……つい調子に乗って、あのあと、奉公人たちに言ったのです。立派な主となれるよう努めるから、どうかそれまで見守っていてほしいと」

大きな体を縮こませ、善太郎はもごもごと言う。

「菊乃さまの言うとおりでした。奉公人たちが逆らっていたのには、じつは大したわけなどなかったのです。変わらぬ面々で、長いときを狭い屋敷の中ですごすうち、次第に考えが凝りかたまっていっただけだった……。それを自覚したのか、彼らはすこしずつ俺への態度を変えていってくれました。菊乃さまが亡くなられて数年後には、皆、あの日のことをなつかしく語るようになりました。つくづく惜しい方を亡くした、と」

菊乃は善太郎を呆《ほう》けたように見つめた。

(それは私の成果などではない。善太郎ががんばったからではないか……)

菊乃は最後まで奉公人たちの性根を変えることはできなかった。彼らの態度を軟化させたのは善太郎だ。いずれ立派な主になるという幼子の決死の覚悟が、彼らの胸に届いたのだ。菊乃の汚名がそそがれたとしたら、それはただその果ての結果にすぎない。

涙腺《るいせん》がいきなり崩壊しそうになった。

(こらえろ！　せめて今だけは……っ)

目のあたりにぎゅうっと力をこめた……そのときだった。

ふっ、と傘を打つ雨音がとぎれた。

光に透けた雪片が記憶の中をひらひらと舞う。

それとともに、これまで思いだせずにいた最後の記憶が、水底《みなそこ》から浮きあがってきた。

(思いだした)

もはや未練はない。菊乃が最後にそう満足して逝ったのは、なぜだったのか。

(善太郎を見たのだ)

六つの花の舞う中、まだ七つだった善太郎が池のほとりに立っていた。身をかがめ、力石に両腕をまわすと、「ふううううっ」と白い息を吐きだし、顔を真っ赤にしながら石を持ちあげようとした。

母の死を前に、ただ弱々しく泣くのではなく、強くあろうと必死にあがいていたのだ。

(その姿を見て、私は嬉しくて、ほっとして、そして……満たされた思いで逝った)

ああ、もうなにも心配はいらない。もはや未練はない、と——。

うなだれた顔の前に、ぬっ、と手ぬぐいが現れた。顔をあげると、いつの間にか善太郎が目の前にひざまずき、遠慮がちに手ぬぐいを差しだしていた。

受けとり、ぶーっと鼻をかむ。盛大な「ぶーっ」の音に、善太郎がびくっとなった。

「……っ、それで力石は、持ちあげることはできたのか？　ぐずっ」

「はい。城づとめが決まるすこし前に……」

「すごいではないかああ、善太郎おお……！」

もう限界だ。涙が堰《せき》を切ってあふれ、菊乃はむせびながら手放しで褒めたたえた。

だが、善太郎は悄然《しょうぜん》とうなだれる。菊乃は浮きたった心をしずめ、善太郎を見つめた。

「わたしを黄泉《よみ》より呼んだのは善太郎だな。どうして助けを求めた」

改めて問う。だが、善太郎は答えなかった。紙のように白くなった善太郎の鬼面を、幾筋もの雨粒が伝い落ちていく。菊乃はその弱々しい姿を見上げ、口を開いた。

「わたしは助けないぞ、善太郎」

善太郎が息を呑《の》んで顔をあげる。

「善太郎がなにに苦しんでいるかはわからぬが、おぬしはこの菊乃の子。きっと己で解決できると信じている」

「——俺のことを憎んでおいでではないのか！」

身をひるがえした菊乃の背中を、切羽つまった声が追ってきた。

「あの女はあなたが亡くなる数日前にのうのうと戻ってきて、俺付きの女中となりました。なにも知らない俺に馴《な》れ馴《な》れしく話しかけてきた。昔から菊乃さまを尊敬していたと言って。それが嬉しく、菊乃さまが亡くなられたあと、俺はずいぶんあの女になついた。なにもかもを知ったのは、ほんの半年前です。やっと打ちあけてきた。自分が本当の母親だ、菊乃さまには謝っても謝りきれないと言って。若かったのだと……殿の正妻となれる身分のあなたが憎かった、どんな手を使っても貶《おとし》めてやりたかった、と」

「……若かったと言ったのか。おたえが……」

菊乃はおたえの思いがけない告白を胸のうちで繰りかえす。

（ああ、本当に……とうの昔に終わった話だったのだな）

「俺は母が憎い。殿が憎い。なにも知らなかった自分がゆるせない。どうか憎んでいると言ってくだされ、菊乃さま。どんな憎しみも、受けとめる覚悟です」

馬鹿なことを。菊乃はうつむき、ひそかにほほえんだ。

「憎んでなどいない。それどころか、わたしは心底おぬしが愛《いと》しい」

善太郎はかぶりを振る。信じないか。それはそうだ。善太郎は自分を責めている。菊乃がなにを言っても聞かないだろう。

「だが、善太郎はおたえを慕っていたのだろう？　その気持ちに蓋《ふた》をする必要はないぞ」

「……なにもかもが嘘だったのです。なにもかも。すべてが！」

生まれてからの二十二年を否定された善太郎の気持ちを想像することはできない。

武家の子として強くあらねばと力石に挑みつづけ、ついには持ちあげてみせた善太郎。きっと並大抵ではない努力を重ねてきたはずだ。もちろん筋力を鍛えただけではない。すべてにおいて、涓滴《けんてき》岩を穿《うが》つがごとき気構えで挑みつづけたのだろう。

そのすべてが嘘のもとに成り立っていたのだと聞かされれば、宇佐見家を出奔するほどに自暴自棄になったとしても、無理のないことだった。

憐《あわ》れに思う。だが、善太郎はもう弱い子供ではない。

「力石の欠片に手を合わせたのはなぜだ。まさか本気で、わたしが黄泉がえって助けてくれると期待していたわけではなかろう」

「それは……」

「力石に祈ったのは、かつてのように己を鼓舞したかったからではないのか。泉下のわたしに見てほしい姿があるのではないのか。おぬし自身がこうありたいと願う姿が、すでに自分の中にあるはずだ。力石を通してわたしに助けを求めたのは、ただなりたい自分になる勇気が欲しかったからだ。ちがうか」

善太郎は顔をゆがめる。

「成したいと思うことがあるならば成し、なりたいと思う己がいるならば、それを志せ。わたしは助けない」

菊乃は今度こそ踵《きびす》を返した。水嵩《みずかさ》の増した神田川の上を渡りきり、ふたたび善太郎を振りかえって、さしていた傘を息子に向かって差しだした。

来るもよし。来ぬもよし。自分で選べ。

風が吹き、垂れた柳の枝から水の滴が舞い散る。やがて善太郎はためらいがちに一歩を踏みだし、柳橋を渡って、菊乃の手から傘を受けとった。


長崎屋嘉七の別宅は、金龍山浅草寺《きんりゅうざんせんそうじ》を臨む田地の中にあった。

「百姓の爺《じい》さんを連れてくるから、ちょっと待っててくれ」

重蔵を見送り、菊乃は目の前の板塀をしげしげと観察した。別宅を囲う塀の根元は生き生きと伸びた野草に呑まれ、長らく人の手が入った様子がない。ただ、正面の木戸は閉まっていて、中の様子まではわからなかった。

菊乃は善太郎の傘を持つ手が震えていることに気づいた。かたわらの息子を見上げると、いかついその顔はすっかり色を失っていた。

善太郎の傘の下から鶴松の傘に駆け入り、木戸を叩《たた》いた。返事はない。鶴松が戸を揺さぶるが開かない。鍵穴《かぎあな》があるので、中で落とし棒がされているのだろう。

「番頭さん、ここの鍵は持ってはいませんね？」

「旦那《だんな》さんは別宅のことは人にまかせたがりませんでしたから。若旦那だったらもしかしたら持っているかもしれませんが」

「若旦那がですか？」

「はい。旦那さんはたびたび若旦那を別宅に連れてきていたようですから」

女将《おかみ》が「女遊びを教えこんでいるんだ」と怒ったという話か。

「鶴松。重蔵殿をただ突っ立って待っているというのもなんだな？」

鶴松は「そうだな」とうなずく。

「すまぬが火急だ。押しとおる」

言うなり、木戸を力まかせに殴った。ばきゃっと音がして、戸の下方に大穴が開く。

鶴松はもはや慣れきった様子でひざまずき、穴から腕を入れて、中の落とし棒を外した。

「また――なんてこと……困ります、旦那さんに知られたら、あたしが叱られてしまう！」

慌てる番頭を無視して別宅の庭に踏みこんだ菊乃は、足を止めた。

全身が冷たくなる。異様なまでに重苦しい空気。耳鳴りがするほどの圧迫感。

「ひでえ邪気だ。昼だから薄れてはいるが、長居はまずそうだ。それに、この臭い……」

獣臭い。長崎屋で、そして泥の塊の中で嗅いだものと同じ臭いだった。

「家の中はどうなっているんでしょうね、菊坊や」

草木の枯れた庭の奥にあった邸宅を前に、鶴松が菊乃に目配せをして言う。番頭が「やめてくださいよお！」と叫ぶのを背に、「たのもう！」と引き戸を押した。すごい音がして、戸が溝から外れて中に倒れる。番頭が頭を抱えて「あたしは外にいますからねっ」と木戸の外に戻っていった。

室内は空気が澱《よど》み、床には埃《ほこり》が塊となって転がっていた。部屋には価値のありそうな掛け軸や、輸入物の家具が置かれていたが、やはりしばらく人が入った様子はなかった。

「邪気が薄いな。ここよりも庭のほうが息苦しく感じる……」

鶴松が呟《つぶや》く。菊乃はふと、文机《ふづくえ》に無造作に置かれている書物に気づいて眉根《まゆね》を寄せた。

なぜ、その書物に意識がいったのか。

おそらく表紙に書かれた題字に「犬」の字を見かけたからだろう。

だが、それ以上にその書物からは異様な禍々《まがまが》しさが感じられた。

「犬《けん》……蠱《こ》？」

見慣れぬ言葉だ。菊乃は鶴松を呼んだ。

「鶴松、これを……」

鶴松が振りかえって、書物を受けとる。

「鶴松さま、船頭さんが戻ってきましたよ！」

玄関から番頭の声が聞こえ、鶴松がひとまず書物を懐にしまった。

「長崎屋さんがここに家を建てたのは五年ほど前でしたか。芸者衆を連れこんで、夜おそくまでどんちゃん騒ぎをするもんで、ずいぶん困った人が来たと思ったもんですわ」

連れられてきた老人は庭に入ることを頑《かたく》なに拒み、道に立ったまま話しはじめた。

「ところが、先の公方《くぼう》さまが亡くなられた頃から様子が変わった。女たちが来なくなったかわりに、柄の悪い浪人が入れかわり立ちかわり来るようになったんです」

　菊乃は善太郎に目をやる。善太郎は木戸のそばで蒼白《そうはく》になって立ちつくしている。

「時どき、息子らしい若いのも来てたねえ。貧相な坊やだった。お父《と》っつぁんが怖いみたいで、ずいぶんびくついてましたわ」

「若旦那がびくついていた？」

　番頭が動揺する。先日、番頭は「伊兵衛は嘉七を慕ってどこへでもついていった」と話していたが、びくついていたとはどういうことだろうか。

「その頃からです。ここの庭から、盛んに犬の鳴き声がするようになったのは」

　どきりとして、菊乃は息を詰めた。

「ずいぶんな数の声がしましたね。あまりに騒々しいんで、村の連中と『いい加減にしてくれ』と押しかけたこともあった。ところが、犬なんてどこにもいないんですよ。長崎屋さんも『なんの話ですか』と笑うばっかりで……」

　いないとわかっても不安は募った。生類憐みの令が取りさげられて以降、近くの村から物騒な話が聞こえてきていた。「お犬さま」に苦しめられてきた憂さを晴らすため、人に飼われた犬に石を投げたり、さらって殺したりする輩《やから》が増えているというのだ。

「わしらにとっちゃ、犬は大切な仲間です。田畑を荒らす獣を追いはらってくれる。もし長崎屋さんが犬をひどい目に遭わせてるんなら、なんとしても止めにゃあ。そう思い、ちゃんと話しに行くべきだということになって、また数人で訪ねてみたんですが……」

嘉七は苦笑しつつも敷地の中を好きに探らせた。だが、やはり犬はどこにもいない。

「それでも、犬の鳴き声は聞こえてくる。それで思ったんだ。こりゃあ生きた犬じゃねえんだ。わけまではわからねえが、犬が化けてこの家に取り憑《つ》いてんだって」

そうしてこの家はじきに「化け犬屋敷」と呼ばれるようになったという。

「近頃、声を聞かなくなりました。かわりに、ここの前を通ると寒気がする。なにかがじっと息をひそめて、隠れてるような気がするんですわ」

話したことで肩の荷が下りたのか、老人は深く息を吐いて深々と頭を下げた。

「名のある和尚さまだとか。どうか念仏を唱えてやってくだされ」

鶴松が合掌すると、老人は重蔵の見送りで田んぼの中の畦道《あぜみち》を去っていった。

菊乃と鶴松は顔を見あわせた。番頭は今の話にすっかり青ざめ、言葉もない。

「出入りしてた浪人ってのは、おまえのことだろう？」

鶴松が善太郎を振りかえった。それでも黙ったままの善太郎に舌打ちし、鶴松は水たまりを蹴《け》散らし、善太郎に詰め寄って険しくにらみあげた。

「いつまでも、『菊乃さま』がここにいると思うなよ。言いたいことがあるなら、今言え。明日にはもう黄泉《よみ》に戻っちまってるかもしれねえんだぞ！」

鶴松のいきなりの乱暴な口調に、番頭がおろおろとする。だが、善太郎が口を開きかけたそのとき、畦道の向こうから重蔵が屈強な体軀《たいく》の若い男を連れて戻ってきた。

「鶴松。もうひとり話を聞いてほしいって人が出てきたんだが……邪魔したか？」

鶴松は剣呑《けんのん》な表情を消し去り、「お百姓さんですか？」と穏やかに訊《たず》ねた。

「いや、穴蔵師だ」

穴蔵。菊乃は身を強張《こわば》らせ、穴蔵師を不安な思いで見つめた。

江戸は火事が多い。火事のたびに家財を運んで逃げるのは厄介だし、逃げおくれる原因にもなる。そこで財力のある武家屋敷や商家では、床下や庭などに穴蔵を掘り、いざ火事となったら家財をそこに隠して、身ひとつで逃げられるようにしていた。穴蔵師とはそうした穴を専門で掘る職人のことだ。聞けば、近隣に家を構えていると言う。

「こちらの船頭さんが、ご高名な降魔《ごうま》師の方が化け犬屋敷の話を聞きたがっているってあちこち声をかけていたもんだから、あっしの話も聞いてもらえないかと思いまして」

重蔵の傘の下、穴蔵師は土のこびりついた両手を落ちつかぬ様子で擦《こす》りあわせた。

「あっしの掘る穴蔵は頑丈だってんで、ありがたくも麴町《こうじまち》や日本橋の大店《おおだな》にも贔屓《ひいき》にしていただいておりやす。そのうちのひとつが長崎屋さんだ。嘉七の旦那には店下に穴蔵を掘るときにお世話になりやした。番頭さんともお会いしたことが……」

番頭は鶴松に向けて小刻みにうなずく。穴蔵師の顔に覚えがあったのだろう。

「その旦那が今年に入って『別宅にも穴蔵を掘ってほしい』と言ってきたんでさ。だもんで、まず『どういう穴がいいのか』とおたずねしやした。穴蔵とひと口に言っても、大きさも形もさまざまですから。そしたら旦那が妙なことを言いだして……」

深ければ深いほど、大きければ大きいほどいい。何十四もの犬を「保管」しておけるような、そういう穴がいい。――そう笑って言うのだという。

「あの笑い方……すごく嫌な感じだった。それが顔に出ちまったんでしょうね、旦那はすぐにこう言いました」

――物のたとえだよ。言葉どおりに受けとってもらっちゃ困ります。

「結局、手間賃もよかったんで引きうけました。親父が体を悪くして、銭ならいくらでも欲しいときだったんで。手下も呼んで、ひと月かけて穴蔵を四つ掘ったんです」

ところがその直後からだった。別宅から犬の声が聞こえると噂が立つようになった。

「暇を見つけては、ここの様子を見に来るようになりました。妙なことに巻きこまれちまったんじゃねえかって恐ろしくて。そのうち、怪しげな浪人が出入りするのを見かけた。塀のせいで中の様子は見えねえが、浪人が入っていくとしばらくして……」

穴蔵師はぶるぶると震える手で耳をふさいだ。

「犬が鳴くんです。なにをしたらあんな声で鳴くのかってぐらいむごい鳴き方でね。そのうち声が聞こえなくなると、浪人が笑いながら出てくるんです。それで言うんですよ」

――嘉七も妙な男だ。犬が嫌いならば、自分で斬ればよいものを。

その場にいた全員が言葉を失った。ようやく鶴松が億劫《おっくう》そうに口を開いた。

「その穴蔵まで、案内をお願いできますか」

穴蔵師の足が止まったのは邸宅の裏手だった。枯れ草すらない地面に砂利が敷かれ、雨で跳ねた泥によって茶色く汚されている。

（ああ……、たしかにここの邪気はとびきりきつい）

菊乃は鶴松のさしかけた傘から出て、その場にしゃがみ、濡《ぬ》れた砂利を手で払った。鶴松、重蔵、穴蔵師や番頭も傘を捨て、雨に濡れるのもかまわず一緒になってそれを手伝う。ふいに、菊乃のかたわらに善太郎がひざまずいた。大きな両手で砂利を払う。次第にその動きが激しくなり、善太郎はその場の誰よりも必死になって砂利をどかした。

蓋板《ふたいた》が現れた。残った砂利もきれいにのけて、重蔵が板に手をかける。

持ちあげた瞬間、強烈な腐敗臭がのぼってきて、うっと鼻を袖《そで》でふさいだ。

「そこに穴蔵に下りるための梯子《はしご》があります。持ってきましょう」

穴蔵師がもはや泣きながら邸宅の脇から持ってきた梯子の脚を、穴蔵の床面に開いた穴に差しこみ、固定する。鶴松が、次いで菊乃が梯子を下り、最後に善太郎がつづく。わずかに浸水しているのか、濡れたものが草履の端から入りこみ、足を冷たくした。

「菊乃、倶利伽羅剣《くりからけん》を貸してくれ」

菊乃の背負った鞘《さや》から剣を抜きとり、鶴松は剣先に炎を顕現させた。赤々とした火が、穴蔵の中を明るく照らしだす。

掘りっぱなしの穴蔵は思ったよりも広かった。天井は鶴松が立って歩ける高さがあり、奥のほうは大人が何人も横になって寝られるほどの幅があった。

そこに折り重なるようにして、おびただしい数の骨が転がっていた。

人骨ではない。明らかに四つ肢《あし》の獣。まだ肉のついたものも残っていたし、いくつかは頭部がそのままの姿で残されていた。その数は、十四近い。

「犬だな……」

鶴松が疲れきった声で呟《つぶや》いた。

『犬を見た？　二匹……ううん、十四、もしかしたらそれ以上』

おちよの声がよみがえる。これまで感じたことのない怒りが小さな体を貫いた。

「おぬし、なにをした。――ここでなにをさせられたのだ、善太郎！」

菊乃は呆然《ぼうぜん》とたたずむ善太郎に体当たりした。怪力のせいか、それとも善太郎に抵抗する気がなかったからか、その大きな体はどうっと穴蔵の湿った床に倒れこんだ。

「……犬を、斬り申した」

色の失《う》せた顔を苦悶《くもん》にゆがませ、善太郎は目に涙を溜《た》めながら明かした。

「嘉七に命じられ、犬を、斬りました……っ」

「家を飛びだしたはいいものの、市中は仕事にあぶれた浪人ばかりで、雇ってくれる武家などどこにもなく……ようやく得たのが、長崎屋嘉七の用心棒の仕事でした」

そう善太郎が語ったのは、四つの穴蔵すべてを改めたあと、ひどくなった雨から逃れるために邸宅の中に入ってからだった。

「俺のほかにも幾人かの浪人が庭に集められた。用心棒の仕事だと聞いていたが、嘉七は木戸を閉めると言ったのです。犬を斬れ、と」

連れてこられたのは、綱につながれた犬たちだ。尾を垂らし、怯《おび》えた目をした犬たちを前に、嘉七は言った。「犬を斬れば、一匹につき一両をくれてやろう」と。

「最初はためらっていた者たちも、報奨金の額に目の色を変えた。世間に憎まれている犬を斬って一両もらえるならと、無抵抗の犬に向かって刀を振るった。鳴き声が次々とあがり、犬たちは血を流して倒れました。それを見て、俺は……動けなくなった」

まだ寒い季節だ。倒れた犬たちから流れる血からは湯気が立ちのぼり、それがまるで魂が抜けていくさまに見え、恐ろしさに息があがった。

そんな善太郎を見て、嘉七は嗜虐心《しぎゃくしん》をかきたてられたようだった。

『おや、どうしました？　まさか躊躇《ちゅうちょ》してらっしゃる？　人を斬れと言ってるわけじゃないんですよ。犬です。犬を斬ったら一両くれてやると言ってるんだ』

『なぜ、こんなことを。どうして犬を斬るなどと……』

絞りだすように訊《き》くと、嘉七は喉《のど》の奥で笑いながら、右手を掲げた。

第一関節から先のない人差し指と中指とを見せつける。

『なぜって……だってあたし、犬が、大嫌いなんですよ』

嘉七は先に犬を斬った浪人たちに目配せした。浪人たちは意図を察した。生類憐みの令は廃されたとはいえ、大っぴらな犬殺しはいくらなんでも罪に問われるはずだ。ひとりでも嘉七に逆らう者がいて、それが番所に駆けこみでもすれば全員がお縄になる。

『犬を斬るか、俺たちに斬られるかだ。どうする』

浪人たちは笑いながら言った。恵まれた体軀を持ちながら、みじめに震える善太郎の姿に、嘉七と同じように、ゆがんだ嗜虐の心を抱いたようだった。

木戸は閉じられている。犬の血で赤くぬめった抜き身の刀を手に、浪人たちが迫ってくる。善太郎は逃げ場を失った。浪人が綱をかけられた仔犬《こいぬ》を引きずってくる。浪人のひとりが煽《あお》るように刃《やいば》を振りかぶった瞬間、善太郎はとっさに刀を鞘から抜きはなった。

そして、綱をうんと張って逃げようとする仔犬めがけて、刃を振りおろした――。

(泥の塊の中で見た白い毛並みの犬は、ここで殺された犬の霊魂だったのだな)

白い犬は怯えきって、泥の中で心細げに鳴いていた。

(綱につながれ、逃げることもゆるされず、どれほど恐ろしかったろう)

あまりの痛ましさに、菊乃は目を伏せた。

長崎屋に出る獣の化け物、あれは嘉七に殺された犬の怨霊《おんりょう》だったのだ。「我が主《あるじ》」とは嘉七のことで、憎しみから嘉七を捜しまわっているのだろう。

(おちよになんと言えばいい)

おちよが嘉七に譲った犬はみんな殺された。そこには息子も関わっていた。そう言って伏して詫《わ》びればいいのか。生前、義俠心《ぎきょうしん》を持って悪人を成敗してきた自分の育てた子が、逃げることもできない犬を斬ったなど、どう受けとめたらいいというのか。

「嘉七はどこにいる。すぐにも見つけだし、己がした悪行を思い知らせてやらねば」

菊乃が憤って呟くと、番頭が高い声で叫んだ。

「勘弁してくれ！　こんなことが世の中に知られたら、長崎屋はおしまいだ。お願いだ、どうかこのことはここだけの話に……！」

「それでは犬たちの魂が浮かばれぬ」

「小僧さん、そんなこと言わないで。祈禱《きとう》料は弾みますから。ね、鶴松さま！」

菊乃はどう答えていいかわからなかった。番頭が涙ながらに訴える姿は憐《あわ》れだった。嘉七のいない店を必死になって守ってきたのだろうに。

「——嘉七に殺された犬の怨霊が現れてるのに、なぜ、長崎屋は富み栄える？」

ふと、鶴松が呟いた。その目が険しく見つめていたのは、さっき菊乃が渡した書物だ。

「おまえは我が主か……」

「鶴松？」

「穴蔵はぜんぶで四つ。犬の亡骸《なきがら》は、数えられた分だけでも三十匹。おちよやお囲いの人たちが譲った犬以外にも、嘉七は犬を集め、殺して楽しんでいたんだろう。四つの穴蔵のうち、三つに入っていた骸《むくろ》には刀傷があった。浪人どもに殺された犬たちだ。けど、うちひとつ……最初に開けた穴蔵の亡骸には刀傷がなかった。あったのは、食いちぎられたような跡や、咬《か》み傷だけ」

そうだったろうか。あまりのむごたらしさに、亡骸のありさままでは見ていなかった。

「穴蔵にいた犬は多分、共食いで死んだ。嘉七がいなくなって、面倒を見る人間がおらず、飢えて共食いをはじめたのか、そうでなけりゃ……」

ぐしゃりと書物を握りつぶし、鶴松は呆然としている番頭に目をやった。

「番頭さん。このまま日本橋に向かいます。若旦那《わかだんな》にお会いしたい」

「そ、そんな、やめてください。旦那さんが犬殺しってだけでもひどい話なのに、もし若旦那までこれに関わってるなんてことになったら、長崎屋は……っ」

「うるせえ！　いいか番頭、これはもう長崎屋だけの話じゃねえんだ！」

一喝され、番頭は竦《すく》みあがった。

「このままあれを放っときゃ、今にこの江戸は『犬』だらけになる。犬しかいねえ町で、それでも長崎屋は富み栄えるだろう。そんな薄気味悪い光景が見たいってのか！」

「どういうことだ、鶴松」

菊乃が問うと、鶴松は怒りに満ちた表情で言った。

「あれはただの犬の怨霊じゃない。人の手によって造りだされた犬蠱《けんこ》――狗神《いぬがみ》だ」

「なんだい、平次、今までどこに……鶴松さま!?　いったいなにしに……ちょっと、勝手に入らないどくれよ！」

客が行列をつくる長崎屋の暖簾《のれん》をくぐり、応対にあたっていた女将《おかみ》のわめきを無視して、土間から通り庭、台所を抜け、伊兵衛のいる離れに上がった。番頭を先頭に、鶴松、菊乃、そして善太郎の順だ。

薄暗い廊下の奥。札がわんさと貼られた襖《ふすま》の前で、鶴松は声をあげた。

「伊兵衛さーん、鶴松です。開けてもらえますかねえ」

柄悪く声をかける鶴松の袖《そで》に、あとを小走りに追ってきた女将がとりついた。

「いったいなんだってんだ！　今さら挽回《ばんかい》しようったってもうおそい……痛っ」

急に女将が手をひっこめた。鶴松が怪訝《けげん》そうに振りかえり、女将の腕をすくいあげた。

「手首が腫《は》れてるな。どうした」

「どうしたって……べつに」

鶴松の口調に面食らったのか、いきなり腕をとられて驚いたのか、女将がまごつく。

「今朝、隣の女将がいきなり摑《つか》みかかってきて、よけた拍子にぶつけちまったんだ。あの女、子供まで犬病になったって……あんなにあたしを責めてたくせして、もう勘弁してくれって泣いてすがってきて……なんだってんだ。あたしは本当になにも——」

「おっ母《か》さん、怪我をしたの……？」

襖の奥から声がした。女将はキッと襖をにらみつけた。

「だったら、なんだってんだい！　嘉七がいないってのに、嘉七から商いを学んでるはずのあんたがこのざまで、あたしがどれだけ苦労してるかわかってんのか！」

中でびくついたような物音がした。それきり音は途絶えて消える。

「なんだい、不満があるんならはっきり言えってんだ。いつも人の顔色をびくびくうかがって。これじゃまるで、あたしがあんたをいじめてるみたいじゃないか！」

鶴松が「ガミガミ女」と小声で毒づく。菊乃も首を振って、襖の引手に手をかけた。

「たのもーう！」

溝から外れた襖がひっくり返って、襖に張りついていたらしい伊兵衛が尻《しり》もちをついて悲鳴をあげた。鶴松が中に押し入って、言う。

「伊兵衛。知っていること、ぜんぶ話せ」

「なにを……」

「別宅だ。浅草の別宅でなにが起きた。嘉七はどこにいる」

「知りません、父がどこにいるかなんて！」

声を荒らげた伊兵衛は、自分の声に驚いたように蒼白《そうはく》になった。

「……お父っつぁんは、女のひとのところにいるんです。放っておいてください」

「あれあれ、薄情な子だよ。あれだけ嘉七にくっついといて、放っておけだなんて。はあ、どいつもこいつもなんて手前勝手なんだろう。苦労してるのは、いつもあたしだけ！」

ふたたび口を開いた女将は、声高に愚痴をまくしたてる。伊兵衛はすっかり畏縮《いしゅく》してうなだれた。鶴松は辟易《へきえき》として耳に指を突っこんでいたが、突然、

「あーもう……っうるせえええええっ」

読経《どきょう》の名手である僧侶《そうりょ》の声は実によく響く。伊兵衛も女将もびびっと体を震わせた。

「親子喧嘩《げんか》はあとにしろ！　こっちはそれどころじゃねえんだよ。いや、いっそのこと

今すぐ喧嘩をぶちかませ！　で、さっさと終わらせて、俺の話を聞け！」

凍りつく親子を尻目《しりめ》に、菊乃は「ふむ、そのとおりだな」とうなずいた。

「女将。おぬし、伊兵衛と仲良くしたいのだったな」

鶴松の剣幕にぽかんとしていた女将が「はえ？」と間の抜けた顔を菊乃に向けた。

「では、ここらでひとつ、ぱっと仲直りをしてくれ。話が進まぬ」

「な――なんだい、あんた……仲直りだって？」

「左衛門殿が言っていたぞ。伊兵衛が嘉七にばかりなつくから、女将は拗《す》ねているのだと。わかるぞ、悲しいよな。可愛がっていた息子が、自分ではない者になついたら」

うんうん、と腕組みしてうなずく。

「わたしも、おたえが善太郎と手をつないでいるのを見たときは、本当に……」

ぼやくと、隅に黙って控えていた善太郎がわずかに顔をあげた。

「けど、嫉妬《しっと》はみっともない。子供に当たり散らすのもよくないな。同じ母として、見すごせぬ。意固地はほどほどにして仲睦《なかむつ》まじくせい」

「な、なんだい、不気味な小僧だね、頭大丈夫かい。嫉妬って……そんな……」

気味悪そうにしていた女将の顔が、「嫉妬」のひとことにみるみる赤くなっていった。

伊兵衛がまじまじと女将を見上げる。女将は真っ赤になったままうつむき、それ以上、言葉が出てこない様子だ。鶴松は「はい、黙ってくれてどーも」と皮肉を言った。

「お内儀《かみ》には喧嘩する気がねえようだから、話をつづけさせてもらうぞ。――伊兵衛。

長崎屋にやってくる獣の化け物。あれの正体がなんなのかわかるか」

「……わかるわけない」

「なら、これはどうだ」

鶴松は懐から『犬蠱《けんこ》』と題された書物を取りだし、床を見つめる伊兵衛の前に置いた。

その瞬間、伊兵衛は短く悲鳴をあげ、床に尻をついたまま後ずさりした。

鶴松は目を険しくした。

「──知ってるんだな」

「知らないっ」

頑《かたく》なな伊兵衛をじっと見つめ、鶴松が「なあ、伊兵衛」とふたたび女将を指さした。

「あの意固地なおっ母さんは、大好きなおまえが嘉七にばかりなつくから嫉妬しちまったんだとさ。けど、おまえ、本当にお父《と》っつぁんが好きだったのか？」

「そんな──誰があんな男……嫌いだ、私だってあんな奴、大嫌いだ！」

え、と女将が伊兵衛を振りかえった。

「けど、あんた……ずっと嘉七にくっついてまわって……」

「ついていかないと、なにをされるかわからないじゃないか！」

困惑して言葉をなくす女将を、伊兵衛はすがるように、そして責めるように見つめた。

「おっ母さんに助けてほしかった。お父っつぁんから引きはなしてほしかった。なのに、おっ母さんは福太郎ばっかりで、だから……っ」

伊兵衛の顔が禍々《まがまが》しく歪《ゆが》んだ。

「だから、自分で――」

鶴松は伊兵衛の目を覗《のぞ》きこむようにして訊《たず》ねた。

「嘉七は、生きてるのか」

菊乃は目を見張る。伊兵衛は眼球を忙《せわ》しなく動かす。

「……食わせた。あの犬に。もう死んでる……」

番頭が「へ？」と声を漏らし、女将が息を呑《の》んで口元に手をやった。

「嫌だったんだ。あいつに別宅に連れていかれるたびに、犬を痛めつけろって。いつも私にやらせて、にやにや笑って見てる。いつも、いつも！　逆らったら、『おまえがかわりに犬になれ』って。わんわん吠《ほ》えろ、棒で叩《たた》かれたら高く鳴けって。どうしたらよかったんですか。誰も助けてくれないなら、自分で自分を守るしかないでしょう？　ねえ⁉」

「自分で自分の身を守ったんだな？　なら、よくやった」

鶴松がきっぱりと言う。思いがけない反応だったのだろう、伊兵衛は言葉をなくした。

「下種《げす》野郎に全力で抗《あらが》ったんだろ。大した奴だ。俺なら歯向かうこともできなかったよ」

悔恨のにじむ言葉の意味を理解したのは、菊乃だけだったろう。寺の僧に嬲《なぶ》られても、抵抗ひとつできなかったという鶴松の声色は、事情を知らない伊兵衛の頑なな心にも届くほど、優しく、慈しみに満ちていた。

「責めたいわけじゃねえ。教えてほしいだけだ。この書物、どこで手に入れた」

血走っていた伊兵衛の目がじっと鶴松を見つめる。信じるに足る男かどうかを見定めるように。やがて、伊兵衛は肩から力を抜き、ぽつりと呟《つぶや》いた。

「……父が買ったものです。禁書を扱う行商人から」

深々とため息をつく鶴松のそばに、菊乃もまたひざまずいた。

「いったい、どういうことだ。この書物があの化け物とどう関わる？」

「人が犬を毛嫌いするようになってからこっち、この手の書がひそかに出回るようになった。中に書いてあるのは、犬を痛めつける方法。磔《はりつけ》にするやり方だの、生皮を剝《は》ぐ方法だの……胸くそ悪くて、これ以上は口にしたくもねえ」

「そんなもの、売れるものなのか」

「ご政道に異を唱えたい奴、世の中に不満がある奴、そういう輩《やから》は腐るほどいるからな。これもその一種だ。書いてあるのは、犬を用いた呪術《じゅじゅつ》――蠱術《こじゅつ》について」

「こじつ……」

はじめて口にする語感に、久しぶりに舌足らずがよみがえる。

「生き物を用いた呪術は、古今東西数知れずあるが、中でも蠱術は異質だ。清国から伝わったもんだが扱いが難しく、使い手がきわめて少ない。俺も知り合いにひとりいるぐらいだな。……けど、読んでみろ、この書には術者でもなんでもない普通の人間でもわかるよう、術の作法が詳しく書かれてる。……台密において秘法を口外するのは禁忌だが、大金欲しさに秘法を売る破戒僧はそれなりにいる。蠱術師の世も同じようだな」

皮肉げな口ぶりで言って、書物を渡される。菊乃は目を通し、顔をこわばらせた。

「蠱術でよく知られてるのは蠱虫《こちゅう》。簡単に言うと、空の甕《かめ》に百種の虫を入れ、餌を与えずに放置する。すると飢えた虫は共食いをはじめる。最後に残った一匹は百種の中で最恐の虫――蠱虫となる。蠱虫は放てば、憎い相手を呪い殺すことができる。あるいは他人の家の財を奪わせ、術者の家を豊かにすることができる」

「術者の家を……豊かに」

「この書に書かれてるのは、虫を犬に置きかえたやり方だ。犬蠱と言う。土佐国《とさのくに》のほうじゃ『狗神《いぬがみ》』と言って、狗神を生みだした家筋を『狗神憑《つ》き』と呼ぶ」

複数の犬を穴蔵に入れ、飢餓状態にし、共食いさせる。最後に残った一匹は狗神となって術者の望む相手を呪い、あるいは術者の家を富み栄えさせる。

「『狗神に呪われた人間は犬のようにふるまう』……これが犬病の正体か」

書物に記述された内容を読みあげ、菊乃はうめいた。

「くだらねえ書を売りやがって。どこの蠱術師のしわざだ。見つけてぶちのめしてやる」

「だが、こんなおぞましい術、誰でも扱えるものなのか。このとおりにやっただけで」

「蠱術をまともに扱えるのは蠱術師の家筋だけだ。伊兵衛、どうやった？」

「書いてあるとおりにやっただけです」

穴蔵の犬たちに餌を与えるのは伊兵衛の役目だったという。三つの穴蔵に押しこめてあった犬たちはすでに浪人に殺され、残っているのは最後の穴蔵に閉じこめた十匹だけ。

「お父っつぁんは浪人たちに犬を斬らせることに飽きはじめてた。もっと別の方法でいたぶるつもりで、この『犬蠱』という書を手に入れました。大嫌いな犬が長崎屋に富をもたらす……それが嬉《うれ》しくてたまらない様子でした。それで、私に『やれ』と」

言われるままに餌を与えるのをやめた。逆らえば飢えることになるのは自分だ。嘉七はたびたび穴蔵を覗いては、犬たちが怯《おび》えて逃げまどうさまを見下ろし、笑っていた。

「ひそかに期待してた。餌をやるな、と命じたのはお父っつぁんだけど、実際それをやるのは私だ。なら、狗神は私を主人とみなすんじゃないかって。私はまだ見ぬ狗神に願いつづけた。お父っつぁんを……殺してくれって」

そして、ひと月前の晩。穴蔵の中から狗神が這《は》いでてきた。

「お父っつぁんは大喜びしてた。狗神に食われる瞬間まで。……狗神は私の願いを聞きとどけたんだ。全部、その書に書いてあるとおりだった」

女将《おかみ》がふらりとその場にへたりこんだ。番頭は立ったまま呆《ほう》けている。そして鶴松はなにがひっかかったのか思案げに虚空を見据えた。かわりに菊乃が口を開いた。

「では、そのあとは？　犬病が流行《はや》っているのも、おぬしが願ったことなのか」

「ちがうよ！　願ったのはお父っつぁんのことだけだ。なのにあいつ、『次は誰を呪う？』って。誰も呪わなくていいって言ったのに、しつこく聞いてくるんだ。だから隠れた。犬病の噂を聞いて、まさかって思ったけど、でも本当だ、誰かを呪えなんて命じてない。なのにどうして犬病になる人が増えつづけるんですか。私はどうすればいいんでしょう」

「つまりまったく制御できてねえってわけだな……」

鶴松は短髪を掻《か》きまわした。

「蠱術を扱う術者が少ないのは、これがすさまじく厄介な術だからだ。狗神はひとたび生みだしたが最後、捨てることはできねえ。伊兵衛は死ぬまで狗神の面倒を見なけりゃならないし、死んだあとは子供に、いなければ近い血縁者……福太郎に譲らなけりゃならない。狗神は家に憑くんだよ」

女将が「福太郎」と呟き、伊兵衛も幼い弟の名を口にし、青ざめた。

「狗神の面倒って、なんですか」

「『犬蠱』の書には書いてはいないが、餌がいるって話だ。嘉七を食わせたように、人間だかなんだかを餌として食わせる。三月に一度だったか……詳しくは知らねえ。はっきりしてるのは、餌やりを怠れば狗神は術者を食い殺すってことだ。つまり、伊兵衛を」

「伊兵衛を食い殺すだって？　冗談じゃない、そんなのゆるさないよ……」

女将が口走った。伊兵衛が驚いたように振りかえり、引きむすんだ唇をわななかせた。

「冗談じゃないってのはこっちの台詞《せりふ》だ。術者を食って、主《あるじ》から解き放たれた狗神は野良になる。市中をうろつき、誰彼かまわず『犬』に変える、恐ろしい悪鬼にな」

「降魔《ごうま》、できるのか？」

不安に駆られて菊乃が訊《き》くと、鶴松は首を横に振った。

「狗神は消せない。言っただろう、蠱術はすさまじく厄介だと。ただ、さっきも言ったが、蠱術師の家筋でない人間が、まともに狗神を生みだせるとはやはり思えない」

「だが、狗神は現にいるぞ」

鶴松が書物をじっと見つめ、目をすがめた。

「菊乃は泥の中に取りこまれたとき、白い犬を見たと言っていたな。犬は怯えていたと」

「うむ。今思うと、あの犬は嘉七のことを怖がっていたのではないかと思う」

上から泥の中を覗《のぞ》きこみ、白い犬を嘲《あざけ》っていた男の人影。あれこそが嘉七だったのだろう。だが、鶴松は怪訝《けげん》そうにした。

「今さら狗神が嘉七を恐れるいわれはない。とっくに自分の牙《きば》で食い殺してるんだからな。なのに、それを今でも恐れてる……。そこに降魔の手がかりがあるかもしれない」

ひとりごちて、鶴松は菊乃を見下ろした。

「俺は波千に戻る。夜になったら調べものに付きあえ。それまでは好きにしていい」

「手だてはあるのか」

鶴松は厳しい眼差しで答えた。

「——見つける」

そして、鶴松は凍りついた場を見まわした。

「伊兵衛、また九字で結界を張る。俺がいいと言うまでは部屋から出るな。番頭、湯をわかし、身を清めてやれ。このなりじゃ、ほかの化け物まで招きかねねえ」

番頭は気が抜けたように立ちつくしている。かわりにふらりと動いたのは女将だった。

「平次、湯はあたしがわかすから店を頼むよ。……伊兵衛は布団を敷きなおしな。ぐちゃぐちゃじゃないか」

伊兵衛はぼんやりとしている。女将がそれ以上の言葉をかけられずにいると、鶴松がふたたび伊兵衛の前にしゃがんだ。

「……化け物は必ず、この鶴松が降魔する。そう約束しただろう?」

顔をあげた伊兵衛は鶴松を見つめる。その顔がくしゃりとゆがんだ。震える手を伸ばし、鶴松の手にすがる。

鶴松は胸を衝《つ》かれたように目を見開き、伊兵衛の手をしっかりと摑《つか》みかえした。

「必ず助ける。大船に乗ったつもりで待ってろ」

伊兵衛は深々とうなだれ、畳に額をこすりつけるようにして、小さくうなずいた。

慌ただしく動きはじめた人々。菊乃は隅に立ったままの善太郎を振りかえった。

「おぬしはどうする。善太郎」

善太郎は太ももの脇で拳《こぶし》を固く握りしめた。

「おちよ殿に……伝えにいきます」

三

長崎屋を出ると、いつの間にか雨はあがっていた。薄曇りの中、菊乃と善太郎は本所回向院裏にあるおちよの家に向かう。『犬之養生所』の札がかけられた家の前に立ったとき、仔犬《こいぬ》の鳴き声がした。振りかえると、前に両国橋で見かけた右の後ろ肢《あし》のない黒い仔犬と、畳んだ傘を手にしたおちよとが近づいてくるのが目に入った。

「菊乃ちゃん！　それに……」

おちよは菊乃に気づいて笑顔になるが、かたわらに立つ善太郎を見て、足を止めた。

ふいに仔犬がうなった。歯茎を剝《む》きだしにし、低い姿勢になって善太郎に吠《ほ》えかかる。

「こら、だめよ。この方は前に私のことを助けてくださったお侍さん。……でしたよね？」

その瞬間、善太郎がぬかるんだ地面に土下座をした。

「おちよ殿、申しわけござらん！　その犬に怪我を負わせたのはこの俺です」

おちよは瞠目《どうもく》した。菊乃もまた驚いて、仔犬の失われた後ろ肢の付け根に目をやる。

おちよは青ざめて仔犬を抱きあげ、物も言わずに家の戸を開けて、中に消えていった。

善太郎は土下座しつづけた。道を行きかう人々がじろじろと善太郎を見てくる。菊乃は善太郎の隣に座し、固く閉ざされた戸を見つめた。

ずいぶんと時がたって、おちよが戸を引き開けて善太郎の前に立った。

「いつまでそこにいる気ですか」

その目は真っ赤に腫《は》れあがり、声は怒気に震えている。

「いったいなんなの。怪我を負わせたってどういうことですか。あれは刀傷でした。助かったのは父の医術のおかげじゃない、あの子が生きたいと必死にがんばったからです。

それでも、いまだに熱に苦しむことがあるんです」

畳みかけるように言って、「どうしてですか」と問うた。

「私はあの子を長崎屋の嘉七さんにおまかせしたんです。犬が大好きなのだと……家に広い庭があって、そこで大切に育てるから安心してくれとおっしゃって」

なにかを察したのだろうか、おちよの瞳《ひとみ》に見る間に涙が盛りあがる。

「ほかの子たちは、生きているの……？」

善太郎は言葉をなくした。おちよの体がふらりと揺れる。菊乃はとっさに立ちあがってその体を両手で支えた。おちよはようやく菊乃の存在を思いだしたように眉を寄せる。

「菊乃ちゃんは……どうしてここに」

菊乃は伏したままの善太郎のそばに改めて座り、その背に触れて頭を下げた。

「この者――宇佐見正吾の親類だ。この者の咎《とが》はわたしの咎。おちよ、伏して願う。どうか正吾の話を最後まで聞いてやってほしい」

おちよは長いこと黙りこみ、やがて小さな声で「お入りください」と言った。


縁側では、先ほどの仔犬と二匹の老犬が伸び伸びと横たわっていた。ふたりを室内に通したおちよは、犬に善太郎を見せまいとするかのように障子を閉じ、その場に座した。

善太郎は語った。嘉七が求めていた用心棒のこと、犬殺しのこと、浅草の別宅に呼ばれ、そこには複数の浪人が集まっていたこと……。

「逆らう度胸を持てず、俺は犬を斬りました。嘉七は満足し、犬の死体を穴蔵に捨てておくよう命じ、去っていった。だが、俺が斬った犬にはまだ息があった。誰も見ておらず、それで……」

「それが、あの子だと言うのですか」

「悔いたところでどうにもならぬ。それでも助けられるなら命だけでも救いたかった」

「あの子は家の前に置き去りにされていました。あなたは戸を叩《たた》きもしなかった。わけを聞かれ、責めたてられるのが面倒だったからでしょう!?」

声を荒らげ、おちよは顔をゆがめた。

「私の家に連れてきたのはなぜですか」

「嘉七が犬を集めるのに、おちよ殿やお囲いの方々を利用していると聞いたので」

「近頃、私の周りをうろうろしていましたね。あれはまさかつぐないのつもりですか」

「おちよ殿が犬を嫌う者たちからいやがらせを受けていると知り……」

「不愉快です。私を守るより、あなたは嘉七さんやほかの人たちを連れて番所に行くべきでした。嘉七さんが嫌がるなら、引きずってでも!」

「……そうしようと、嘉七や浪人たちの行方を追ったのですが」

菊乃は目を見張り、善太郎を見つめる。

「浪人は皆、犬病にかかるか、姿をくらましていました。俺だけでも番所に行こうとも思いましたが、せめて嘉七だけは捕まえたかった。ですが、どこにも見当たらず……」

番所に行き、犬殺しを告白すれば、たとえ自訴《じそ》であっても厳罰は免れなかったはずだ。ましてや善太郎は武士。私情により抜刀したとなれば、その罪は町民のそれより格段に重い。死罪すらあり得たはず。

(死をも覚悟で、番所に行こうとしていたのか)

息子が死に向かおうとしていた事実に、菊乃の心は打ちのめされた。

「……ここからは、わたしが話そう」

嘉七が狗神《いぬがみ》に食われた経緯は、善太郎も知らないことが多い。かわりに菊乃がこれまでに起きたことをすべておちよに話した。

「じゃあ、あの子たちは狗神というものをつくるためだけに殺されたというの」

話を聞き終えたおちよは、力なく呟《つぶや》いた。

「そして、菊乃ちゃんとお師匠の鶴松さんという方が、あの子たちを降魔《ごうま》する……」

菊乃がうなずくと、かろうじて気丈にふるまっていたおちよの瞳から、すっと生気が失《う》せた。虚《うつ》ろに揺らぐおちよの目が、ふいに菊乃の背負った倶利伽羅剣《くりからけん》の上でとまる。

「やめて。お願い」

「……おちよ」

「これ以上、痛いことはしないで。もう、ほうっておいてあげて……」

菊乃がかける言葉を失った瞬間、善太郎が腰の脇差《わきざし》に手をかけた。

「まこと申しわけなかった、おちよ殿。このあやまち、死をもってつぐない申――っ」

菊乃は立ちあがりざまに、善太郎を思いきり突きとばした。善太郎はごろごろと横転して、壁にぶつかって止まる。

「愚か者！　安楽な道に逃げるでない！　おぬしは生きるのだ。生きて、おちよの悲しみを、犬たちが抱いたろう苦しみを、すべて受けとめ、生涯、背負っていけ！」

菊乃は啞然《あぜん》とするおちよの前に改めて座りなおし、頭を下げた。

「おちよには伏して願う。この者がしでかしたこと、ゆるされることではない。だが、どうか奴に、生きて、己が犯したあやまちをただす機会を与えてやってほしい」

「そんなこと……私が決めることじゃ……」

「それから、おちよ。おぬしも自分を責めてはいけない」

おちよは頰を叩かれたように顔を引きつらせた。

「おちよは犬たちのために必死にがんばったではないか。おぬしはなにも悪くない」

「でも——だったら、私、どうしたらよかったんだろう。私が嘉七さんにあの子たちを渡さなければ……私がちゃんとできていたら、こんなことにはならなかったのに……っ」

菊乃は答えられなかった。この悲劇はおちよが嘉七に犬を託さなければ起きなかった出来事なのだろうか。そもそも先の公方《くぼう》さまが生類憐みの令などというものをしかなければ、犬たちが人々から憎まれることもなかったのだろうか。

どちらもただ、犬たちが健やかに生きられる世の中を望んだだけではなかったのか。

「すまぬ、わたしにもわからない。だが、わたしはあの犬を解き放ってやりたい。泥の中からも、嘉七の枷《かせ》からも解き放ち、極楽浄土へ送ってやりたい。……犬たちはかわいそうであった。これ以上、苦しませまい」

「……降魔は痛くない？」

菊乃は黄泉《よみ》から戻って最初の晩、鶴松が唱えた真言《マントラ》を受けたときのことを思いだした。

「痛くなどない。心が安らぐ、優しい心持ちがするものだ」

おちよは目を伏せ、静かに頭を下げた。

「どうか、よろしくお願いします」

「菊乃さま、ともに来ていただき、ありがとうございました」

おちよの家を出たところで、善太郎は力なく囁《ささや》いた。

「おちよ殿にはなにも言わず、嘉七を連れて罰を受けに行くつもりでいました。まさか嘉七がすでに死んでいたとは思いもせず……」

善太郎は言葉を詰まらせ、頭を下げた。

「あの犬のこと、俺からもお頼み申します」

菊乃は重たげな足どりで去っていく善太郎を見送り、太ももの脇で拳《こぶし》を握りしめた。

(私は、あの子の力になれたのだろうか)

助けないと言った。ただ自分の足で歩きだす、その後押しになりたいと思った。それはきっとまちがいではなかった。

だが、罪の重さに押しつぶされそうになっている善太郎の姿も、悲しみに暮れるおちよの姿も、菊乃の胸にむなしさをもたらすばかりだった。

(私はなぜ黄泉がえった)

善太郎に呼ばれたからだ。菊乃を求めるその声が契機になったことはまちがいない。

(神仏は私になにを期待した)

なんの力もない。そもそも――生前からしてそうだったのではないのか？

すっと体から熱が消える。足の下に深い奈落《ならく》が広がった気がした。

「菊乃。戻ったな」

鶴松の声に、のろのろと顔をあげた。いつの間にか波千が目の前にあった。

「ちょうどよかった。これからすぐに出られるか？」

「……うむ。なにをするのだ」

鶴松は茜色《あかねいろ》に染まる町並みを見つめ、言った。

「もう一度、あの化け物を観る」


下弦の月のわずかな光が、足元のこけら葺《ぶ》きの屋根を鈍く照らしだす。南から吹きつける風が磯臭いのは、近くを流れる大川の下流、江戸湊《みなと》の空気を運んでくるためか。

浅草御蔵前片町《おくらまえかたまち》。黄泉がえった日の晩、菊乃が鶴松と出会い、そして獣の化け物、狗神と最初に遭遇した通りだ。

「狗神は夜になるたびに、浅草の穴蔵から這《は》いでて、日本橋の長崎屋に向かっているんだろう。あの晩ここで会ったのは、ここが日本橋までの道筋になっていたからだろうな」

米問屋の屋根の上に悠然とあぐらをかき、鶴松が握り飯を食べながら言う。日本橋の商家ほど立派な屋根ではないが、辺りを見渡すには十分だ。

『昨晩、気味の悪い化け物が、通りを歩いてるのを見かけたんです。降魔師さまがなんとかしてくださるんなら、ありがたい』

表店《おもてだな》の戸を叩いた鶴松に、主が青ざめて訴えてきたのは先刻のことだ。その化け物を降魔しにきたというと、喜んで物見台がわりに屋根にのぼることをゆるしてくれた。

「長崎屋と関わりのない連中にも、化け物が見えはじめてるようだな」

鶴松は口端についた米粒を親指で拭《ぬぐ》う。

「ここまで力が増してる以上、はやく手を打たなけりゃ、この先なにが起きるか……」

「狗神がおぬしに向かってきても、必ずわたしが守る。安心して重瞳《ちょうどう》を使ってくれ」

鶴松の〈金色《こんじき》の重瞳〉には、ひとつ大きな欠点がある。重瞳で観られた相手は、いやおうなく鶴松の領域――あの赤黒い異空間に引きずりこまれてしまう点だ。動きを封じられ、情け容赦なく心の奥底までを暴かれる不快感。一度でも〈金色の重瞳〉で観られた者は、二度と「観られまい」とするだろう。そして鶴松は、狗神に一度、重瞳の力を使っている。あのときは失敗に終わったが、狗神は警戒心を持ったはずだ。

（次に重瞳を使えば、狗神は全力で抗《あらが》ってくるだろう。今度こそ必ず――）

「大丈夫か、おまえ」

軽い口調。菊乃は鶴松を振りかえった。なにがだろうか。

「善太郎のこと、もしかして落ちこんでるんだろう」

鶴松が菊乃の足元に置かれた、竹の葉の包みを指さした。

「握り飯、ひとつも食ってねえ。どう考えたっておかしい」

そんなことはない、と否定しかけたそばから腹が鳴り、菊乃は言葉をなくす。

「なにか気がかりがあるんなら、今のうちに吐きだしとけ。聞いてやるから。でなけりゃ、また邪気に吞《の》まれちまう。どっかの馬鹿な降魔師みてえにな」

自嘲《じちよう》含みに笑う鶴松。それで張りつめていた気がゆるんだ。

菊乃はふらふらと鶴松の横にへたりこんだ。

「……思いだしたのだ。死んだ瞬間のことを」

鶴松が眉《まゆ》を持ちあげた。

「未練はない、と思った。死を間近にしたあのとき、わたしはたしかに満足して逝った。鶴松、やはりわたしは未練があって黄泉がえったわけではなかったよ」

けれど、と菊乃は拳を強く握りしめた。

「七年という年月、手塩にかけて善太郎を強く育てたつもりだった。わたしが死んだあともひとりで生きていけるようにと」

菊乃は善太郎と話したことを語ってきかせた。力石に懸けた誓い、善太郎が持つ力石の欠片《かけら》のこと、自分を呼んだのは善太郎だということもすべてを。

「だが、十五年後のこの世はどうだ。善太郎は己の弱さに苦しんでいる。なのに――なにが未練はない、だ！　手前勝手に満たされて逝ったなどと自分が恥ずかしい。わたしは……結局なにひとつ成しとげられずに死んだのだ」

菊乃は零《こぼ》れる涙をぐいぐいと拭う。

「力石の欠片……？」

鶴松はどこか啞然として言った。

「石に誓いを立て、毎日、挑みつづけたと？」

うなずくと、鶴松は信じられないといった様子で菊乃を凝視した。

「ってことは、菊乃。おまえ、もしかして幽霊でもなけりゃ、化け物でもなくて――」

そのまま言葉を失う。菊乃が困惑して首をかしげると、鶴松は首を横に振った。

「いや、今はいい。それどころじゃねえ」

潮気混じりの風が髪を揺らす。鶴松がそっと呟《つぶや》いた。

「……ひとつ、言うかどうか、迷ってたことがあるんだけどな。御竹蔵のそばの竹林で、善太郎を〈金色の重瞳〉で観たこと覚えてるか？」

善太郎の拒絶する気持ちが強すぎて、大したものは見られなかったと言っていた。

「俺の重瞳が観るのは、記憶だ。無造作に空に放られた、何千、何万とある記憶の絵を見るような感覚。その絵の中から、必要なものを見きわめ、解釈を加えていく。だから善太郎を観たとき、絵として観えたものは、じつは無数にあった」

いつになくいたわりに満ちた声音に、菊乃はじっと耳を傾けた。

「浅草の別宅で起きたことだけどな。俺が観たものと、善太郎が話したこと、ちょっとちがうんだよな。多分なんだが……あの野郎、わざと犬の肢《あし》を斬ったんじゃねえかな」

「わざと？」

「あのとき、善太郎が選べた道はふたつだけだった。浪人に殺され、あの犬も殺される道。犬を殺し、自分だけが生きのこる道。どちらの道を選んだにせよ、犬は死ぬしかなかった。……だから、あいつは三つ目の道をこじ開けようとした」

「それが、犬の肢を断つことだったと……？」

「意気地なしの大男が震えながら剣を振るったあげく、犬を殺しそこねてへたりこむ。そのさまを見れば、嘉七の嗜虐《しぎゃく》心も満たされ、犬も命だけは見逃してもらえるんじゃないか……そんな考えがあったんじゃねえかな。それでも斬ったことに変わりはない。おちよの家の前に置き去りにしたのも事実。それがわかってるから、あいつがこの話を打ち明けることは生涯ないだろう。けど、どうにもならない中で、あいつはあいつなりに犬を守ろうと必死にあがいたんだ。……つっても、これはあくまで俺の解釈にすぎねえが、せめて菊乃だけでもそれを知っておいてやれ……いでえっ」

鶴松の腕をぎゅうっと摑《つか》む。怪力のあまりに鶴松が悲鳴をあげるが、力をゆるめることも、詫《わ》びることもできず、足元を見つめたまま唇を嚙《か》みしめた。

「……ちょっとは気持ちは楽になったか？」

気づかいの言葉に、「ひうっ」とこらえていた嗚咽《おえつ》が漏れた。

「鶴松、おぬし、わかっているかっ？　えうっ」

「なにがだよ」

「いま、鶴松の言葉で、わたしが、ど、どれほど、救われたかっ」

「なにを大げさな。観たもんを伝えただけだろ」

ちがう。菊乃には見えていなかったのだ。いいや、見ようともしなかった。弱さの裏に隠された善太郎の優しさを。菊乃の死後、十五年の間に善太郎が必死に手にしてきた強さを。あの子は死罪すら覚悟して、必死に強くあろうとしていたのに。

うつむいた頭に、ぽん、と手が置かれる。ぐしゃぐしゃっと髪を掻《か》き乱され、「子供扱いするでない」とうめく。

鶴松はからからと笑い、「子供だろうが」とどこか晴れやかな声で言った。

風向きが変わった。ふっと獣の臭いがする。鶴松が浅草の方角を見据えた。

「空気を読んだご登場、ありがたい狗神《いぬがみ》さまだねえ。――来るぞ、菊乃。俺を守れよ」

――お助けください、菊乃さま。

何度となく黄泉《よみ》まで届いた声。善太郎は力石の欠片に手を合わせ、祈りつづけた。勇気を奮いたたせるために。幼い頃に憧《あこが》れた「母上」のようになるために。

（なんと情けない。その「母上」が真っ先に心を挫《くじ》いてしまうとは）

菊乃は涙を拭い、屋根の上に放置したままだった竹の葉の包みを摑んだ。握り飯を口に放りこみ、もがもが、ごくんと無理やり飲みこんで、キッと前を向く。

邪気を孕《はら》んだ禍々《まがまが》しい北風が通りを吹きぬける。鶴松が九字を切り、ふたりの周囲に結界を張る。これで姿は狗神から隠された。〈金色の重瞳〉を発現するその瞬間まで。

闇に沈む屋根の群れの先から、大きな黒い泥の塊が現れた。べちゃり、べちゃりと泥をまき散らしながら、のろのろとした動きで通りを歩き、日本橋の方角へと向かっていく。

「いいな。見きわめたら、全力で逃げるぞ」

菊乃は間近まで迫った泥の塊から視線を外さずに、背中の鞘《さや》から倶利伽羅剣《くりからけん》を引きぬいた。本能で感じる畏怖《いふ》を脇に追いやり、化け物の動きにだけ意識をこらす。

鶴松が左目に手をあてがった。五指の隙間から金色の光があふれ、重瞳が泥塊を視界にとらえる。呪縛《じゅばく》を受けた泥塊が動きを止め、ぎくしゃくと鶴松のほうを向いた。

次の瞬間、泥の中から無数の縄状の流動体が伸びいでた。大きくしなりながら、鶴松を屋根から弾《はじ》きとばそうとする。

「させるか！」

菊乃は気合一閃《いっせん》、炎の剣戟《けんげき》でそれらを薙《な》ぎはらった。鍛錬の成果か、発現した炎はこれまでよりもはるかに強い。

〈鶴松を守る。狗神の正体を見きわめ、長崎屋の皆を、おちよを、善太郎を守ってみせる！）

次々と襲いかかる縄の群れを力の限りに斬り捨てる。

「――走れ、菊乃！」

鶴松の号令と同時に身をひるがえし、菊乃は一目散で屋根から飛びおりた。

「観たのだな、鶴松！」

「ああ、あいつは――」

夜道を全力疾走するふたりの背後で遠吠《とおぼ》えがした。はっと振りかえった菊乃めがけて、黒い獣が空から降ってきた。身をよじりながら倶利伽羅剣を振るうと、狗神は中空で身を反転させてそれをよける。はやい。獣の機敏さにはとてもではないが敵《かな》わない。

鶴松が渡りかけた橋の上で、雪駄《せった》を滑らせるようにして足を止めた。近くの蔵の屋根に着地した狗神を振りかえったその横顔には、憐《あわ》れみが宿っている。

「おまえが求めているものは、光。そうだな、狗神」

両手で印を結ぶ。真言《マントラ》を唱える鶴松を中心に、波紋のごとき光の環《わ》が広がる。

光明真言。その真言がもたらす光の波動を目にした獣が、ふとその顔をあげた。

『クゥン……』

高く鳴き、前肢をわずかに光のほうへと向ける。

だが、狗神は耳をぴくりと後ろに向けると、怯《おび》えたように尻尾《しっぽ》を垂れ、じりじり後退をはじめた。やがてその姿は闇に溶けこむように霧散し、一帯から禍々しい空気が消え失せた。

あっけない幕引きに、菊乃は眉根《まゆね》を寄せて倶利伽羅剣をおろした。

「……なんだ？」

鶴松は獣の去った方角を思案げに見つめた。

四

「なりそこない？」

舟宿波千に戻り、二階の部屋に布団を敷きながら、菊乃は首をかしげた。

「ああ。狗神にはちがいねえが、あいつは半分だけのなりそこない――いわば失敗作だ」

鶴松は布団と布団の間に仕切りがわりの屏風《びょうぶ》を立て、嘆息した。

「嘉七が手にいれた『犬蠱《けんこ》』の書に記されていた造蠱《ぞうこ》のやり方は、多分正しかった。素人の術者が行っても、それなりの化け物を生みだせるほどにはな。けど、生みだされた狗神は、やっぱりまがいもの。半分はまぎれもなく狗神だが、もう半分はただの犬なんだ」

「その犬とは、わたしが泥の塊の中で目にした、あの白い犬か」

「ああ。嘉七に痛めつけられて死んだ、憐れな犬の幽霊だよ」

狗神の悲しげな鳴き声が耳によみがえる。虐げた者への怒りがこみあげるが、嘉七はすでに死んでいる。やり場のない怒りに心がすっと冷えていった。

「それはわかったが、昨晩、おぬしが真言を唱えたとき、狗神は自分から光のほうへ寄っていこうとしたように見えた。だが、その途中で後ずさりをした……なぜだ？」

「それこそが降魔《ごうま》を成しとげる肝だな」

そして鶴松は語った。〈金色《こんじき》の重瞳《ちょうどう》〉によって目にしたものを。

「あの泥の塊だが、あれは狗神の恐怖が形になったもの——穴蔵が具現化したものだと思う。狗神は集めた魂を泥の中に蓄えこんでるだろう？　それ自体は犬の習性ってやつだろうが……その集めた魂の中に、多分、最初に食った嘉七の魂も含まれてる」

菊乃はつぶらな瞳をさらに丸くした。

「後ずさりしたのは、おそらく泥の中にいる嘉七の魂に呼ばれたからだろう。狗神は、嘉七という枷《かせ》に縄でくくりつけられちまってるんだ。……皮肉な話だな。もっとも恐れた奴の魂を、体内に飼っちまったんだ。逃げたくたって、逃げられやしねえ」

あの犬は、死んでなお、殺してなお、嘉七の悪辣《あくらつ》な魂に捕らわれているというのか。

やりきれない気持ちになって、菊乃はしおしおとうなだれた。

「けど、それで打つ手は見つかった。あの犬は解き放たれることを望んでる。ただひたすら光を求めてた。——よって、使う手法は、光明真言土砂加持《どしゃかじ》秘法とする」

「こ……こーみょうしんごん……どしゃ……かじ……」

しどろもどろに繰りかえす菊乃に、鶴松はきっぱりと言いきった。

「八日後に、狗神を降魔する」

「仕事あがりに悪いんだが、みんな、化け物退治に力を貸してほしい」

翌朝。波千の詰め所はこれまでにない数の人で賑《にぎ》わっていた。菊乃と鶴松のほかに、重蔵をはじめとする五人の船頭、女将《おかみ》の左衛門が一堂に会したのだ。

「悪いねえ。昔の芸者仲間のとこに化け物が出たらしいのさ。手を貸してやっとくれ」

左衛門が言い足すと、夜半にかけて舟客を山谷堀に送り、朝方また連れかえってきた船頭たちは、疲れた顔を男気あふれる笑顔に変え、「かまわねえよ」と了承してくれた。

鶴松は長崎屋の狗神騒動を手短に話した。近頃江戸を賑わしている犬病が狗神のしわざだと知ると、船頭たちは騒然となった。

「そんなたいそうな化け物、どうやって降魔するつもりだ？」

昨晩同様、鶴松が「光明真言土砂加持秘法」と答えると、船頭たちは「土砂加持か」、「石がいるな」とわけ知り顔で盛りあがった。

光明真言とは、大日如来《だいにちにょらい》がもたらす慈悲の光によって、死者の魂を極楽浄土へと旅立たせる真言だが、今回は同時に「土砂加持」と呼ばれる儀礼を行うという。

そして土砂加持とは、砂を用いた祈禱《きとう》のことだ。清らかな水辺からとった石を砂になるまで砕き、清水で清めて、七日間天日にさらす。その砂を亡骸《なきがら》にかけ、光明真言を唱えると、死者が抱える罪業が消えてなくなり、極楽浄土へと旅立ちやすくなる。

『犬の亡骸を見つけたのが大きかった。亡骸があるなら土砂加持ほど効きめを見こめるものはないからな』

昨晩、鶴松は土砂加持の効力をそう教えてくれた。

「重蔵は俺と一緒に王子《おうじ》の滝口まで行ってくれ。石をとりにいく」

重蔵は手をあげて了承する。次いで、鶴松が菊乃に目配せした。菊乃はすかさず廊下に積んでおいた大きな木箱を三つ、上下に重ねて詰め所に運びいれた。

ずどんっ、と床に置くと、重蔵が「出た」と口を引きつらせ、なにも知らない四人の船頭は「見た目より重くねえんだな」「大したちびだ」と気楽に感心した。

「土砂加持は準備に七日かかる。つまりこの七日間が正念場だ。犬病をこれ以上拡げたくはない。そこで、みんなにはこの札を手あたり次第に売りさばいてきてほしいんだ」

箱の中身は、菊乃と鶴松が暇に飽かして刷りに刷った犬病退散の札だ。

「場所は、浅草と日本橋の間。狗神の通り道を中心に。値段は一文銭ってとこだな」

「金をとるのか」

鶴松と出会った晩に商人にふっかけていた「角大師の札、一枚一両」よりははるかに安いが、こんな状況なのにとつい不平が口をつく。鶴松は「素人め」とにやりとした。

「一文銭でも値がついてたほうがご利益がある気になるのが人の心ってもんなんだよ」

ほう、とつい感心するが、すかさず重蔵が「元騙《かた》りの台詞《せりふ》じゃあ、ご利益も形なしだ」と茶化し、船頭たちが「ちがいねえ」とどっと笑った。

役目を与えられた船頭たちは、さっそく札を人数分に分けはじめた。左衛門は「全員そろったんなら、朝食は仕出しにしようか」とぶつぶつ言いながら部屋を出ていき、その間に鶴松は菊乃に向きあった。

「菊乃。おまえはこれからの七日間、毎晩、狗神《いぬがみ》の通り道を夜廻《よまわ》りしてくれ。町民が狗神と遭遇したら、町民を逃がせ。無理なら狗神を追いはらってほしいが、深追いはするな。狗神の目的は長崎屋だ、あっちもそう遠くまでは追いかけてこないようだから」

「うむ、力を尽くす」

「それからもうひとつ。狗神を降魔するときには伊兵衛とお内儀《かみ》も呼ぶ」

「それは……危なくはないのか？」

「もちろん危ない。だが、自分が造りだしたものの姿は目にしておいたほうがいい。怖がって引きこもったままじゃ、狗神も報われねえし、あいつも立ちなおれない。お内儀にしても、息子が背負っちまったものの姿は見ておいたほうがいいだろう」

「だが、わたしたちが守るべきは長崎屋の方々だ。危険にさらしてよいものか……」

「まあな。けど正直、伊兵衛がいてくれたほうがやりやすいんだ。あいつがいりゃ、狗神の注意は必ず伊兵衛に向く。菊乃もあいつを斬る隙を見つけやすくなるんじゃねえか」

獣の敏捷《びんしょう》さに敵わない以上、たしかに隙をつくることは必須《ひっす》となる。

「しかし、隙はつくれても、伊兵衛を守りながら戦うのでは分が悪いぞ」

鶴松は顎《あご》に手をあてがい、思案げにうなった。

「なら、囮《おとり》を使うか」

首をかしげる菊乃に、鶴松はこれぞ妙案とばかりに笑った。

「伊兵衛に見立てた囮をつくる。人形《ひとがた》を使ってもいいが、狗神ほどの化け物を騙《だま》そうってんだ。奴の気を惹《ひ》きやすい、生身の人間がいい。たとえば……犬をいじめときながら、いまだ犬病にかかってない奴とかな」


「やります」

本所相生町の裏長屋を訪ねると、善太郎は一も二もなく答えた。

ひとりで部屋までやってきた菊乃は、天井に浮かんだ雨漏りの染みをキッとにらんだ。

(なにごともすぐには決められなかった子が即答を……っ)

性懲りもなく目頭が熱くなり、菊乃はぶんぶんと首を横に振った。

「危険は大きいぞ。おぬしはあくまで囮、わたしも鶴松もおぬしを守ることはできぬのだ。邪気に呑《の》まれるかもしれない、魂を抜きとられるかもしれない、下手をすれば――」

「かまいませぬ」

あぐらの上に載せた手を、筋が浮きあがるほどに握りしめる善太郎。その決意の面貌《めんぼう》、鬼のごとし。菊乃はふんぬふんぬと地団駄を踏み、どうにかこうにか涙をこらえた。

「わかった、それではまかせる。……それからもうひとつ、明日から波千で降魔の準備をするのだが、それも手伝ってもらえるか」

「無論、手伝います」

「おちよも呼ぼうと思っているのだが」

これから声をかけにいくつもりだった。善太郎と同様、おちよにも降魔の手伝いをしてもらったほうが心の呵責《かしゃく》と向きあいやすいだろう、と鶴松と相談して決めたのだ。

「……い、行きまする」

目元をぴくぴくと痙攣《けいれん》させ、憐《あわ》れになるほど善太郎は動揺した。

狗神の囮になるよりも、おちよとともに作業をする決断をするほうが時を要した。菊乃はなんとも言えずに苦笑し、「明日、迎えに来る」と言った。

江戸の外、王子の清らかな水辺まで足を伸ばしていた鶴松と重蔵が波千に戻ったのは、翌日の昼頃だった。無事に一夜目の夜廻りを終えた菊乃は昼までぐっすりと熟睡し、善太郎を迎えに行ってから裏庭に顔を出した。

「おう、善太郎。来たな」

旅装束を脱ぎ、気軽な着流し姿で井戸端にへたりこんでいた鶴松が悠々と手をあげる。

善太郎は「正吾です、降魔師殿」と憮然《ぶぜん》としつつも、礼儀正しく頭を下げた。

すでに着いていたらしいおちよが、左衛門とともに台所の勝手口から出てくる。菊乃に気づくと腫《は》れぼったい目を優しく細めるが、背後の善太郎を見るなり、表情を曇らせてしまう。そんなおちよの姿に、善太郎もまた力なく肩を落とした。

「これ。きちんと挨拶《あいさつ》をせぬか！」

菊乃は強いて明るくその背中を叩《たた》いた。善太郎は勢いあまって前につんのめりながら、

「お、おはようございます！　宇佐見正吾、手伝いに参りました！」

緊張のあまりか大きくなりすぎた声に、左衛門が「ひぇっ」と声をあげて卒倒しそうになった。鶴松が大慌てですっ飛んでいって、その体を支える。

「おい、てめえ！　左衛門がおっ死《ち》んだらどうする気だ！」

「そうだよ、びっくりさせんじゃないよ！　魂が口から飛びでるかと思ったよ！」

双方から怒鳴られて、善太郎はしょぼくれた。

「……面目次第もござらぬ……」

左衛門がぶつくさ言いながら、足元に置かれたゴツゴツとふくれた袋を示した。

「ひとまず、こいつの中身をその石皿に広げとくれ。石が入ってんだけど、華奢《きゃしゃ》な娘と、細腕の美熟女だけじゃ、ちと力不足でね。鶴松はへたってて使い物にならないし」

「なにをー？　こっちは王子から石担いで帰ってきたばかりなんですけどっ」

「だからなんだっててんだ。菊乃ちゃんなんか、昨日、米俵をふたつも担ぎあげたんだよ？」

「……その怪力姫とは一緒にしないでください」

善太郎がぎこちなく前進し、袋を軽々と担ぎあげた。左衛門が手を叩いて喜び、鶴松が「親子だねえ」と面白がった。

賑《にぎ》わう三人の輪から外れ、おちよがひっそりと木陰に歩いていった。そっと目元を拭《ぬぐ》

う姿に気づいた菊乃は、そばに駆けよろうとする。だが、それよりはやく左衛門が近づいていって、その頭を優しく肩に抱きよせた。

(左衛門殿にまかせよう。子供のなりでは、おちよも心から甘えることはできまい)

ましで、菊乃は善太郎の親族。恨みつらみを言うことすらできない。

振りかえると、善太郎が無言で頭を下げていた。おちよが気づく様子はなかったが、それでもそうせずにはいられなかったのだろう。

「すぐ落着《らくちゃく》とはいかねえだろうよ」

気づくと、鶴松がそばに立っていた。

「それでも同じ時をすごし、言いたいことを言いあえば、多少は気も晴れるってもんだ」

菊乃はうなずき、太ももの脇で拳《こぶし》を握りしめた。

「この降魔《ごうま》、必ず成しとげねばならないな」

「不安か？」

最初に「化け物退治」と聞いて覚えた高揚感はすでにない。善太郎の、おちよの、そして長崎屋の人々の行く末を心安らかなものにする。その重圧が小さな肩にのしかかっている。不安がないと言えば、嘘になる。だが——。

「おぬしこそ、不安なのではないか？」

ふっと笑って、敢《あ》えて挑発めいたことを言ってみる。

鶴松は眉《まゆ》を持ちあげ、ふんっと笑った。

「ぬかせ」

力は戻ったか、などと野暮なことを訊《き》くつもりはなかった。訊いたところでやるしかない。それは菊乃とて同じこと。未熟な験力であろうとも、必ず狗神を降魔させるのだ。

「やるぞ、菊乃」

菊乃は笑みを浮かべ、力強く答えた。

「うむ、鶴松」

＊＊＊

冷たい水で身を清め、鶴松が新しく買ってくれた古着の小袖《こそで》に袖をとおす。髪をきゅっと結いなおし、倶利伽羅剣《くりからけん》の鞘《さや》をたすきで縛ってしっかりと背負う。

窓辺に立ち、黄昏《たそがれ》が迫る神田川を見下ろすと、桟橋についた猪牙舟《ちょきぶね》から、長崎屋の伊兵衛、女将《おかみ》、番頭が下りてくるのが見えた。柳橋のほうに視線を転じれば、おちよと、すこし離れた後ろを善太郎が歩いてくる。

善太郎が橋の上で足を止めた。窓辺に立つ菊乃に気づくと、静かにうなずく。

――準備は、整った。

僧衣に身を包んだ鶴松が般若心経を唱え、罄《きん》と呼ばれる鳴物を叩きながら、重蔵が船頭をつとめる猪牙舟に乗りこんだ。菊乃もまた、金属製の大きな器を両腕に抱えて同乗する。長崎屋の面々、善太郎とおちよとは、二艘《そう》の猪牙舟に分かれて乗ることになった。

磬の高く澄んだ音色が神田川に響きわたる。道行く人々は、はっとした様子で水面《みなも》を見下ろし、猪牙舟の列が大川へと進み出るさまに魅入った。

三艘の舟が浅草の別宅近くの掘割端に泊まったのは、日没が間近に迫った頃だった。畦道《あぜみち》を歩く一行に気づいた百姓が、仕事の手を止め、両手を合わせる。別宅の前に着くと、伊兵衛が木戸を開けはなった。鶴松は磬を鳴らしながら、庭へと足を踏み入れる。あいかわらず身がすくむほどの強い邪気が庭に滞留している。長崎屋の人々、善太郎、おちよは息を詰め、読経をつづけながら邸宅の裏手に回る鶴松と菊乃に従った。

重蔵によって穴蔵の蓋板《ふたいた》が開けられた。用意された梯子《はしご》を、鶴松が下りていく。つづいて菊乃もそのあとに従った。

「唱えたてまつる光明真言は大日普門《ふもん》の万徳《まんどく》を二十三字にあつめたり……」

強烈な腐敗臭の中で、鶴松は菊乃の持つ器の蓋を開け、中から砂を取りだした。

「オン・アモキヤ・ビロシヤナ・マカモダラ・マニ・ハンドマ・ジンバラ・ハラバリタヤ・ウン――」

真言を唱えながら、犬の亡骸《なきがら》のひとつひとつに、丁寧に砂をかけていく。

光明真言。その真言が与えてくれる心の安らぎを、菊乃はみずから感じて知っている。

(狗神《いぬがみ》が迷うことなく黄泉《よみ》に行けるよう)

菊乃は心中で祈り、教わった真言《マントラ》を鶴松とともに唱える。

穴蔵から出ると、鶴松は四つの穴蔵すべてを見渡せる位置に、あぐらに似た姿で座し、印を結んだ。背後には、伊兵衛、女将と番頭、そしておちよが座す。四人は鶴松がほどこした結界の中にいて、狗神には見えないはずだ。

かわりに、秘法によって「伊兵衛」に見立てられた善太郎が、鶴松たちとすこし距離を置き、狗神の造られた穴蔵の直線上に立った。

その横には、菊乃が控える。両手には倶利伽羅剣を握りしめている。

絶え間ない光明真言。繰りかえされるたびに、菊乃は不思議な感覚を覚えた。

この庭は邪気に穢《けが》されていたはずだ。だが今、目の前に広がっているのは清澄な光の世界——そんな錯覚を覚える。

今まで幾度となく体感してきた真言の威力とは桁《けた》がちがっていた。まるで御仏《みほとけ》がこの場に現れたかのような威光、言葉では表しきれないほどの安らかな気持ち。鶴松が持つ本来の力を知らない菊乃には、それが迷いの晴れた証《あかし》だと断言することはできない。

だが、確信はできた。——これならば、降魔できる。

太陽が強い光を放ちながら、遠く山の端に吸いこまれていった。それとともに、うずまく邪気が急激にその圧を増す。

(来る)

感じる。ぞっとするほどの禍々《まがまが》しい気配。狗神の生まれた穴蔵のほうからだ。

日没直後の薄闇の中、穴蔵から黒い泥がべちゃべちゃと噴きだした。女将と番頭が小さく悲鳴をあげる。泥は見る間に山と積もっていき、あっという間に大きな黒い泥の塊を形作って、ぬうっと穴蔵のそばに起きあがった。

その間も、鶴松は決して心を乱すことなく、決して音律を崩すことなく、ただひたすら無心になって真言を唱えつづける。

泥の塊がぶるぶると震えあがった。かと思うと、巨体の中央に横一文字の亀裂が走り、ねちゃりと口のようなものが開かれた。

『ゲェ……ゲッ、グェ……ゲウッ』

苦しげに吐きだされたのは、泥にまみれた無数の白い光——囚《とら》われていた人々の魂だ。

魂は弱々しく揺れながら飛び去ろうとする。だが、泥の塊から伸びだした縄状の流体がすぐにその白い人影を捕まえ、ふたたび体内へと取りこもうとした。

鶴松が鏧を叩《たた》いた。清らかな音が波紋のごとく響きわたる。すると、たちまち縄は泥に戻って地面に散り、難を逃れた白い魂がふらふらと飛んで逃げていった。

それからも泥の塊は次々と魂を吐きだした。そのたびに魂は逃げだし、泥の塊はその巨体を見る間にしぼませていく。

そのときだった。

『ウオオォォオオオン！』

半分ほどにまで小さくなった泥の中から獣の鼻先が現れた。次いで、面長の顔が、尖《とが》った耳が、細い首が、前肢《まえあし》が、胴体が這《は》いでてくる。

菊乃はおののきに乱れそうになる呼吸を整え、倶利伽羅剣を両手に構えた。

だが、狗神は地面に着地するやいなや、異変を察知したように庭を駆けずりまわった。

今まさに飛び去ろうとしていた魂をくわえ、泥の中へと埋めこみ、ふたたび跳ねまわって魂を捕まえ、また泥に鼻面を突っこむ。こちらに気づいているのか、あるいはそれどころではないのか、まるで怯《おび》えるように魂を集めなおしている。

その動きはやはり機敏だった。だが、これまでまみえた数度に比べれば、わずかに鈍い。光明真言が効いているのだ。

(あとは隙さえ見出《みいだ》せれば)

ふいに、狗神が走りまわることをやめた。

その顔が向けられた先にいるのは、「伊兵衛」に見立てた善太郎。

善太郎は蒼白《そうはく》になった。だが、震えながらも微動だにせずに、狗神の視線を真正面から受けとめる。狗神はどこか不思議そうに小首をかしげ、クゥン、と小さく鳴いた。本物かを疑うかのように、一歩、また一歩と、用心深く善太郎のほうへと歩きはじめる。

(来い、狗神)

菊乃は善太郎のかたわらで剣を握る手に力をこめ、狗神が近づいてくるのを待った。

その刹那《せつな》、泥の塊の中から、奇妙なうめき声が聞こえてきた。

『ウァ……、なンだ、これハ、……ナニをシテ、イる……ッ』

菊乃は大きな目を見開き、泥の塊を振りかえった。

聞きおぼえのある声。だが、狗神の声ではない。

『どウレタ、狗神、戻ってコい、モッと、魂を集めテこい……ッ！』

嘉七の声だ。

「お父《と》っつぁん……？」

はっと振りかえる。鶴松の背後で、よろめき立った伊兵衛が九字で張った結界の外へと後ずさるのが見えた。すると、伊兵衛の声に気づいた泥の塊が凶悪な怒号を発した。

『伊兵衛、オマえ、よくモ……ッ、よくモォオオ……ッ』

数えきれないほどの無数の泥の縄が、凄《すさ》まじい勢いで伊兵衛に迫った。

菊乃は駆けだした。善太郎もとっさに走りだす。だが、距離がある、どちらも間に合わない。伊兵衛のそばにいた鶴松が九字を切った。女将が伊兵衛を突きとばし、番頭とともに悲鳴をあげながら覆いかぶさる。

そして――それらすべての間に割って入ったのは、狗神だった。

『見ツケタ、我ガ主《あるじ》』

狗神は伊兵衛を背に庇《かば》い、迫りくる泥の縄を前にして嬉《うれ》しそうに宙返りした。長い尾をぶんと振って、それらを次々と跳ねかえす。

それを見た菊乃はすぐさま身を反転させ、向かう先を変えた。

目指すは、泥の塊。狗神があれらを一手に引きうけるその隙に、嘉七を討つ。菊乃は気迫のこもった声とともに、目の前に迫った泥の塊を一刀両断した。

裂かれた塊の中から、どばどばと泥があふれだした。まだ捕らえられていた魂たちが、身をよじりながら逃げだし、弱々しく空へと飛び去っていく。

そして、地面に薄く広がった泥の中に、ひとつだけ奇妙な魂が混じっていた。

『伊兵衛、犬だ、犬を、連レてコい、犬を、もット……』

なかば泥と同化しかけた黒い人魂《ひとだま》に盛りあがっていたのは、笑みただれた嘉七の顔。

菊乃は冷ややかに嘉七を見下ろし、その魂に無造作に剣を突きたてた。

「あきらめよ」

断末魔の叫びをあげる間もなく、嘉七は黒灰と化して夜の空へと霧散した。それとともに、地面に広がっていた泥もまた、ぐずぐずとくすぶりながら消えていく。

菊乃は小さく息をつき、鶴松たちのほうを振りかえった。

伊兵衛は尻《しり》もちをついたままだった。女将《おかみ》と番頭に抱きかかえられ、その腕の隙間から、すこし離れた場所に立つ狗神を見つめていた。

『我ガ主……』

狗神は四つ肢を緩慢に動かし、伊兵衛へと歩を進めた。

『主……、次、誰、呪ウ……？』

その声は、ようやく見つけた主との再会を喜ぶようでいて、求める餌をもらえぬ苦しみに満ちてもいるようだった。

『ドウシテ……ナニモ呪ワナイ……？』

ごめんなさい、と伊兵衛が呟《つぶや》く。何度も謝って、泣きながら頭を下げる。

菊乃は唇を引きむすび、狗神《いぬがみ》を見据えた。

「狗神、もうよい。もう、なにも呪わなくてよいのだ」

そっと声をかけると、狗神が耳を揺らし、菊乃を振りかえった。

「終わりにしよう」

その言葉の意味を、果たして狗神は理解したろうか。

狗神は体ごと菊乃に向きなおり、その肢を前へと出した。最初はゆっくりと、次第に踊るような足どりで、菊乃へと向かって走りだす。

その目が伊兵衛を振りかえることは、もうない。

菊乃は倶利伽羅剣《くりからけん》を構えた。燃えさかる炎が刀身に宿る。

「菊乃、参る」

夜闇が眩《まばゆ》い朱に染まり、火の粉が散った――。


気づけば、光の中にいた。

優しい輝きの先に、一匹の犬が毅然《きぜん》として立っている。

その美しい姿。艶《つや》やかな白い毛並み。ぴんと尖った耳。澄んだ瞳《ひとみ》。

崇高な獣の形。その身を穢す泥はすでになく、あるがままの姿となってそこにいる。

近くには、頭《こうべ》を垂れたほかの犬たちの姿もあった。犬たちは白い犬に気づくと、うつむかせていた頭をあげる。

白い犬が走りだす。輝く光の向こうへと勢いよく駆けていく。

無数の犬もまた、白い犬を追いかけて、やがて光に溶けこみ、消えていった。


菊乃は目を開き、夜闇に包まれた庭を見まわした。

そこに狗神はもういなかった。邪気もまたすっかり消えてなくなっている。虫の声が聞こえてはじめて、今まで真言《マントラ》以外にはまったくの静寂であったことに気づく。

（ああ、あっけないほどに一瞬で……）

菊乃は目を伏せる。どれほどあの犬が解き放たれることを望んでいたのか、それが胸に突き刺さるほどに理解できた。

鶴松がまだ静かに真言を唱えつづけていた。伊兵衛は女将と番頭に抱えられたまま、ぼんやりと夜空を見上げた。善太郎は地面に伏して、声をあげて泣いていた。おちよは穴蔵のほうを向き、そっと両手を合わせている。

満天の星の中をいくつもの白い光が飛び去っていく。狗神から解放された人々の魂だ。

菊乃は安堵《あんど》の息をつき、倶利伽羅剣をそっと背中の鞘《さや》に戻した。

終

狗神を降魔してから、はや十日。

その影響は四日がたった頃から明るみに出てきた。

まず、犬になっていた人々が「吠《ほ》えなくなった」という噂が世間を賑《にぎ》わせた。だが、すんなりと「人間」に戻った者は多くはなかったようだ。人の言葉を話し、二本足で歩けるようになるまで数日かかった者、いまだ吠えつづける者もいた。寝たきりになった者もいると聞く。その余波はこれからも人々に小さくない影を落としつづけるだろう。

長崎屋にも大きな変化があった。狗神がいなくなった翌日から、近隣の薬種屋はすこしずつ客足を回復させはじめた一方で、長崎屋は前日までの盛況ぶりが嘘のように落ちぶれていった。狗神を失った反動が、一気に来たようだ。

数日してから訪ねると、あれほど威勢のよかった女将はさすがに意気消沈していた。

一方、伊兵衛は数日前とは比べものにならないほど大人びていた。若旦那《わかだんな》らしい落ちつきが出てきたように見えたが、鶴松と再会するなりこう言った。

「長崎屋のことは平次に託し、私は番所に行くつもりです」

狗神を造りだしたことで、江戸中に犬病という呪いをまき散らすこととなった伊兵衛。

伊兵衛の望みは父親から逃れることだけだったが、親殺しひとつとっても大罪だ。考えぬいたすえの結論だったのだろう。

それに反対したのは女将だ。息を吹きかえしたように鶴松に詰め寄り、まくしたてる。

「冗談じゃない、悪いのはぜんぶ嘉七だ。そもそも狗神とかいう化け物のことは、あたしたちしか知らない。鶴松さまと小僧さんさえ胸のうちにしまっといてくれりゃあ、この子が咎《とが》められることはないんだ。そうでしょ、ねえ⁉」

だが、伊兵衛とばちっと目が合った途端、女将はふたたび気落ちしてうなだれた。

「悪いのは嘉七だ。……それからあたしが……」

「おっ母さんはなにも悪くないです」

伊兵衛が言う。その頑《かたく》なさに、女将は言葉を失い、黙りこんだ。

他人行儀とも思えるやりとりに、そばで見守っていた菊乃は、鶴松を「ほれ」と肘《ひじ》で突いた。鶴松は「だから親子の問題を俺に振んな」とぼやきつつ、

「俺は一介の降魔《ごうま》師だからな、おまえの今後についてどうこう言う気はねえよ。ただ、番所に行って誰も望んでねえ死を賜るぐらいなら、生きて、犬たちを手厚く供養してくれたほうが、よっぽどありがたいとは思うけどな」

そっけなく言いながら、「ついでに」と鶴松はびしっと女将を指さした。

「この筋金入りの意固地に、素直になれる機会をくれてやれ。あと十年はかかるがな！」

なっ、と女将は前のめりで反論しかけるが、伊兵衛の視線に気づくと気弱に呟いた。

「そうしとくれ、伊兵衛。……後生だよ」

伊兵衛はなにも言わなかったが、後日、浅草の別宅を解体したら、跡地に犬の墓をつくりたいから経をあげてもらえないだろうかと相談に来た。鶴松は快諾した。

そして、十日後の今日。あいかわらずの賑わいを見せる両国橋のたもと。

「さて憐《あわ》れなるは、狗神なり！」

火除《よ》け地として設けられた西詰広小路に、芸人の声が高らかに響きわたる。

「悲しき犬の霊魂を極楽浄土へ導かんと現れしは、皆々方ご承知の……」

群がる人々の中心で、派手な僧衣に身を包んだ花形役者が模造刀を大仰に振りまわす。

「よっ、天下の降魔師、鶴松！」

歓声があがった途端、花形役者の足元で、いとけない子供役者が「弟子の菊之丞もお忘れなきように！」と声をあげた。どっと笑い声が広がり、太鼓が鳴らされる。

それを高い位置から見下ろして、菊乃は「ほんの数日で面白い芝居ができるものだ」と感心した。自分を演じるのが子供というのが釈然としないが、いや子供なのだが、懸命に高い声を張りあげるさまはいたいけで、菊乃は朗らかに笑った。

「見よ、善太郎。なんと愛らしいことだ。おぬしがいないのは残念だがな」

菊乃を肩車していた善太郎は「俺は無用です、菊乃さま」と気恥ずかしげに言った。幼い菊乃にまだ慣れず、まして背負うなどとは気まずさのほうが勝つようだ。

狗神を降魔したあと、鶴松は一連の騒動を物語にしたものを芝居や読売に仕立て、広く宣伝をした。長崎屋やおちよのことにはいっさい触れず、さる悪人によって殺された犬が復讐《ふくしゅう》のために怨霊《おんりょう》となって現れる……そんな流れになっている。犬病は犬の怨霊の呪いによるもので、最後は鶴松とその弟子によって降魔されるという結末は変わらないが、できるだけ犬の側に同情がいきやすいようにしたため、いざ芝居が始まり、読売が配られると、多くの人が涙を流し、犬の供養のために手を合わせてくれた。

その仕掛け人である鶴松はといえば、

「犬病退散の札、あれはたいそう効きました。ついては商売繁盛の札を……」

「鶴松さま、弟子って女でもなれますかっ」

「はいはい、ちゃんと皆さまひとりひとりからお話を聞きますので、どうぞ順番に」

すぐそばで人々にもみくちゃにされ、騙《かた》りめいた笑顔で応対していた。

芝居が終わり、拍手がおこった。菊乃は善太郎の肩を叩《たた》き、地面におろしてもらう。

「どなたか、犬の里親になりませんか」

そのとき、芝居の場所からほど近く、地べたに筵《むしろ》を敷いたおちよが声をあげた。人々の足は自然とそちらに向かう。

「集まってるか」

ようやく人々から解放された鶴松が隣にやってくる。菊乃は「うむ、狙いどおりだ」と答え、人垣を抜けておちよの隣に座った。きゃんっと声がし、片方の後ろ肢《あし》がない黒い仔犬《こいぬ》がやってくる。菊乃はおそるおそる犬の頭をなでてやった。犬は目を細くし、ぱたぱたと尾っぽを忙《せわ》しなく左右に動かした。なにやら心がときめいた。

だが、集まった人々の表情を見た菊乃は顔を曇らせた。芝居が生みだした明るい雰囲気のまま、おちよのところに行ってもらえれば、犬に対する嫌悪もすこしは薄れるかと思ったのだが、芝居と現実は別物のようだ。人々の顔は用心に曇り、そのうち「女犬公《く》方《ぼう》」「犬病の」という言葉がちらほら聞こえだした。

「お囲いの犬ってこたあ、野犬ってことだろう？」

「野犬です。でも、人懐こくて、とても可愛いんですよ」

「……そうは言ってもなあ」

「ど、どのように可愛いのか、お聞かせ願えぬか！」

いきなり低い声が怒号のごとく響きわたった。集まった人々はぎょっと背後を振りかえる。人垣の後ろのほうに仁王立ちしていたのは、顔を真っ赤にした善太郎だ。

「せ、拙者、犬に、興味がある。だが、犬はこわいっ」

恐ろしい鬼面が「犬はこわい」と叫ぶので、ぽかんとしていた人々がくすりと笑う。

おちよはしばらく言葉を失っていたが、うなる仔犬を抱きよせ、その背をなでた。

「……お日様みたいに、いい匂いがします」

おちよが呟《つぶや》く。善太郎に目を奪われていた人々が、おちよに視線を戻した。

「首を掻《か》いてあげると、うっとり目を細くします。おなかがすいたときは、尾っぽをぶんぶん振りまわして、大きな瞳《ひとみ》をきらきらさせます。おいしいごはんをもらったときは、すごくおいしそうに食べます。はぐっ、はぐっ、て。一緒にいると、心がぽかぽかしてくるんです。……ちっとも怖くなんてないんですよ、お侍さま」

仔犬がおちよの肩に飛びつき、ぺろぺろと頬を舐《な》めはじめた。おちよは「これ」と慌てながらも、くすぐったそうに笑った。それを見て、人々の表情もほころんでいく。

「ちっちゃい犬がいるなら考えてみようか」、「番犬になるような犬がいるなら見てみようかね」と声があがる。通りすがりの人々も足を止め、「お囲いの犬だってよ」とあちこちで口伝えが起こり、それがまた人を呼び、やがて大きな輪になっていく。

いつしかおちよの周りには笑い声があふれ、菊乃はほっと胸をなでおろした。


「人がたくさん集まってくれたな、おちよ」

賑わいがいち段落ついたところで声をかけると、おちよは嬉《うれ》しそうに目を細めた。

「うん。……さっきのは、菊乃ちゃんや皆さんが考えてくれたの？」

「うむ。細かいことを考えたのは鶴松だがな」

昨晩、「あんな必死の形相で里親になってくれなんて言われても、誰も寄りつかねえぞ」と言いだしたのは鶴松だった。「客寄せしたいなら、一にも二にも笑顔だよ」と言う元騙りの助言に従い考えだしたのが、善太郎による「さくら」だった。それでも、あれほど朗らかな空気になったのは、おちよの優しい笑顔あってこそだろう。

「ありがとう、菊乃ちゃん。鶴松さまもありがとうございます。……宇佐見さまも」

おちよはこそこそと幟《のぼり》を畳んだり、風呂敷《ふろしき》を広げたりしていた善太郎に目を向けた。

善太郎はびくりと手を止め、「いえ」と口数少なく答えた。

「犬の里親探し、あとどれぐらいで終わりそうだ？」

「お囲いのみんなも手を尽くしてくれてるけど、まだ。でもこの間、浅草の別宅に手を合わせにいったら、長崎屋の若旦那と浅草のお百姓さんたちがいらしてて……」

伊兵衛と、別宅を「化け犬屋敷」と呼んで恐れていた浅草の百姓のことだろう。

「若旦那がお百姓さんたちに頭を下げてくださったのよ。犬を引きとってはもらえないだろうかって。そうしたら、村の寄りあいで話をしてみるって」

「なんと、よかったではないか！」

おちよは涙まじりの笑顔でうなずきながらも、ふと目元を不安げにした。

「それでもまだ足りないんだけど、でも、もうあとすこし……期日までになんとか……」

「毒餌を盛るというその期日、すこしなら延ばすことができるやもしれぬ」

ふいに、善太郎が消え入りそうな声で言った。

「おちよ殿とお囲いの方々がこれまでに成してきたことを書面にまとめ、どれほど日延べすれば、すべての犬を里子に出せるかを割りだし、そのうえで期日を延ばす嘆願を出せば、お上もむげにはなさらないのではないかと……」

顔をあげ、おちよと目が合った瞬間、善太郎はふたたびうなだれる。

「――すまぬ、よけいなことを申した」

「宇佐見さまはそのお考えをご公儀に進言できる立場におありですか？」

「……俺自身はそこまでの立場には。ただ、父を通せばあるいは」

「お父上に、お話をしていただくことはできますか」

善太郎の目が泳ぐ。だが、すぐさま決意に満ちた強面《こわもて》を力強く持ちあげた。

「はい。必ず、父を動かしてみせます」

菊乃はぎゅっと唇を引きむすんで空を見上げた。

「菊乃。空を見たって、零《こぼ》れるもんは零れるぞ」

「……いちいちうるさいのだ、鶴松はっ」

おちよは深く息を吐き、硬かった表情をゆるませた。

「よろしくお願いします。宇佐見さま」

筵にだらしなくあぐらをかいていた鶴松が「ってことは」と口を挟んだ。

「善太郎は、宇佐見家に戻るってわけだな？」

善太郎は「正吾です」と小声で訂正しつつ、険しい顔でうなずいた。

「一度家を出た俺を受けいれてくれるかはわかりませぬが」

「門を開けてくれると思うか」

鶴松が訊《たず》ねると、善太郎はしばし考え、思いがけずきっぱりとうなずいた。

「おそらくは。家を出る際に力を貸してくださった方が、殿が人を遣って俺を捜させているると知らせてくださったので」

意表をつかれる。兼嗣のことだ、放任していると思っていたのだが。

「殿は俺を頼みにしているところがありますゆえ」

その声に宿っていたのは、まぎれもない武家の男としての矜持《きょうじ》だった。

「ははあ。実母殿の告白がなけりゃ、善太郎はなんの問題もなしに宇佐見家の立派な跡継ぎになれてたってわけだな。──なら、力石の欠片《かけら》、こちらに渡せ」

菊乃はめそめそ顔をきょとんとさせ、善太郎は色を失って身構えた。

「家に持って帰られちゃ困るんだよ。そいつは俺にまかせてくれ。いいな？」

「わたしを黄泉《よみ》に戻す方法を思いついたのか！」

勢いこむ菊乃だが、鶴松はなぜか苦虫《にがむし》を嚙《か》みつぶしたような表情で沈黙した。菊乃は

「む？」と首をかしげるが、なにも知らないおちよの手前、深くは問えない。

善太郎が懐から巾着袋《きんちゃくぶくろ》を取りだした。励ましつづけた力石の欠片。それを鶴松に渡すことに、深い躊躇《ちゅうちょ》を覚えているようだ。

「石を失ったぐらいで切れる縁じゃねえだろ？……切りたくたって無理だ」

さっきから妙なことを言う鶴松を不審に思いながら、菊乃は善太郎を見上げ、うなずいた。善太郎はようやく巾着袋を鶴松に手わたした。

その瞬間、善太郎の表情が変わった。丸まっていた背中がすっと伸び、目つきには強い意志が宿る。菊乃はしばしその姿に見惚《みと》れた。

(ああ……今度こそ本当に大丈夫だ)

嬉しく思う心の片隅で、ほんのすこし寂しさを覚えたのは決して誰にも言うまい。

「いつ宇佐見家に戻るのだ？」

「毒餌が盛られるまで日がありませぬ。……今日にでも」

そう言うなり、善太郎は畳んだ幟などをさっさと風呂敷にまとめ、おちよに手わたす。

「必要なことがあれば、お囲いの役人を通して報《しら》せることになります」

毅然《きぜん》とした眼差《まなざ》しに、おちよもまた瞳に力をこめ、「お待ちしています」と答えた。

「それでは。降魔《ごうま》師殿。菊乃さまのこと、切にお頼み申します」

「おう。じゃあな、善太郎」

「正吾です」と律儀に返し、善太郎は「しからば御免」と踵《きびす》を返した。

きびきびと雑踏に消える善太郎の姿を呆気《あっけ》にとられて見送り、菊乃はふてくされた。

「……なんだ。わたしには挨拶《あいさつ》もなしか」

鶴松は巾着袋の紐《ひも》を指にひっかけ、くるくると回しながら笑った。

「追いかけてやれ、お母上。すっかり気が動転しちまってるぞ、ありゃ」

菊乃は目を丸くし、「行って参る」と急いで立ちあがった。

小走りに追いかけると、両国橋を渡りかけていた善太郎が足を止めて待っていた。鶴松の読みどおりか、菊乃に気づくと狼狽《ろうばい》の表情をほっと和らげさせた。

橋の欄干のそばにふたりで立つ。善太郎は黙ったまま、恐ろしい目つきで橋脚の下を睥睨《へいげい》した。下を通った屋根船の船頭が「ひっ」と悲鳴をあげる。なぜそんな顔になるのかは想像がついた。宇佐見家に戻るということは、今このときが菊乃との今生の別れになるからだ。本来、旗本の嫡子は気軽に町へ出られる身分にはない。つまり、別れを惜しんでくれているわけだ。

「最後にひとつだけ、わたしのくだらぬ話を聞いてくれるか」

善太郎が身構えた。その顔はいよいよ鬼神と化し、菊乃は笑った。

「そんな顔をするな。本当にくだらない話なのだ。……わたしが生きていた頃の話だ」

欄干の隙間から大川のきらめく水面《みなも》を見下ろす。

「わたしはいつも途方に暮れていた。女に生まれながら、女として生きることがどうにも息苦しくてな……嫁いでからもいろいろなことがうまくいかなかった。殿のことも、おたえのことも、もっとやりようがあった気はするが、あのときはあれで精いっぱいだった。それでもだめだったならしかたない。そう思ってはいた。……いたのだが」

それでも、心の奥には満たされない思いが常にあった。

「なにも成せぬままに死んでいくことがむなしかった。わたしはいったいなんのために生きてきたのかとそう思った。だがな、善太郎。いよいよ最後というとき、わたしは思ったのだ。ああ、なんの未練もないと。それはすべて、おぬしのおかげなのだ」

「俺の……おかげ？」

「覚えていないか。わたしが死んだ日、いったい自分がなにをしたのかを」

菊乃はこらえきれずに声に出して笑った。

「おぬし、力石を持ちあげようとしたのだ。顔を真っ赤にして、両足をうんと踏んばって……おかしくてなあ。死ぬ寸前だったのに、つい笑ってしまったぞ」

「………」

「わたしはこの子を立派に育てられたのだと思った。まるでとてつもなく大きなことを成しとげたような心持ちで、わたしは逝ったのだ」

　菊乃は善太郎に向きなおった。

「死の間際だったゆえ言えなかったが、わたしの生涯を満ち足りたものにしてくれたこと、心より礼を言うぞ、善太郎」

　善太郎は喉《のど》に言葉が詰まった様子でうつむき、無理やり声を絞りだした。

「ならば、今の俺の姿を見て、さぞ失望されたことでしょうね……」

「していないと言っても、おぬしは信じないだろうな。……たしかに、ずいぶんひねくれた。かと思えば、あいかわらず臆病《おくびょう》だし、なにかを決めるのにもいらいらするほど手間ひまかかる。カッとなると我を忘れるところなど殿にそっくりだ。そうそう、狗神を降魔したとき号泣していたろう。情けなかったぞ、善太郎」

「……ずけずけと言いなさる」

「その気性に、おぬしはこれからも何度となく手を焼くだろう。どうしようもない性《さが》に、何度も苦しめられるだろう。わたしがそうであったようにな。だが、おぬしならばきっと乗りこえていける。そう信じている。それを見られぬのがすこし心残りだが、あとは泉下から見守るとしよう。息災でな……正吾殿」

善太郎はなにも言わなかった。菊乃はほほえみ、踵を返した。

「──母上……！」

善太郎が声をあげた。母上。その言葉に、菊乃ははっと善太郎を振りかえる。

「俺はたしかに力石の欠片に助けを求めた。けど、助けてほしかったのではないのです。いえ、おすがりしたかったのは事実ですが、そうではなくて……ただお伝えしたかった」

人を射殺しそうなほど鋭い目から涙を流しながら、善太郎は深々と頭を下げた。

「俺を育ててくださり、ありがとうございました……っ」

菊乃は目を見張った。善太郎は大きな体を縮こませて叫んだ。

「二度と会えぬ人と思っていた。生きているうちにお伝えできなかったこと、悔いておりました。お会いできてよかった。母上、ありがとうございました……っ」

頬がかっと熱くなり、瞳《ひとみ》からぼろっと大粒の涙が零れおちて、菊乃は慌てた。

「こ、これ、善太郎、やめるのだ、この幼子の体はすぐ泣くのだ、っ恰好《かっこう》がつかなくなる、う、ではないか、ひっく、ううう っ」

鼻水まで流しながら「うわあああ」と泣く菊乃に、善太郎もまた「うおおおお」と男泣きした。道を行きかう人々がぽかんとしながら、遠巻きにして歩き去っていった。

「……おい。そんな泣くなよ、俺がいじめてるみたいだろ」

「す、すまぬ、ゆるせ。泣きたくはないのだが……っ」

苦々しくぼやく鶴松の隣を歩きながら、菊乃はわんわんと泣く。屈辱を忘れるほどの寂しさが小さな心をぎゅうぎゅうに締めつけてきて、もはやどうにもならなかった。

「善太郎、達者で暮らせ、ううっ、健やかであれば、は、母は、もうなんでもよいっ」

「俺にそれを言ってどうするんだよ。まったく……」

人ごみを抜け、柳橋が見えるところまで来てようやく、体の中の幼子が泣きやんでくれた。すんすんと鼻を鳴らす菊乃に、鶴松が神田川の岸辺を示した。

「すこし散歩でもするか」

いつもどおりの軽薄な口調の奥に真摯《しんし》なものを感じとって、菊乃は神妙にうなずいた。

川沿いの道を歩きながら、鶴松は巾着袋を手にとり、力石の欠片をつまみだした。

「おまえの黄泉《よみ》がえりについてだけどな――」

菊乃はぴたりと足を止め、鶴松に頭を下げた。

「……なんだよ」

「おぬしにはまことに感謝している。おぬしがいなければ、もっと途方に暮れていたろうし、もっとうんと腹を空《す》かせていたと思う。恩に着る、鶴松」

泣きはらした目で、菊乃は鶴松をまっすぐに見つめた。

「黄泉から戻って、思いがけず化け物退治をすることになった。かつて義侠《ぎきょう》の剣客に憧れを抱いた頃の想いを果たせた気がした。これほど清々《すがすが》しい気持ちは、生前にはついぞ感じたことがなかった。だが……それももう終わりなのだな」

――黄泉に戻るのだ。鶴松の気配から、菊乃はそれを察していた。

（あれほど望んだことだったというのに、まさかこれほど名残惜しく感じようとは）

せっかく未練を残さずに死ねたというのに、死んでから未練ができてしまった。そんな己の心の変化が、菊乃はなにやら面映《おもは》ゆく、嬉《うれ》しかった。

「黄泉に戻るまえに、左衛門殿や重蔵殿、船頭の方々にも挨拶をしてかまわないだろうか。ずいぶんと世話になったから」

「……あー」

「それから、おちよにも別れを。嘘にはなるが、旅に出ると言っておくとしよう」

「……そうねー」

「それから鶴松。――迷いは晴れたか？」

なぜか目を泳がせていた鶴松は、ふと菊乃を見つめ、苦笑した。

「どうかな。正直、複雑な気持ちはまだある」

「そうか」

「けど、いくらあがいたところで、どうせ俺は半端者。これからもせいぜい半端者らしく、一所懸命、がんばっていきますよ」

「うむ、おぬしなら大丈夫だ！」

菊乃は笑って太鼓判を押した。

「で、菊乃さんや。言いたいことはぜんぶ言い終えたか？」

「ん？　うむ。そうだな、だいたいは」

「ならば──」

鶴松が左目に手をあてがった。指の間から金色の光があふれ、重瞳《ちょうどう》が現れる。突然のことにぎょっとする菊乃だが、鶴松が観たのは右手で空に掲げた力石の欠片《かけら》だった。

「なぜ、菊乃の黄泉がえりが起きたのか」

菊乃は目を見開いた。

「石には神霊の力が宿ると言われる。遥《はる》か太古、地より生まれ出《い》で、悠久の時を経たその身には、人智を超えた霊力が備わっている」

菊乃は鶴松がなにを言おうとしているのかもわからぬまま、深い声音に聞きいる。

「そして力石。あれは、そもそもは神事。今でこそ力比べの遊びとして流行《はや》っているが、本来は人と神との競い合い。大願成就をかけ、大石を見事に持ちあげてみせたなら、その身には石に宿りし神──石神が降りると言われている」

鶴松が力石の欠片から視線を外し、〈金色《こんじき》の重瞳〉で菊乃を観た。

柳の立ち並ぶ川岸が赤黒い世界へと変わる。避ける間もなく呪縛《じゅばく》にかかった菊乃は、幼子ではなく、生前の姿となって鶴松の前に立った。

「思いだせ。どうして泉下の底より黄泉がえったのかを。そして俺に観せてみろ。本当は、おまえはすべてを覚えているはずだぞ、菊乃」

黄金の重瞳が、菊乃すらも忘れた記憶を探りだすように、怪しく輝く。

──どうかお助けください、菊乃さま。

声がした。黄泉の底。水に横たわる体。誰かが呼んでいる。痛ましい声。助けを求める声。胸が苦しい。その声を善太郎の声と認めていたわけではなかった。ただ、誰かの必死の声が、意識を目覚めさせていく。

──助けたい。

死した体に宿ったのは、その一念。

だが、水底《みなそこ》に沈んだ体は重かった。意識ばかりが目覚めてもどうしようもない。それでも、あきらめなかった。せめて腕だけでも、指先だけでも、と力をこめる。たとえわずかな動きでも、水は揺れるだろう。揺れはやがて波となるだろう。そしていつかは──それがいつになろうとも、きっと重い体を浮かせることもできるはず。ほんのかすかに指が動いた。爪の先が硬いなにかに触れる。呆《あき》れたものだ、と誰かが笑った気がした。硬いなにかに触れた一点から、強烈な力が体内に流れこむ。

力が欲しいか、と問われた。

欲しい、と答えた。

なんのために、と問われた。

弱きを助け、強きを挫《くじ》くために、と答えた。

哄笑《こうしょう》とともに水流が巻きおこり、意識が舞いあがる。光の揺れる水面《みなも》へと勢いよく引きあげられる。水面が左右に割れた。現世《うつしよ》へとつながる門戸だ。光があふれる。美しい光に魅せられて、もはや自由となった両腕を伸ばし、光を摑《つか》んだ――。

「願ったのは、私」

急激によみがえった黄泉での記憶。菊乃は混乱に喘《あえ》ぐ。

「誰でもない、私自身が、この黄泉がえりを願った……」

「化け物の正体、見きわめたり」

鶴松がにやりと笑った。

「おまえは力石の神力によって顕現した、人ならざる者。――石神さまだ」

ふいに重瞳がもたらす光が消え失せ、もといた場所に戻された。

途端、腰が抜けて、菊乃は緑の草むらにとんっと尻《しり》もちをついた。

「今、なんと言った？」

幼い声で問うと、鶴松はつまんだ力石の欠片を指の間でくるりと回した。

「神さまだ。力石に宿った神力によって、黄泉に沈んでいたおまえの中に石神が降りたんだ。おまえは神として、現世に顕現したんだよ。名づけるなら、〈力石の神さま〉ってところか？」

「……か……神さま？」

ぽかんとする菊乃をよそに、鶴松は顎《あご》に手をやって「なるほどなあ」とうなずいた。

「倶利伽羅剣《くりからけん》で斬ったときの硬い感触も、石仏を斬ったみたいな罰当たりな気分も、ぜんぶおまえが力石の神さまだったからってわけか。それなら納得だ」

「……待つのだ、なにをしみじみ納得している」

「その怪力も、験力も、力石に由来したものだったわけか。験力というか、神力か？」

菊乃はのろのろと立ちあがり、ほっぺたに手をあてがって、その場でうろうろする。

「なにを言っている？　神？　わたしが？　どうかしているぞ、鶴松。たしかに泉下でなにかの声を聞いた気はするが、ずいぶん人間臭いというか……」

「石は人間にとったら身近な存在だからな。とくに力石なんざ、人の営みの中で生まれた風習だ、それに宿る石神さまも人間臭くなるんだろう。八百万《やおよろず》の神は門外漢だが、面白いもんだ」

感心しきりの鶴松に、まったく納得できていない菊乃は狼狽《ろうばい》する。

「待ってくれ、鶴松。まだ理解が追いついていない。置いていかないでくれ」

「置いてってねえよ。さっきから同じ場所に立ってるだろうが」

「そういう意味ではない。この混乱に、もっと親身になって付きあってほしいのだ！」

鶴松はくっくっと笑いだした。じたばたする菊乃がよほど面白かったのか、震える肩が止まらない。菊乃は耳まで熱くさせた。

「鶴松の力を疑う気はないが、今度ばかりは承諾しかねる。石に神霊の力が宿っているというのはわかったが、それでは、力石を持ちあげたら誰でも神になれてしまうぞ」

「多分、この神業は力石に宿った神霊の力だけが起こしたものじゃないんだろう。力石には、菊乃と善太郎、ふたりの念も宿っていた」

「念……？」

「お百度参りってあるだろう？　あれはなぜ百度だと思う」

「……わからん」

「人間が一度に使える力なんて微々たるもんだ。けれどわずかな力でも、一回、十回、百回と繰りかえせば、大きな力が生まれるんだよ」

涓滴岩《けんてきいわ》を穿《うが》つ。幼い善太郎に話して聞かせた教えが、ふと脳裏をよぎった。

「おまえたちは力石に挑みつづけた。毎日、雨の日も、風の日も、病に身を苛《さいな》まれながらも一日たりとも欠かさずに。それはな、なまじっかな覚悟でできることじゃねえんだ。強い信念がなけりゃ、決して達成できない。それを菊乃は死ぬまで繰りかえした。善太郎も力石をついに持ちあげるまでやり遂げた。——ふたつの執念と、神霊の力。その三つが強固に縒《よ》りあわさって、おまえはこの世に戻ってきたんだ」

かつて、誰かの助けになりたいと願った。

この身が役に立てるなら、助けを求める者の力になりたいと。

菊乃は立ちつくす。すこしずつ納得しかけている自分に気づき、戸惑いを覚える。己が神さまなどとあまりに不遜《ふそん》。だが、胸に宿りはじめたこの熱はなんだろう。

（私は……嬉しいのか？）

涙があふれそうになる。幼い体がもたらす抗《あらが》いがたい涙とはちがう。

菊乃自身の心が、高揚に、喜びに、涙しそうになっている。

「だが……、なぜ、わたしはこんな幼子の姿なのだろう」

七つの頃、新陰流の門戸を叩《たた》いた。弱き者を守る義侠《ぎきょう》の者になりたいと願った。それがゆえんなのか。あるいは菊乃が死んだとき、善太郎がちょうど七つだった。死ぬ間際、力石に挑む息子の姿を目にしたことが、なにか関わっているのか。

鶴松はしげしげと菊乃を爪先《つまさき》から頭のてっぺんまで観察し、首を傾げた。

「力石の欠片だからじゃねえか」

「む？」

「善太郎が助けを求め、手を合わせつづけたのは、力石そのものじゃなく、力石の欠片のほうだろ。だからだ。ああ、ということは、菊乃は〈力石の神さま〉ではなくて……」

鶴松が一瞬、黙りこみ、突然ふきだした。

「〈力石の欠片の神さま〉！　つまり石神は石神でも、石っころの神さまってこと！　だから、そんなちっさくなっちゃったんだな!?　かっこわる！」

菊乃は羞恥《しゅうち》のあまりに鶴松をにらみつけた。

「……っもうなんでもよい！　わたしを黄泉《よみ》に戻してくれ。長崎屋の化け物を退治したら、成仏させると約束したはずだぞ！」

鶴松が涙のにじむ目をおかしげに細めた。

「神さまをどうやって黄泉に戻せって？　無理だね。おまえは生まれかわったんだ。だいたい自分で望んで石神さまと契約を交わしたんだろう？」

「それは——だが、善太郎にはもうわたしは必要ない……」

「菊乃は、善太郎を助けたくて石神になったのか」

善太郎を助けたかった。いや、聞こえたあの声が善太郎のものだと知っていたわけではない。ただ、助けたかった。誰かが呼ぶならば、応《こた》えたかった。

「おまえは、どうやって生きていきたいんだ。菊乃」

菊乃ははっと息を呑《の》み、柳のみずみずしい緑が揺れる神田川を見渡した。

穏やかな陽気につられたか、たくさんの人がのんびりと川沿いを散策している。幼子が駆けずりまわり、魚の泳ぐ水面を猪牙舟《ちょきぶね》が客を乗せてすぎさっていく。行商人が天秤棒《てんびんぼう》を担ぎ、高らかに口上をあげ、犬がわんわんと元気に吠《ほ》えかかる。菊乃は声もなく立ちつくし、命あふれる現世の光景に、時がすぎるのも忘れて魅了された。

——私はどうやって生きていきたいのだろう。

菊乃は泣き笑いのような表情を浮かべた。

(答えは、とうに出ているではないか)

鶴松が「さあて」と大きく伸びをした。

「湯屋で風呂《ふろ》にでもつかって、ひと眠りして、お仕事に行くとしますかね」

菊乃の耳がぴっと反応し、「仕事」と反芻《はんすう》する。

「仕事とはなんだ。またどこかの化け物でも退治するのか」

「そ。あの忌々しい雪駄《せった》野郎を捜してやるんだよ」

不敵な笑みを浮かべ、鶴松は颯爽《さっそう》と柳の木々の下を歩きはじめた。

「まだ紹介した祈禱《きとう》師のところに行ってないなら、この天下の降魔《ごうま》師たる鶴松さまがさっと悪霊を降伏《ごうぶく》してやって、目にもの見せてくれる」

「そうか、それはよいことだ！」

鶴松は足を止め、じとっとした目つきで菊乃を振りかえった。

「まさかついてくる気じゃねえだろうな」

「……はっ、そうだな。たしかに。これ以上、おぬしに甘えるわけにはいかぬな」

菊乃は苦悩の表情をつくり、丸いおでこをべしべしと叩く。

「まったくわたしという奴は。ええと、ひとまず家探しか。いや、先立つものがない。金を工面せねば。働くか。この怪力があれば木場などで雇ってもらえるだろうか。しかし、この幼い体では……」

ぶつぶつ言いながら右往左往する菊乃を、鶴松が呆《あき》れ顔で見つめる。

「だからそう潔く引きさがられますとね……」

菊乃はうなりながら、ちらっ、と鶴松を横目に見た。

「…………」

「…………」

「おまえ！　今、俺がなんやかんやで手を貸すって踏んだだろう！」

その恥ずかしそうな表情に、菊乃はこらえきれずに声をあげて笑った。

「すまぬ、冗談だ。いや、昼のうどんぐらいは奢《おご》ってもらえるかなとは思ったが、気にするな。ああ、正式に弟子入りを志願しようなどとは思っていないぞ、気にするな！」

こいつ！　と毒づいて、鶴松は勢いよく踵《きびす》を返した。

「もういい。さっさと行くぞ、馬鹿弟子」

「怒ったのか？　ゆるせ、おぬしと別れがたくてつい冗談を……今なんと？」

「うるせえ！　うどん食いに行くぞ！」

菊乃は大きく目を見開いて、元気いっぱいに笑った。

「うむ。参ろう！」

主な参考文献

『生類憐みの令　道徳と政治』板倉聖宣（仮説社）
『伊勢屋稲荷に犬の糞　江戸の町は犬だらけ』仁科邦男（草思社）
『江戸の穴』古泉弘（柏書房）
『天台密教の本　王城の鬼門を護る星神の秘儀・秘伝』（学習研究社）
『眠れないほどおもしろい「密教」の謎』並木伸一郎（三笠書房）
『中国最凶の呪い　蠱毒』村上文崇（彩図社）
『［図説］日本呪術全書　普及版』豊嶋泰國（原書房）

本書は第8回角川文庫キャラクター小説大賞〈大賞〉〈読者賞〉を受賞した作品を改稿し、改題の上、文庫化したものです。

菊《きく》乃《の》、黄《よ》泉《み》より参《まい》る！

よみがえり少女《しょうじょ》と天下《てんか》の降魔師《ごうまし》

翁《おきな》 まひろ

令和5年 4月25日 初版発行

発行者●山下直久

発行●株式会社KADOKAWA
〒102-8177 東京都千代田区富士見2-13-3
電話 0570-002-301(ナビダイヤル)

角川文庫 23631

印刷所●株式会社暁印刷
製本所●本間製本株式会社

表紙画●和田三造

ISBN 978-4-04-113598-3 C0193

◇◇◇

角川文庫発刊に際して

角　川　源　義

第二次世界大戦の敗北は、軍事力の敗北であった以上に、私たちの若い文化力の敗退であった。私たちの文化が戦争に対して如何に無力であり、単なるあだ花に過ぎなかったかを、私たちは身を以て体験し痛感した。西洋近代文化の摂取にとって、明治以後八十年の歳月は決して短かすぎたとは言えない。にもかかわらず、近代文化の伝統を確立し、自由な批判と柔軟な良識に富む文化層として自らを形成することに私たちは失敗して来た。そしてこれは、各層への文化の普及滲透を任務とする出版人の責任でもあった。

一九四五年以来、私たちは再び振出しに戻り、第一歩から踏み出すことを余儀なくされた。これは大きな不幸ではあるが、反面、これまでの混沌・未熟・歪曲の中にあった我が国の文化に秩序と確たる基礎を齎らすためには絶好の機会でもある。角川書店は、このような祖国の文化的危機にあたり、微力をも顧みず再建の礎石たるべき抱負と決意とをもって出発したが、ここに創立以来の念願を果すべく角川文庫を発刊する。これまで刊行されたあらゆる全集叢書文庫類の長所と短所とを検討し、古今東西の不朽の典籍を、良心的編集のもとに、廉価に、そして書架にふさわしい美本として、多くのひとびとに提供しようとする。しかし私たちは徒らに百科全書的な知識のジレッタントを作ることを目的とせず、あくまで祖国の文化に秩序と再建への道を示し、この文庫を角川書店の栄ある事業として、今後永久に継続発展せしめ、学芸と教養との殿堂として大成せんことを期したい。多くの読書子の愛情ある忠言と支持とによって、この希望と抱負とを完遂せしめられんことを願う。

一九四九年五月三日